Василий Гроссман

Жизнь и судьба

часть третья

Посвящается моей матери Екатерине Савельевне Гроссман

ЧАСТЬ ТРЕТЬЯ

1

За несколько дней до начала сталинградского наступления Крымов пришел на подземный командный пункт 64-й армии. Адъютант члена Военного совета Абрамова, сидя за письменным столом, ел куриный суп, заедал его пирогом.

Адъютант отложил ложку, и по его вздоху можно было понять, что суп хорош. У Крымова глаза увлажнились, так сильно ему вдруг захотелось жевануть пирожка с капустой.

За перегородкой после доклада адъютанта стало тихо, потом послышался сиплый голос, знакомый уже Крымову, но на этот раз слова произносились негромко, и Крымов не мог их разобрать.

Вышел адъютант и сказал:

– Член Военного совета принять вас не может.

Крымов удивился:

– Я не просил приема. Товарищ Абрамов меня вызвал.

Адъютант молчал, глядя на суп.

– Значит, отменено? Ничего не понимаю, – сказал Крымов.

Крымов поднялся наверх и побрел по овражку к берегу Волги – там помещалась редакция армейской газеты.

Он шел, досадуя на бессмысленный вызов, на внезапно охватившую его страсть к чужому пирогу, вслушивался в беспорядочную и ленивую стрельбу пушек, доносившуюся со стороны Купоросной балки.

В сторону оперативного отдела прошла девушка в пилотке, в шинели. Крымов оглядел ее и подумал: «Весьма хорошенькая».

С привычной тоской сжалось сердце, – он подумал о Жене. Тотчас же, так же привычно, он прикрикнул на себя:

«Гони ее, гони!», стал вспоминать ночевку в станице, молодую казачку.

Потом он подумал о Спиридонове: «Хороший человек, но, конечно, не Спиноза».

Все эти мысли, ленивая пальба, досада на Абрамова, осеннее небо долгое время вспоминались ему с пронзительной ясностью.

Его окликнул штабной работник с зелеными капитанскими шпалами на шинели, шедший за ним следом от командного пункта.

Крымов, недоумевая, поглядел на него.

– Сюда, сюда, прошу, – негромко сказал капитан, указывая рукой на дверь избы.

Крымов прошел в дверь мимо часового.

Они вошли в комнату, где стоял конторский стол, а на дощатой стене висел пришпиленный кнопками портрет Сталина.

Крымов ожидал, что капитан обратится к нему примерно так: «Простите, товарищ батальонный комиссар, не откажетесь ли вы передать на левый берег товарищу Тощееву наш отчет?»

Но капитан сказал не так.

Он сказал:

– Сдайте оружие и личные документы.

И Крымов растерянно произнес уже не имеющие никакого смысла слова:

– Это по какому же праву? Вы мне свои документы раньше покажите, прежде чем требовать мои.

И потом, убедившись в том, что было нелепо и немыслимо, но в чем не было сомнения, он проговорил те слова, что в подобных случаях бормотали до него тысячи людей:

– Это дичь, я абсолютно ничего не понимаю, недоразумение.

Но это уже не были слова свободного человека.

2

– Да ты дурака строишь. Отвечай, кем завербован в период пребывания в окружении?

Его допрашивали на левом берегу Волги, во фронтовом

Особом отделе.

От крашеного пола, от цветочных горшков на окне, от ходиков на стене веяло провинциальным покоем. Привычным и милым казалось подрагивание стекол и грохот, шедший со стороны Сталинграда, – видимо, на правом берегу разгружались бомбардировщики.

Как не вязался армейский подполковник, сидевший за деревенским кухонным столом, с воображаемым бледногубым следователем…

Но вот подполковник с меловым следом на плече от мазаной печи подошел к сидевшему на деревенской табуретке знатоку рабочего движения в странах колониального Востока, человеку, носившему военную форму и комиссарскую звезду на рукаве, человеку, рожденному доброй, милой матерью, и врезал ему кулаком по морде.

Николай Григорьевич провел рукой по губам и по носу, посмотрел на свою ладонь и увидел на ней кровь, смешанную со слюной. Потом он пожевал. Язык окаменел, и губы занемели. Он посмотрел на крашеный, недавно вымытый пол и проглотил кровь.

Ночью пришло чувство ненависти к особисту. Но в первые минуты не было ни ненависти, ни физической боли. Удар по лицу означал духовную катастрофу и не мог ничего вызвать, кроме оцепенения, остолбенения.

Крымов оглянулся, стыдясь часового. Красноармеец видел, как били коммуниста! Били коммуниста Крымова, били в присутствии парня, ради которого была совершена великая революция, та, в которой участвовал Крымов.

Подполковник посмотрел на часы. Это было время ужина в столовой заведующих отделами.

Пока Крымова вели по двору по пыльной снежной крупе в сторону бревенчатой каталажки, особенно ясно был слышен гром воздушной бомбежки, шедшей со стороны Сталинграда.

Первая мысль, поразившая его после оцепенения, была та, что разрушить эту каталажку могла немецкая бомба… И эта мысль была проста и отвратительна.

В душной каморке с бревенчатыми стенами его захлестнули отчаяние и ярость, – он терял самого себя. Это он, он охрипшим голосом кричал, бежал к самолету, встречал своего друга Георгия Димитрова, он нес гроб Клары Цеткин, и это он воровато посмотрел – ударит вновь или не ударит его особист. Он вел из окружения людей, они звали его «товарищ комиссар». И это на него брезгливо смотрел колхозник-автоматчик, на него – коммуниста, избитого на допросе коммунистом…

Он не мог еще осознать колоссального значения слов: «лишение свободы». Он становился другим существом, все в нем должно было измениться, – его лишили свободы.

В глазах темнело. Он пойдет к Щербакову, в Центральный Комитет, у него есть возможность обратиться к Молотову, он не успокоится, пока мерзавец подполковник не будет расстрелян. Да снимите же трубку! Позвоните Пряхину… Да ведь сам Сталин слышал, знает мое имя. Товарищ Сталин спросил как-то у товарища Жданова: «Это какой Крымов, тот, что в Коминтерне работал?»

И тут же Николай Григорьевич ощутил под ногами трясину, вот-вот втянет его темная, коллоидная, смолянистая, не имеющая дна гуща… Что-то непреодолимое, казалось, более сильное, чем сила немецких панцирных дивизий, навалилось на него. Он лишился свободы.

Женя! Женя! Видишь ли ты меня? Женя! Посмотри на меня, я в ужасной беде! Ведь совершенно один, брошенный, и тобой брошенный.

Выродок бил его. Мутилось сознание, и до судороги в пальцах хотелось броситься на особиста.

Он не испытывал подобной ненависти ни к жандармам, ни к меньшевикам, ни к офицеру-эсэсовцу, которого он допрашивал.

В человеке, топтавшем его, Крымов узнавал не чужака, а себя же, Крымова, вот того, что мальчиком плакал от счастья над потрясшими его словами Коммунистического Манифеста – «Пролетарии всех стран, соединяйтесь!» Это чувство близости поистине было ужасно…

3

Стало темно. Иногда гул сталинградской битвы раскатисто заполнял маленький, дурной тюремный воздух. Может быть, немцы били по Батюку, по Родимцеву, обороняющим правое дело.

В коридоре изредка возникало движение. Открывались двери общей камеры, где сидели дезертиры, изменники Родины, мародеры, изнасилователи. Они то и дело просились в уборную, и часовой, прежде чем открыть дверь, долго спорил с ними.

Когда Крымова привезли со сталинградского берега, его ненадолго поместили в общую камеру. На комиссара с неспоротой красной звездой на рукаве никто не обратил внимания, поинтересовались только, нет ли бумажки, чтобы завернуть махорочную труху. Люди эти хотели лишь одного – кушать, курить и справлять естественные надобности.

Кто, кто начал дело? Какое раздирающее чувство: одновременно знать свою невиновность и холодеть от ощущения безысходной вины. Родимцевская труба, развалины дома «шесть дробь один», белорусские болота, воронежская зима, речные переправы – все счастливое и легкое было утеряно.

Вот ему захотелось выйти на улицу, пройтись, поднять голову и посмотреть на небо. Пойти за газетой. Побриться. Написать письмо брату. Он хочет выпить чаю. Ему нужно вернуть взятую на вечер книгу. Посмотреть на часы. Сходить в баню. Взять из чемодана носовой платок. Он ничего не мог. Он лишился свободы.

Вскоре Крымова вывели из общей камеры в коридор, и комендант стал ругать часового:

– Я ж тебе говорил русским языком, какого черта ты его сунул в общую? Ну, чего раззявился, хочешь на передовую попасть, а?

Часовой после ухода коменданта стал жаловаться Крымову:

– Вот так всегда. Занята одиночка. Сам ведь приказал держать в одиночке, которые на расстрел назначены. Если вас туда, куда же я его?

Вскоре Николай Григорьевич увидел, как автоматчики вывели из одиночки приговоренного к расстрелу. К узкому, впалому затылку приговоренного льнули светлые волосы. Возможно, ему было лет двадцать, а может быть, тридцать пять.

Крымова перевели в освободившуюся одиночку. Он в полутьме различил на столе котелок и нащупал рядом вылепленного из хлебного мякиша зайца. Видимо, приговоренный совсем недавно выпустил его из рук, – хлеб был еще мягкий, и только уши у зайца зачерствели.

Стало тише... Крымов, полуоткрыв рот, сидел на нарах, не мог спать, – слишком о многом надо было думать. Но оглушенная голова не могла думать, виски сдавило. В черепе стояла мертвая зыбь, – все кружилось, качалось, плескалось, не за что было ухватиться, начать тянуть мысль.

Ночью в коридоре снова послышался шум. Часовые вызывали разводящего. Протопали сапоги. Комендант, Крымов узнал его по голосу, сказал:

– Выведи к черту этого батальонного комиссара, пусть посидит в караульном помещении. – И добавил: – Вот это ЧП так ЧП, до командующего дойдет.

Открылась дверь, автоматчик крикнул:

– Выходи!

Крымов вышел. В коридоре стоял босой человек в нижнем белье.

Крымов много видел плохого в жизни, но, едва взглянув, он понял, – страшней этого лица он не видел. Оно было маленькое, с грязной желтизной. Оно жалко плакало все, – морщинами, трясущимися щеками, губами. Только глаза не плакали, и лучше бы не видеть этих страшных глаз, таким было их выражение.

– Давай, давай, – подгонял автоматчик Крымова.

В караульном помещении часовой рассказал ему о произошедшем ЧП.

– Передовой меня пугают, да тут хуже, чем на передовой, тут скорей все нервы потеряешь... Повели самострела на расстрел, он стрельнул себе через буханку хлеба в левую руку. Расстреляли, присыпали землей, а он ночью ожил и обратно к нам пришел.

Он обращался к Крымову, стараясь не говорить ему ни «вы», ни «ты».

– Они халтурят так, что последние нервы от них теряешь. Скотину и ту режут аккуратно. Все по халтурке. Земля мерзлая, разгребут бурьян, присыпят кое-как и пошли. Ну, ясно же, он вылез! Если б его закопать по инструкции, он бы никогда не вылез.

И Крымов, который всегда отвечал на вопросы, вправлял

людям мозги, объяснял, сейчас в смятении спросил автоматчика:

– Но что ж это он снова пришел?

Часовой ухмыльнулся.

– Тут еще старшина, который водил его в степь, говорит, – надо хлеба ему дать и чаю, пока его снова оформят, а начхозчастью злой, скандалит, – как его чаем поить, если он списан в расход? А по-моему, верно. Что ж он, старшина, схалтурит, а хозчасть за него отвечать должна?

Крымов вдруг спросил:

– Кем вы были в мирное время?

– Я в гражданке в госхозе пчелами заведовал.

– Ясно, – сказал Крымов, потому что все вокруг и все в нем самом стало темно и безумно.

На рассвете Крымова снова перевели в одиночную камеру. Рядом с котелком по-прежнему стоял вылепленный из хлебного мякиша заяц. Но сейчас он был твердый, шершавый. Из общей камеры послышался льстивый голос:

– Часовой, будь парнем, своди оправиться, а?

В-степи в это время взошло красно-бурое солнце, – полезла в небо мерзлая, грязная свекла, облепленная комьями земли и глины.

Вскоре Крымова посадили в кузов полуторки, рядом сел милый лейтенант провожатый, старшина передал ему крымовский чемодан, и полуторка, скрежеща, прыгая по схваченной морозом ахтубинской грязи, пошла в Ленинск, на аэродром.

Он вдыхал сырой холод, и сердце его наполнилось верой и светом, – страшный сон, казалось, кончился.

4

Николай Григорьевич вышел из легковой машины и оглядел серое лубянское ущелье. В голове шумело от многочасового рева аэропланных моторов, от мелькавших сжатых и несжатых полей, речушек, лесов, от мелькания отчаяния, уверенности и неуверенности.

Дверь открылась, и он вошел в рентгеновское царство душного казенного воздуха и бешеного казенного света – вступил в жизнь, шедшую вне войны, помимо войны, над войной.

В пустой душной комнате при прожекторно ярком свете ему велели раздеться догола, и, пока вдумчивый человек в халате ощупывал его тело, Крымов, подергиваясь, думал, что методичному движению не знающих стыда пальцев не могли помешать гром и железо войны...

Мертвый красноармеец, в чьем противогазе лежала написанная перед атакой записка: «Убит за счастливую советскую жизнь, дома остались – жена, шестеро детей», обгоревший смолянисто-черный танкист с клочьями волос, прилипших к молодой голове, многомиллионное народное войско, шедшее болотами и лесами, бившее из пушек, из пулеметов...

А пальцы делали свое дело, уверенно, спокойно, а под огнем кричал комиссар Крымов: «Что ж, товарищ Генералов, не хотите защищать Советскую родину!»

– Повернитесь, нагнитесь, отставьте ногу.

Потом, одетый, он фотографировался с расстегнутым воротом гимнастерки, с мертвым и живым лицом анфас и в профиль.

Потом он с непристойной старательностью отжимал отпечаток своих пальцев на листе бумаги. Потом хлопотливый работник срезал пуговицы с его штанов и отбирал поясной ремень.

Потом он поднимался в ярко освещенном лифте, шел по ковровой тропинке длинным, пустым коридором мимо дверей с круглыми глазками. Палаты хирургической клиники, хирургия рака. Воздух был теплый, казенный, освещенный бешеным электрическим светом. Рентгеновский институт социальной диагностики...

«Кто же меня посадил?»

В этом душном, слепом воздухе трудно было думать. Сон, явь, бред, прошлое, будущее схлестнулись. Он терял ощущение самого себя... Была ли у меня мать? Может быть, мамы не было. Женя стала безразлична. Звезды меж вершинами сосен, донская переправа, зеленая немецкая ракета, пролетарии всех стран, соединяйтесь, за каждой дверью люди, умру коммунистом, где сейчас Михаил Сидорович Мостовской, голова шумит, неужели Греков стрельнул в меня, кучерявый Григорий Евсеевич, председатель Коминтерна, шел этим коридором, какой трудный, тесный воздух, какой проклятый прожекторный свет... Греков стрелял в меня, особист врезал в зубы, немцы стреляли в меня, что день грядущий мне готовит, клянусь вам, я ни в чем не виноват, надо бы отлить, славные старики пели в Октябрьскую годовщину у Спиридонова, ВЧК, ВЧК, ВЧК, Дзержинский был хозяином этого дома, Генрих Ягода да еще Менжинский, а потом уж маленький, с зелеными глазами питерский пролетарий Николай Иванович, сегодня ласковый и умный Лаврентий Павлович, как же, как же, встречались, аллаверды к вам, как это мы пели: «Вставай, пролетарий, за дело свое», я ни в чем не виноват, отлить надо бы, неужели меня расстреляют...

Как странно идти по прямому, стрелой выстреленному коридору, а жизнь такая путаная, тропка, овраги, болотца, ручейки, степная пыль, несжатый хлеб, продираешься, обходишь, а судьба прямая, струночкой идешь, коридоры, коридоры, в коридорах двери...

Крымов шел размеренно, не быстро и не медленно, словно часовой шагал не сзади него, а впереди него.

С первых минут в лубянском доме пришло новое.

«Геометрическое место точек», – подумал он, выдавливая отпечаток пальца, и не понял, почему так подумал, хотя именно эта мысль и выражала то новое, что пришло к нему.

Новое ощущение произошло оттого, что он терял себя. Если бы он попросил воды, ему бы дали напиться, если б он внезапно упал с сердечным припадком, врач сделал бы ему нужный укол. Но он уже не был Крымовым, он ощутил это, хотя и не понимал этого. Он уже не был товарищем Крымовым, который, одеваясь, обедая, покупая билет в кино, думая, ложась спать, постоянно ощущал себя самим собой. Товарищ Крымов отличался от всех людей и душой, и умом, и дореволюционным партийным стажем, и статьями, напечатанными в журнале «Коммунистический Интернационал», и разными привычками и привычечками, повадками, интонациями голоса в разговорах с комсомольцами либо секретарями московских райкомов, рабочими, старыми партийными друзьями, просителями. Его тело было подобием человеческого тела, его движения, мысли были подобны человеческим движениям и мыслям, но суть товарища Крымова-человека, его достоинство, свобода ушли.

Его ввели в камеру – прямоугольник с начищенным

паркетным полом, с четырьмя койками, застеленными туго, без складок натянутыми одеялами, и он мгновенно ощутил: три человека посмотрели с человеческим интересом на четвертого человека.

Они были людьми, плохими ли, хорошими, он не знал, были ли они враждебны или безразличны к нему, он не знал, но хорошее, плохое, безразличное, что исходило от них и шло к нему, было человеческим.

Он сел на койку, указанную ему, и трое сидевших на койках с открытыми книгами на коленях молча смотрели на него. И то дивное, драгоценное, что он, казалось, терял, – вернулось.

Один был массивный, лобастый, с бугристой мордой, с массой седых и не седых, по-бетховенски спутанных, курчавых волос над низким, мясистым лбом.

Второй – старик с бумажно белыми руками, с костяным лысым черепом и лицом, словно барельеф, отпечатанный на металле, словно в его венах и артериях тек снег, а не кровь.

Третий, сидевший на койке рядом с Крымовым, был милый, с красным пятном на переносице от недавно снятых очков, несчастный и добрый. Он показал пальцем на дверь, едва заметно улыбнулся, покачал головой, и Крымов понял, – часовой смотрел в глазок, и надо было молчать.

Первым заговорил человек со спутанными волосами.

– Ну что ж, – сказал он лениво и добродушно, – позволю себе от имени общественности приветствовать вооруженные силы. Откуда вы, дорогой товарищ?

Крымов смущенно усмехнулся, сказал:

– Из Сталинграда.

– Ого, приятно видеть участника героической обороны. Добро пожаловать в нашу хату.

– Вы курите? – быстро спросил белолицый старик.

– Курю, – ответил Крымов.

Старик кивнул, уставился в книгу.

Тогда милый близорукий сосед сказал:

– Дело в том, что я подвел товарищей, сообщил, что не курю, и на меня не дают табаку.

Он спросил:

– Вы давно из Сталинграда?

– Сегодня утром там был.

— Ого-го, — сказал великан, — «Дугласом»?
— Так точно, — ответил Крымов.
— Расскажите, как Сталинград? На газеты мы не успели подписаться.
— Кушать хотите, верно? – спросил милый и близорукий. – А мы уж ужинали.
— Я есть не хочу, — сказал Крымов, — а Сталинград немцам не взять. Теперь это совершенно ясно.
— Я в этом был всегда уверен, — сказал великан, — синагога стояла и будет стоять.

Старик громко захлопнул книгу, спросил у Крымова:
— Вы, очевидно, член Коммунистической партии?
— Да, коммунист.
— Тише, тише, говорите только шепотом, — сказал милый и близорукий.
— Даже о принадлежности к партии, — сказал великан.

Его лицо казалось Крымову знакомо, и он вспомнил его: это знаменитый московский конферансье. Когда-то Крымов был с Женей на концерте в Колонном зале и видел его на сцене. Вот и встретились.

В это время открылась дверь, заглянул часовой и спросил:
— Кто на «кэ»?
Великан ответил:
— Я на «кэ», Каценеленбоген.

Он поднялся, причесал пятерней свои лохматые волосы и неторопливо пошел к двери.
— На допрос, — шепнул милый сосед.
— А почему – «на кэ»?
— Это правило. Позавчера часовой вызывал его: «Кто тут Каценеленбоген на „кэ"?» Очень смешно. Чудак.
— Да, обсмеялись, — сказал старик.

«А ты-то за что сюда попал, старый бухгалтер? – подумал Крымов. — И я на „кэ"».

Арестованные стали укладываться спать, а бешеный свет продолжал гореть, и Крымов кожей чувствовал, что некто наблюдает в глазок за тем, как он разворачивает портянки, подтягивает кальсоны, почесывает грудь. Этот свет был особый, он горел не для людей в камере, а для того, чтобы их лучше было видно. Если бы их удобней было наблюдать в темноте, их бы держали в темноте.

Старик бухгалтер лежал, повернувшись лицом к стене. Крымов и его близорукий сосед разговаривали шепотом, не глядя друг на друга, прикрыв рот ладонью, чтобы часовой не видел, как шевелятся их губы.

Время от времени они поглядывали на пустую койку, – как-то острит сейчас конферансье на допросе.

Сосед шепотом сказал:

– Все мы в камере стали зайцами, зайками. Это как в сказке: волшебник прикоснулся к людям, и они обратились в ушастых.

Он стал рассказывать о соседях.

Старик был не то эсером, не то эсдеком, не то меньшевиком, фамилию его – Дрелинг – Николай Григорьевич где-то когда-то слышал. Дрелинг просидел в тюрьмах, политизоляторах и лагерях больше двадцати лет, приближался к срокам, достигнутым шлиссельбуржцами Морозовым, Новорусским, Фроленко и Фигнер. Сейчас его привезли в Москву в связи с новым заведенным на него делом, – он в лагере задумал читать лекции по аграрному вопросу раскулаченным.

Конферансье имел такой же длительный лубянский стаж, как и Дрелинг, двадцать с лишним лет назад начал работать при Дзержинском в ВЧК, потом работал при Ягоде в ОГПУ, при Ежове в Наркомвнуделе, при Берии в Наркомате госбезопасности. Он работал то в центральном аппарате, то возглавлял огромные лагерные строительства.

Ошибся Крымов и в отношении своего собеседника Боголеева. Совслуж оказался искусствоведом, экспертом музейного фонда, сочинителем никогда не публикованных стихов, – писал Боголеев несозвучно эпохе.

Боголеев снова сказал шепотом:

– А теперь, понимаете, все, все исчезло, и стал из меня братик-кролик.

Как дико, страшно, ведь в мире ничего не было, кроме форсирования Буга, Днепра, кроме Пирятинского окружения и Овручских болот, Мамаева кургана, Купоросной балки, дома «шесть дробь один», политдонесений, убыли боеприпасов, раненых политруков, ночных штурмов, политработы в бою и на марше, пристрелки реперов, танковых рейдов, минометов, Генштаба, станковых пулеметов…

И в том же мире, в то же время ничего не было, кроме ночных следствий, побудок, поверок, хождений под конвоем в уборную, выданных счетом папирос, обысков, очных ставок, следователей, решений Особого совещания.

Но было и то, и другое.

Но почему ему казалось естественным, неминуемым, что соседи его, лишенные свободы, сидели в камере внутренней тюрьмы? И почему диким, нелепым, немыслимым было то, что он, Крымов, оказался в этой камере, на этой койке?

Крымову нестерпимо захотелось говорить о себе. Он не удержался и сказал:

– Меня оставила жена, мне не от кого ждать передачи.

А кровать огромного чекиста была пустой до утра.

5

Когда-то, до войны, Крымов ночью проходил по Лубянке и загадывал, что там, за окнами бессонного дома. Арестованные сидели во внутренней тюрьме восемь месяцев, год, полтора, – шло следствие. Потом родные арестованных получали письма из лагерей, и возникали слова – Коми, Салехард, Норильск, Котлас, Магадан, Воркута, Колыма, Кузнецк, Красноярск, Караганда, бухта Нагаево…

Но многие тысячи, попав во внутреннюю тюрьму, исчезали навсегда. Прокуратура сообщала родным, что эти люди осуждены на десять лет без права переписки, но заключенных с такими приговорами в лагерях не было. Десять лет без права переписки, видимо, означало: расстрелян.

В письме из лагеря человек писал, что чувствует себя хорошо, живет в тепле, и просил, если возможно, прислать чеснока и луку. И родные объясняли, что чеснок и лук нужны от цинги. О времени, проведенном в следственной тюрьме, никто никогда в письмах не писал.

Особенно жутко было проходить по Лубянке и Комсомольским переулком в летние ночи 1937 года.

Пустынно было на душных ночных улицах. Дома стояли темные, с открытыми окнами, одновременно вымершие и полные людей. В их покое не было покоя. А в освещенных окнах, закрытых белыми занавесками, мелькали тени, у подъезда хлопали дверцы машин, вспыхивали фары. Казалось, весь огромный город скован светящимся стеклянным взором Лубянки. Возникали в памяти знакомые люди. Расстояние до них не измерялось пространством, это было существование в другом измерении. Не было силы на земле и силы на небе, которая могла бы преодолеть эту бездну, равную бездне смерти. Но ведь не в земле, не под заколоченной крышкой гроба, а здесь, рядом, живой, дышащий, мыслящий, плачущий, не мертвый же.

А машины все везли новых арестованных, сотни, тысячи, десятки тысяч людей исчезали за дверьми внутренней тюрьмы, за воротами Бутырской, Лефортовской тюрем.

На места арестованных приходили новые работники в райкомы, наркоматы, в военные ведомства, в прокуратуру, в тресты, поликлиники, в заводоуправления, в месткомы и фабкомы, в земельные отделы, в бактериологические лаборатории, в дирекцию академических театров, в авиаконструкторские бюро, в институты, проектирующие гиганты химии и металлургии.

Случалось, что через короткое время пришедшие взамен арестованных врагов народа, террористов и диверсантов сами оказывались врагами, двурушниками, и их арестовывали. Иногда случалось, что люди третьего призыва тоже были врагами, и их арестовывали.

Один товарищ, ленинградец, шепотом рассказал Крымову, что с ним в камере сидели три секретаря одного из ленинградских райкомов: каждый вновь назначенный секретарь разоблачал своего предшественника – врага и террориста. В камере они лежали рядом, не имея друг к другу злобы и обиды.

Когда-то ночью в это здание вошел Митя Шапошников, брат Евгении Николаевны. С белым узелком под мышкой, собранным для него женой, – полотенце, мыло, две пары белья, зубная щетка, носки, три носовых платка. Он вошел в эти двери, храня в памяти пятизначный номер партийного билета, свой письменный стол в парижском торгпредстве, международный вагон, где он по дороге в Крым выяснял отношения с женой, пил нарзан и листал, зевая, «Золотого осла».

Конечно, Митя ни в чем не был виноват. Но все же посадили Митю, а Крымова ведь не сажали.

Когда-то по этому ярко освещенному коридору, ведущему

из свободы в несвободу, прошел Абарчук, первый муж Людмилы Шапошниковой. Абарчук шел на допрос, торопился развеять нелепое недоразумение... И вот проходит пять, семь, восемь месяцев, и Абарчук пишет «Впервые мысль убить товарища Сталина подсказал мне резидент германской военной разведки, с которым меня в свое время связал один из руководителей подполья... разговор состоялся после первомайской демонстрации на Яузском бульваре, я обещал дать окончательный ответ через пять дней, и мы условились о новой встрече...»

Удивительная работа совершалась вот за этими окнами, поистине удивительная. Ведь Абарчук не отвел глаз, когда колчаковский офицер стрелял в него.

Конечно, его заставили подписать ложные показания на самого себя. Конечно, Абарчук настоящий коммунист, крепкой, ленинской закалки, он ни в чем не виноват. Но ведь арестовали, ведь дал показания... А Крымова ведь не сажали, не арестовывали, не вынуждали давать показаний.

О том, как создавались подобные дела, Крымов слышал. Кое-какие сведения пришли от тех, кто шепотом говорил ему: «Но помни, если ты хоть одному человеку – жене, матери – скажешь об этом, я погиб».

Кое-что сообщали те, кто, разгоряченные вином и раздосадованные самоуверенной глупостью собеседника, вдруг произносили несколько неосторожных слов и тут же замолкали, а на следующий день как бы между прочим, позевывая, говорили: «Да, кстати, я, кажется, плел вчера всякую ерунду, не помнишь? Ну, тем лучше».

Кое-что говорили ему жены друзей, ездившие в лагеря к мужьям на свидания.

Но ведь все это слухи, болтовня. Ведь с Крымовым ничего подобного не бывало.

Ну, вот. Теперь его посадили. Невероятное, нелепое, безумное свершилось. Когда сажали меньшевиков, эсеров, белогвардейцев, попов, кулацких агитаторов, он никогда, ни разу даже на минуту не задумывался над тем, что чувствуют эти люди, теряя свободу, ожидая приговора. Он не думал об их женах, матерях, детях.

Конечно, когда снаряды стали рваться все ближе и ближе, калечить своих, а не врагов, он уже не был равнодушен, –

сажали не врагов, а советских людей, членов партии.

Конечно, когда посадили нескольких человек, особенно близких ему, людей его поколения, которых он считал большевиками-ленинцами, он был потрясен, не спал ночью, стал задумываться над тем, есть ли у Сталина право лишать людей свободы, мучить, расстреливать их. Он думал о тех страданиях, которые переживают они, о страданиях их жен, матерей. Ведь то были не кулаки, не белогвардейцы, а люди – большевики-ленинцы!

И все же он успокаивал себя – как-никак Крымова-то не посадили, не выслали, он не подписывал на себя, не признавал ложных обвинений.

Ну вот. Теперь Крымова, большевика-ленинца, посадили. Теперь не было утешений, толкований, объяснений. Свершилось.

Кое-что он уже узнал. Зубы, уши, ноздри, пах голого человека становились предметом обыска. Потом человек шел по коридору, жалкий и смешной, поддерживая свои сползавшие штаны и подштанники со споротыми пуговицами. У близоруких забирали очки, и они беспокойно щурились, терли глаза. Человек входил в камеру и становился лабораторной мышью, в нем создавали новые рефлексы, он говорил шепотом, и он вставал с койки, ложился на койку, отправлял естественные надобности, спал и видел сны под неотступным наблюдением. Все оказалось чудовищно жестоко, нелепо, бесчеловечно. Он впервые ясно понял, насколько страшны дела, творящиеся на Лубянке. Ведь мучили большевика, ленинца, товарища Крымова.

6

Дни шли, а Крымова не вызывали.

Он знал уже, когда и чем кормят, знал часы прогулки и срок бани, знал дым тюремного табака, время поверки, примерный состав книг в библиотеке, знал в лицо часовых, волновался, ожидая возвращения с допросов соседей. Чаще других вызывали Каценеленбогена. Боголеева вызывали всегда днем.

Жизнь без свободы! Это была болезнь. Потерять свободу – то же, что лишиться здоровья. Горел свет, из крана текла вода, в миске был суп, но и свет, и вода, и хлеб были особые, их давали, они полагались. Когда интересы следствия требовали того, заключенных временно лишали света, пищи, сна. Ведь все это они получали не для себя, такая была методика работы с ними.

Костяного старика вызывали к следователю один раз, и, вернувшись, он надменно сообщил:

– За три часа молчания гражданин следователь убедился, что моя фамилия действительно Дрелинг.

Боголеев был всегда ласков, говорил с обитателями камеры почтительно, по утрам спрашивал соседей о здоровье, сне.

Однажды он стал читать Крымову стихи, потом прервал чтение, сказал:

– Простите, вам, верно, неинтересно.

Крымов, усмехнувшись, ответил:

– Скажу откровенно, не понял ни бельмеса. А когда-то читал Гегеля и понимал.

Боголеев очень боялся допросов, терялся, когда входивший дежурный спрашивал: «Кто на „б"?» Вернувшись от следователя, он казался похудевшим, маленьким, старeньким.

О своих допросах он рассказывал сбивчиво, серпая, жмурясь. Нельзя было понять, в чем его обвиняют, – то ли в покушении на жизнь Сталина, то ли в том, что ему не нравятся произведения, написанные в духе соцреализма.

Как-то великан чекист сказал Боголееву:

– А вы помогите парню сформулировать обвинение. Я советую что-нибудь вроде такого: «Испытывая звериную ненависть ко всему новому, я огульно охаивал произведения искусства, удостоенные Сталинской премии». Десятку получите. И поменьше разоблачайте своих знакомых, этим не спасаетесь, наоборот, пришьют участие в организации, попадете в режимный лагерь.

– Да что вы, – говорил Боголеев, – разве я могу помочь им, они знают все.

Он часто шепотом философствовал на свою любимую тему: все мы персонажи сказки – грозные начдивы, парашютисты, последователи Матисса и Писарева, партийцы, геологи, чекисты, строители пятилеток, пилоты, создатели гигантов металлургии… И вот мы, кичливые, самоуверенные, переступили порог дивного дома, и волшебная палочка превратила нас в чижиков-пыжиков, поросюшек, белочек. Нам теперь что – мошку, муравьиное яичко.

У него был оригинальный, странный, видимо, глубокий ум, но он был мелок в житейских делах, – всегда тревожился, что ему дали меньше, хуже, чем другим, что ему сократили прогулку, что во время прогулки кто-то ел его сухари.

Жизнь была полна событий, но она была пустой, мнимой. Люди в камере существовали в высохшем русле ручья. Следователь изучал это русло, камешки, трещины, неровности берега. Но воды, когда-то создавшей это русло, уже не было.

Дрелинг редко вступал в разговор и если говорил, то большей частью с Боголеевым, видимо, потому, что тот был беспартийным.

Но и говоря с Боголеевым, он часто раздражался.

– Вы странный тип, – как-то сказал он, – во-первых, почтительны и ласковы с людьми, которых вы презираете, во-вторых, каждый день спрашиваете меня о здоровье, хотя вам абсолютно все равно, сдохну я или буду жить.

Боголеев поднял глаза к потолку камеры, развел руками, сказал:

– Вот послушайте, – и прочел нараспев:

  – Из чего твой панцирь,
черепаха? –
  Я спросил и получил ответ:
  – Он из мной накопленного
страха –
  Ничего прочнее в мире нет!

– Ваши стишки? – спросил Дрелинг.
Боголеев снова развел руками, не ответил.
– Боится старик, накопил страх, – сказал Каценеленбоген.
После завтрака Дрелинг показал Боголееву обложку книги и спросил:
– Нравится вам?
– Откровенно говоря, нет, – сказал Боголеев.
Дрелинг кивнул.
– И я не поклонник этого произведения. Георгий

Валентинович сказал: «Образ матери, созданный Горьким, – икона, а рабочему классу не нужны иконы».

– Поколения читают «Мать», – сказал Крымов, – при чем тут икона?

Дрелинг голосом воспитательницы из детского сада сказал:

– Иконы нужны всем тем, кто хочет поработить рабочий класс. Вот в вашем коммунистическом киоте имеется икона Ленина, есть икона и преподобного Сталина. Некрасову не нужны были иконы.

Казалось, не только лоб, череп, руки, нос его были выточены из белой кости, – слова его стучали, как костяные.

«Ох и мерзавец», – подумал Крымов.

Боголеев, сердясь, Крымов ни разу не видел этого кроткого, ласкового, всегда подавленного человека таким раздраженным, сказал:

– Вы в своих представлениях о поэзии не пошли дальше Некрасова. С той поры возникли и Блок, и Мандельштам, и Хлебников.

– Мандельштама я не знаю, – сказал Дрелинг, – а Хлебников – это маразм, распад.

– А ну вас, – резко, впервые громко проговорил Боголеев, – надоели мне до тошноты ваши плехановские прописи. Вы тут в нашей камере марксисты разных толков, но схожи тем, что к поэзии слепы, абсолютно ничего в ней не понимаете.

Странная история. Крымова особо угнетала мысль, что для часовых, ночных и дневных дежурных он – большевик, военный комиссар, ничем не отличался от плохого старика Дрелинга.

И теперь он, не терпевший символизма, декадентства, всю жизнь любивший Некрасова, готов был поддержать в споре Боголеева.

Скажи костяной старик плохое слово о Ежове, он с уверенностью стал бы оправдывать – и расстрел Бухарина, и высылку жен за недонесение, и страшные приговоры, и страшные допросы.

Но костяной человек молчал.

В это время пришел часовой, повел Дрелинга в уборную.

Каценеленбоген сказал Крымову:

– Дней пять мы сидели с ним в камере вдвоем. Молчит, как рыба об лед. Я ему говорю: «Курам на смех – два еврея, оба пожилые, проводят совместно вечера на хуторе близ Лубянки и молчат». Куда там! Молчит. К чему это презрение? Почему он не хочет со мной говорить? Страшная месть, или убийство священника в ночь под Лакбоймелах? К чему это? Старый гимназист.

– Враг! – сказал Крымов.

Дрелинг, видимо, не на шутку занимал чекиста.

– Сидит за дело, понимаете! – сказал он. – Фантастика! За плечами лагерь, впереди деревян-бушлат, а он, как железный. Завидую ему я! Вызывают его на допрос – кто на «д»? Молчит, как пень, не откликается. Добился, что его по фамилии называют. Начальство входит в камеру – убей его, не встанет.

Когда Дрелинг вернулся из уборной, Крымов сказал Каценеленбогену:

– Перед судом истории все ничтожно. Сидя здесь, я и вы продолжаем ненавидеть врагов коммунизма.

Дрелинг посмотрел с насмешливым любопытством на Крымова.

– Какой же это суд, – сказал он, ни к кому не обращаясь, – это самосуд истории!

Напрасно завидовал Каценеленбоген силе костяного человека. Его сила уже не была человеческой силой. Слепой, бесчеловечный фанатизм согревал своим химическим теплом его опустошенное и равнодушное сердце.

Война, бушевавшая в России, все события, связанные с ней, мало трогали его – он не расспрашивал о фронтовых делах, о Сталинграде. Он не знал о новых городах, о могучей промышленности. Он уж не жил человеческой жизнью, а играл бесконечную, абстрактную, его одного касавшуюся партию тюремных шашек.

Каценеленбоген очень интересовал Крымова. Крымов чувствовал, видел, что тот умен. Он шутил, трепался, балагурил, а глаза его были умные, ленивые, усталые. Такие глаза бывают у всезнающих людей, уставших жить и не боящихся смерти.

Как-то, говоря о строительстве железной дороги вдоль берега Ледовитого океана, он сказал Крымову:

– Поразительно красивый проект, – и добавил: – Правда,

реализация его обошлась тысяч в десять человеческих жизней.

— Страшновато, — сказал Крымов.

Каценеленбоген пожал плечами:

— Посмотрели бы вы, как шли колонны зека на работу. В гробовом молчании. Над головой зеленое и синее северное сияние, кругом лед и снег, а черный океан ревет. Вот тут и видна мощь.

Он советовал Крымову:

— Надо помогать следователю, он новый кадр, ему самому трудно справиться... А если поможешь ему, подскажешь, то и себе поможешь, — избежишь сточасовых конвейеров. А результат ведь один — Особое совещание влепит положенное.

Крымов пытался с ним спорить, и Каценеленбоген отвечал:

— Личная невиновность — пережиток средних веков, алхимия. Толстой объявил — нет в мире виноватых. А мы, чекисты, выдвинули высший тезис — нет в мире невиновных, нет неподсудных. Виноват тот, на кого выписан ордер, а выписать ордер можно на каждого. Каждый человек имеет право на ордер. Даже тот, кто всю жизнь выписывал эти ордера на других. Мавр сделал свое дело, мавр может уйти.

Он знал многих друзей Крымова, некоторые были ему знакомы в качестве подследственных по делам 1937 года. Говорил он о людях, чьи дела вел, как-то странно, — без злобы, без волнения: «интересный был человек», «чудак», «симпатяга».

Он часто вспоминал Анатоля Франса, «Думу про Опанаса», любил цитировать бабелевского Беню Крика, называл певцов и балерин Большого театра по имени и отчеству. Он собирал библиотеку редких книг, рассказывал о драгоценном томике Радищева, который достался ему незадолго до ареста.

— Хорошо, — говорил он, — если мое собрание будет передано в Ленинскую библиотеку, а то растащат дураки книги, не понимая их ценности.

Он был женат на балерине. Судьба радищевской книги, видимо, тревожила Каценеленбогена больше, чем судьба жены, и, когда Крымов сказал об этом, чекист ответил:

— Моя Ангелина умная баба, она не пропадет.

Казалось, он все понимал, но ничего не чувствовал.

Простые понятия – разлука, страдание, свобода, любовь, женская верность, горе – были ему непонятны. Волнение появлялось в его голосе, когда он говорил о первых годах своей работы в ВЧК. «Какое время, какие люди», – говорил он. А то, что составляло жизнь Крымова, казалось ему категориями пропаганды.

О Сталине он сказал:

– Я преклоняюсь перед ним больше, чем перед Лениным. Единственный человек, которого я по-настоящему люблю.

Но почему этот человек, участвовавший в подготовке процесса лидеров оппозиции, возглавлявший при Берии колоссальную заполярную гулаговскую стройку, так спокойно, примиренно относился к тому, что в своем родном доме ходил на ночные допросы, поддерживая на животе брюки со срезанными пуговицами? Почему тревожно, болезненно он относился к покаравшему его молчанием меньшевику Дрелингу?

А иногда Крымов сам начинал сомневаться. Почему он так возмущается, горит, сочиняя письма Сталину, холодеет, покрывается потом? Мавр сделал свое дело. Ведь все это происходило в тридцать седьмом году с десятками тысяч членов партии, такими же, как он, получше, чем он. Мавры сделали свое дело. Почему ему так отвратительно теперь слово донос? Только лишь потому, что он сам сел по чьему-то доносу? Он ведь получал политдонесения от политинформаторов в подразделениях. Обычное дело. Обычные доносы. Красноармеец Рябоштан носит нательный крест, называет коммунистов безбожниками, – долго ли прожил Рябоштан, попав в штрафную роту? Красноармеец Гордеев заявил, что не верит в силу советского оружия, что победа Гитлера неизбежна, – долго ли прожил Гордеев, попав в штрафное подразделение? Красноармеец Маркович заявил: «Все коммунисты воры, придет время, мы их поднимем на штыки и народ станет свободный», – трибунал присудил Марковича к расстрелу. Ведь он – доносчик, доложил в политуправление фронта о Грекове, не угробила бы Грекова немецкая бомба, его бы расстреляли перед строем командиров. Что чувствовали, думали эти люди, которых посылали в штрафные роты, судили трибуналы, допрашивали в особых отделах?

А до войны, – сколько раз приходилось ему участвовать в таких делах, спокойно относиться к словам друзей: «Я в парткоме рассказал о своем разговоре с Петром»; «Он честно рассказал партийному собранию содержание письма Ивана»; «Его вызвали, и он, как коммунист, должен был, конечно, обо всем рассказать, – и о настроении ребят, и о письмах Володьки».

Было, было, все это было.

Э, чего там… Все эти объяснения, что он писал и давал устно, они ведь никому не помогли выйти из тюрьмы. Внутренний смысл их был один, – самому не попасть в трясину, отстраниться.

Плохо, плохо защищал своих друзей Крымов, хотя он не любил, боялся, всячески избегал всех этих дел. Чего же он горит, холодеет? Чего он хочет? Чтобы дежурный на Лубянке знал о его одиночестве, следователи вздыхали о том, что его оставила любимая женщина, учитывали в своих разработках то, что он по ночам звал ее, кусал себя за руку, что мама звала его Николенька?

Ночью Крымов проснулся, открыл глаза и увидел Дрелинга у койки Каценеленбогена. Бешеное электричество освещало спину старого лагерника. Проснувшийся Боголеев сидел на койке, прикрыв ноги одеялом.

Дрелинг кинулся к двери, застучал по ней костяным кулаком, закричал костяным голосом:

– Эй, дежурный, скорей врача, сердечный припадок у заключенного!

– Тише, прекратить! – крикнул подбежавший к глазку дежурный.

– Как тише, человек умирает! – заорал Крымов и, вскочив с койки, подбежал к двери, стал вместе с Дрелингом стучать по ней кулаком. Он заметил, что Боголеев лег на койку, укрылся одеялом, – видимо, боялся участвовать в ночном ЧП.

Вскоре дверь распахнулась, вошли несколько человек.

Каценеленбоген был без сознания. Его огромное тело долго не могли уложить на носилки.

Утром Дрелинг неожиданно спросил Крымова:

– Скажите, часто ли вам, коммунистическому комиссару, приходилось сталкиваться на фронте с проявлением недовольства?

Крымов спросил:

– Какого недовольства, чем?

– Я имею в виду недовольство колхозной политикой большевиков, общим руководством войной, словом, проявление политического недовольства?

– Никогда. Ни разу не столкнулся даже с тенью подобных настроений, – сказал Крымов.

– Так-так, понятно, я так и думал, – сказал Дрелинг и удовлетворенно кивнул.

7

Идея окружения немцев под Сталинградом считается гениальной.

В тайном сосредоточении воинских масс на флангах армии Паулюса повторился принцип, рожденный в пору, когда босые, со скошенными лбами, челюстатые мужики расползались по кустарникам, окружая пещеры, захваченные лесными пришельцами. Чему удивляться: различию между дубиной и дальнобойной артиллерией или тысячелетней неизменности принципа старого и нового оружия?

Но ни отчаяния, ни удивления не должно вызывать понимание того, что вечно множащая вширь и ввысь свои витки спираль человеческого движения имеет неизменную ось.

Хотя принцип окружения, составивший суть Сталинградской операции, не нов, – бесспорна заслуга организаторов Сталинградского наступления, правильно избравших район для применения этого древнего принципа. Правильно было ими избрано время проведения операции, умело обучены, накоплены войска; заслугой организаторов наступления является умелое устройство взаимодействия трех фронтов – Юго-Западного, Донского и Сталинградского; больших трудностей стоило тайное сосредоточение войск на лишенной естественных масок степной земле. Силы с севера и с юга готовились, скользнув вдоль правого и левого плеча немцев, встретиться у Калача, обхватив противника, ломая кости, сминая сердце и легкие армии Паулюса. Много труда было затрачено на разработку деталей операции, на разведывание огневых средств, живой силы, тылов, коммуникаций противника.

Но все же в основе этого труда, в котором принимали участие Верховный Главнокомандующий маршал Иосиф Сталин, генералы Жуков, Василевский, Воронов, Еременко, Рокоссовский и многие одаренные офицеры Генерального штаба, лежал введенный в военную практику первобытным волосатым человеком принцип флангового окружения противника.

Определение гениальности можно отнести лишь к людям, которые вводят в жизнь новые идеи, те, что относятся к ядру, а не к оболочке, к оси, а не к виткам вокруг оси. Ничего общего с такого рода божественными действиями не имеют стратегические и тактические разработки со времен Александра Македонского. Человеческое сознание, подавленное грандиозностью военных событий, склонно грандиозность масштаба отождествлять с грандиозностью мыслительных достижений полководцев.

История битв показывает, что полководцы не вносят новых принципов в операции по прорыву обороны, преследованию, в окружения, выматывания, – они применяют и используют принципы, известные еще людям неандертальской эры, известные, между прочим, и волкам, окружающим стадо, и стаду, обороняющемуся от волков.

Энергичный, знающий свое дело директор завода обеспечивает успешную заготовку сырья и топлива, взаимосвязь между цехами и десятки других мелких и крупных условий, необходимых для работы завода.

Но когда историки сообщают, что деятельность директора определила принципы металлургии, электротехники, рентгеновского анализа металла, – сознание изучающего историю завода начинает протестовать: рентгеновские лучи открыл не наш директор, а Рентген… доменные печи существовали и до нашего директора.

Истинно великие научные открытия делают человека более мудрым, чем природа. Природа познает себя в этих открытиях, через эти открытия. К таким человеческим подвигам относится то, что совершили Галилей, Ньютон, Эйнштейн в познании природы пространства, времени, материи и силы. В этих открытиях человек создал большую глубину и большую высоту, чем те, что естественно существовали, и, таким образом, способствовал самопознанию природой себя, обогащению природы.

Открытиями низшего, второго порядка являются те, где существующие, видимые, осязаемые, сформулированные природой принципы воспроизводятся человеком.

Полет птиц, движение рыб, движение перекати-поля и круглого валуна, сила ветра, заставляющего деревья качаться и махать ветвями, реактивные движения голотурий – все это выражение того или иного осязаемого, явного принципа. Человек извлекает из явления его принцип, переносит в свою сферу и развивает в соответствии со своими возможностями и потребностями.

Огромно значение для жизни самолетов, турбин, реактивных двигателей, ракет, и однако, их созданием человечество обязано своему таланту, но не своему гению.

К таким же открытиям второго порядка относятся те, что используют принцип, выявленный, выкристаллизованный людьми, а не природой, скажем, принцип электромагнитной теории поля, нашедший свое применение и развитие в радио, телевидении, радиолокации. К таким же открытиям второго порядка относится освобождение атомной энергии. Создателю первого уранового котла Ферми не следует претендовать на звание гения человечества, хотя его открытие стало началом новой эпохи всемирной истории.

В открытиях еще более низшего, третьего порядка человек уже существующее в сфере его деятельности воплощает в новых условиях, скажем, устанавливает новый двигатель на летательном аппарате, заменяет на судне паровой двигатель электрическим.

И именно сюда относится деятельность человека в области военного искусства, где новые технические условия взаимодействуют со старыми принципами. Нелепо отрицать значение для дела войны деятельности генерала, руководящего сражением. Однако неверно объявлять генерала гением. В отношении способного инженера-производственника это глупо, в отношении генерала это не только глупо, но и вредно, опасно.

8

Два молота, каждый в миллионы тонн металла и живой человеческой крови, – северный и южный, ждали сигнала.

Первыми начали наступление войска, расположенные северо-западнее Сталинграда. 19 ноября 1942 года, в 7 часов 30 минут утра вдоль линии Юго-Западного и Донского фронтов началась мощная артиллерийская подготовка, длившаяся 80 минут. Огневой вал обрушился на боевые позиции, занятые частями 3-й румынской армии.

В 8 часов 50 минут перешли в атаку пехота и танки. Дух советских войск был необычайно высок. 76-я дивизия поднялась в атаку под звуки марша, исполнявшегося ее духовым оркестром.

Во второй половине дня тактическая глубина обороны противника была прорвана. Сражение развернулось на громадной территории.

4-й румынский армейский корпус был разгромлен. 1-я румынская кавалерийская дивизия была отсечена и изолирована от остальных частей 3-й армии в районе Крайней.

5-я танковая армия начала наступление с высот в тридцати километрах юго-западнее Серафимовича, прорвала позиции 2-го румынского армейского корпуса и, быстро продвигаясь на юг, уже к середине дня овладела высотами севернее Перелазовской. Повернув на юго-восток, советские танковые и кавалерийские корпуса к вечеру достигли Гусынки и Калмыкова, зайдя на шестьдесят километров в тыл 3-й румынской армии.

Спустя сутки, на рассвете 20 ноября, перешли в наступление войска, сосредоточенные в калмыцких степях на юге от Сталинграда.

9

Новиков проснулся задолго до рассвета. Волнение Новикова было настолько велико, что он не ощущал его.

– Чай будете пить, товарищ командир корпуса? – торжественно и вкрадчиво спросил Вершков.

– Да, – сказал Новиков, – скажи повару, пусть яичницу зажарит.

– Какую, товарищ полковник?

Новиков помолчал, задумался, и Вершкову показалось, что командир корпуса погрузился в размышления, не слышит вопроса.

– Глазунью, – сказал Новиков и посмотрел на часы, – пойди к Гетманову, встал ли уже, через полчаса нам ехать.

Он, казалось ему, не думал о том, что через полтора часа начнется артиллерийская подготовка, о том, как небо загудит от сотен моторов штурмовиков и бомбардировщиков, о том, как поползут саперы резать проволоку и разминировать минные поля, как пехота, волоча пулеметы, побежит на туманные холмы, которые он столько раз разглядывал в стереотрубу. Он, казалось, не ощущал в этот час связи с Беловым, Макаровым, Карповым. Он, казалось, не думал о том, что накануне на северо-западе от Сталинграда советские танки, войдя в прорванный артиллерией и пехотой немецкий фронт, безостановочно двигались в сторону Калача и что через несколько часов его танки пойдут с юга навстречу идущим с севера, чтобы окружить армию Паулюса.

Он не думал о командующем фронтом и о том, что, быть может, Сталин завтра назовет имя Новикова в своем приказе. Он не думал о Евгении Николаевне, не вспоминал рассвета над Брестом, когда бежал к аэродрому и в небе светлел первый огонь зажженной немцами войны.

Но все то, о чем он не думал, было в нем.

Он думал: надеть ли новые сапоги с мягкой халявой или ехать в ношеных, не забыть бы портсигар; думал: опять, сукин сын, подал мне холодный чай; он ел яичницу и куском хлеба старательно снимал растопленное масло со сковороды.

Вершков доложил:

– Ваше приказание выполнено, – и тут же сказал осуждающе и доверительно: – Я автоматчика спрашиваю: «У себя?» Автоматчик мне отвечает: «А где ему быть, – спит с бабой».

Автоматчик произнес более крепкое слово, нежели «баба», но Вершков не счел возможным привести его в разговоре с командиром корпуса.

Новиков молчал, надавливая подушечкой пальца, собирал крошки со стола.

Вскоре вошел Гетманов.

– Чайку? – спросил Новиков.

Отрывистым голосом Гетманов сказал:

– Пора ехать, Петр Павлович, чаи да сахары, надо немца воевать.

«Ох, силен», – подумал Вершков.

Новиков зашел в штабную половину дома, поговорил с Неудобновым о связи, о передаче приказов, поглядел на карту.

Полная обманной тишины мгла напомнила Новикову донбасское детство. Вот так казалось все спящим за несколько минут до того, как воздух заполнится сиренами и гудками и люди пойдут в сторону шахтных и заводских ворот. Но Петька Новиков, проснувшийся до гудка, знал, что сотни рук нащупывают в темноте портянки, сапоги, шлепают по полу босые бабьи ноги, погромыхивает посуда и печные чугуны.

– Вершков, – сказал Новиков, – подгони на НП мой танк, понадобится мне сегодня.

– Слушаюсь, – сказал Вершков, – я в него все барахло погружу, и ваше, и комиссара.

– Какао не забудь положить, – сказал Гетманов.

На крыльцо вышел Неудобнов в шинели внакидку.

– Только что звонил генерал-лейтенант Толбухин, спрашивал, выехал ли комкор на НП.

Новиков кивнул, тронул водителя за плечо:

– Ехай, Харитонов.

Дорога вышла из улуса, оттолкнулась от последнего домика, вильнула, снова вильнула и легла строго на запад, пошла между белых пятен снега, сухого бурьяна.

Они проезжали мимо лощины, где сосредоточились танки первой бригады.

Вдруг Новиков сказал Харитонову: «Стой», – и, соскочив с «виллиса», пошел к темневшим в полумраке боевым машинам.

Он шел, не заговаривая ни с кем, всматривался в лица людей.

Ему вспомнились виденные на днях на деревенской площади нестриженые ребята из пополнения. Действительно, – дети, а в мире все направлено на то, чтобы они шли под огонь, и разработки Генерального штаба, и приказ командующего фронтом, и тот приказ, который он отдаст через час командирам бригад, и те слова, что говорят им политработники, и те слова, что пишут в газетных статьях и стихах писатели. В бой, в бой! А на темном западе ждали лишь одного – бить по ним, кромсать их, давить их гусеницами.

«Свадьба будет!» Да, будет, без сладкого портвейна, без

гармошки. «Горько», – крикнет Новиков, и девятнадцатилетние женихи не отвернутся, честно поцелуют невесту.

Новикову казалось, что он идет среди своих братишек, племяшей, сынишек соседей, и тысячи незримых баб, девчонок, старух смотрят.

Право посылать на смерть во время войны отвергают матери. Но и на войне встречаются люди, участники материнского подполья. Такие люди говорят: «Сиди, сиди, куда ты пойдешь, слышишь, как бьет. Подождут они там моего донесения, а ты лучше чайничек вскипяти». Такие люди рапортуют в телефон начальнику: «Слушаюсь, есть выдвинуть пулемет», – и, положив трубку, говорят: «Куда там его без толку выдвигать, убьют же хорошего парня».

Новиков пошел в сторону своей машины. Лицо его стало хмурым и жестоким, словно впитало в себя сырую тьму ноябрьского рассвета. Когда машина тронулась. Гетманов понимающе посмотрел на него и сказал:

– Знаешь, Петр Павлович, что я хочу сказать тебе именно сегодня: люблю я тебя, понимаешь, верю в тебя.

10

Тишина стояла плотно, безраздельно, и в мире, казалось, не было ни степи, ни тумана, ни Волги, одна лишь тишина. На темных тучах пролетела светлая быстрая рябь, а затем снова серый туман стал багровым, и вдруг громы обхватили и небо и землю...

Ближние пушки и дальние пушки соединили свои голоса, а эхо прочило связь, ширило многосложное сплетение звуков, заполнявших весь гигантский куб боевого пространства.

Глинобитные домишки дрожали, и комья глины отваливались от стен, беззвучно падали на пол, двери домов в степных деревнях сами собой стали открываться и закрываться, пошли трещины по молодому зеркалу озерного льда.

Виляя тяжелым, полным шелкового волоса хвостом, побежала лисица, а заяц бежал не от нее, а вслед ей; поднялись в воздух, маша тяжелыми крыльями, соединенные, быть может, впервые вместе хищники дня и хищники ночи... Кое-кто из сусликов спросонок выскочил из норы, как выбегают из горящих изб сонные, взлохмаченные дядьки.

Вероятно, сырой утренний воздух на огневых позициях стал теплей на градус от прикосновения к тысячам горячих артиллерийских стволов.

С передового наблюдательного пункта были ясно видны разрывы советских снарядов, вращение маслянистого черного и желтого дыма, россыпи земли и грязного снега, молочная белизна стального огня.

Артиллерия замолкла. Дымовая туча медленно смешивала свои обезвоженные, жаркие космы с холодной влагой степного тумана.

И тут же небо заполнилось новым звуком, урчащим, тугим, широким, – на запад шли советские самолеты. Их гудение, звон, рев делали ощутимой, осязаемой многоэтажную высоту облачного слепого неба, – бронированные штурмовики и истребители шли, прижатые к земле низкими облаками, а в облаках и над облаками ревели басами невидимые бомбардировщики.

Немцы в небе над Брестом, русское небо над приволжской степью.

Новиков не думал об этом, не вспоминал, не сравнивал. То, что переживал он, было значительней воспоминания, сравнения, мысли.

Стало тихо. Люди, ожидавшие тишины, чтобы подать сигнал атаки, и люди, готовые по сигналу кинуться в сторону румынских позиций, на миг захлебнулись в тишине.

В тишине, подобной немому и мутному архейскому морю, в эти секунды определялась точка перегиба кривой человечества.

Как хорошо, какое счастье участвовать в решающей битве за родину. Как томительно, ужасно подняться перед смертью в рост, не хорониться от смерти, а бежать ей навстречу. Как страшно погибнуть молоденьким! Жить-то, жить хочется. Нет в мире желания сильней, чем желание сохранить молодую, так мало жившую жизнь. Это желание не в мыслях, оно сильнее мысли, оно в дыхании, в ноздрях, оно в глазах, в мышцах, в гемоглобине крови, жадно пожирающем кислород. Оно настолько громадно, что ни с чем не сравнимо, его нельзя измерить. Страшно. Страшно перед атакой. Гетманов шумно и глубоко вздохнул, посмотрел на Новикова, на полевой телефон, на радиопередатчик.

Лицо Новикова удивило Гетманова, – оно было не тем, каким знал его Гетманов за все эти месяцы, а знал он его разным: в гневе, в заботе, в надменности, веселым и хмурым.

Неподавленные румынские батареи одна за другой ожили, били беглым огнем из глубины в сторону переднего края. Открыли огонь по земным целям мощные зенитные орудия.

– Петр Павлович, – сильно волнуясь, сказал Гетманов, – время! Где пьют, там и льют.

Необходимость жертвовать людьми ради дела всегда казалась ему естественной, неоспоримой не только во время войны.

Но Новиков медлил, он приказал соединить себя с командиром тяжелого артиллерийского полка Лопатиным, чьи калибры только что работали по намеченной оси движения танков.

– Смотри, Петр Павлович, Толбухин тебя съест, – и Гетманов показал на свои ручные часы.

Новиков самому себе, не только Гетманову, не хотел признаться в стыдном, смешном чувстве.

– Машин много потеряем, машин жалко, – сказал он. – Тридцатьчетверки красавицы, а тут вопрос нескольких минут, подавим зенитные и противотанковые батареи – они как на ладони у нас.

Степь дымилась перед ним, не отрываясь, смотрели на него люди, стоявшие рядом с ним в окопчике; командиры танковых бригад ожидали его радиоприказа.

Он был охвачен своей ремесленной полковничьей страстью к войне, и его грубое честолюбие трепетало от напряжения, и Гетманов понукал его, и он боялся начальства.

И он отлично знал, что сказанные им Лопатину слова не будут изучать в историческом отделе Генерального штаба, не вызовут похвалы Сталина и Жукова, не приблизят желаемого им ордена Суворова.

Есть право большее, чем право посылать, не задумываясь, на смерть, – право задуматься, посылая на смерть.

Новиков исполнил эту ответственность.

11

В Кремле Сталин ждал донесения командующего

Сталинградским фронтом.

Он посмотрел на часы: артиллерийская подготовка только что кончилась, пехота пошла, подвижные части готовились войти в прорыв, прорубленный артиллерией. Самолеты воздушной армии бомбили тылы, дороги, аэродромы.

Десять минут назад он говорил с Ватутиным – продвижение танковых и кавалерийских частей Юго-Западного фронта превысило плановые предположения.

Он взял в руку карандаш, посмотрел на молчавший телефон. Ему хотелось пометить на карте начавшееся движение южной клешни. Но суеверное чувство заставило его положить карандаш. Он ясно чувствовал, что Гитлер в эти минуты думает о нем и знает, что и он думает о Гитлере.

Черчилль и Рузвельт верили ему, но он понимал, – их вера не была полной. Они раздражали его тем, что охотно совещались с ним, но, прежде чем советоваться с ним, договорились между собой.

Они знали – война приходит и уходит, а политика остается. Они восхищались его логикой, знаниями, ясностью его мысли и злили его тем, что все же видели в нем азиатского владыку, а не европейского лидера.

Неожиданно ему вспомнились безжалостно умные, презрительно прищуренные, режущие глаза Троцкого, и впервые он пожалел, что того нет в живых: пусть бы узнал о сегодняшнем дне.

Он чувствовал себя счастливым, физически крепким, не было противного свинцового вкуса во рту, не щемило сердце. Для него чувство жизни слилось с чувством силы. С первых дней войны Сталин ощущал чувство физической тоски. Оно не оставляло его, когда перед ним, видя его гнев, помертвев, вытягивались маршалы и когда людские тысячи, стоя, приветствовали его в Большом театре. Ему все время казалось, что люди, окружающие его, тайно посмеиваются, вспоминая его растерянность летом 1941 года.

Однажды в присутствии Молотова он схватился за голову и бормотал: «Что делать… что делать…» На заседании Государственного комитета обороны у него сорвался голос, все потупились. Он несколько раз отдавал бессмысленные распоряжения и видел, что всем очевидна эта бессмысленность… 3 июля, начиная свое выступление по радио, он волновался, пил боржом, и в эфир передали его волнение... Жуков в конце июля грубо возражал ему, и он на миг смутился, сказал: «Делайте, как знаете». Иногда ему хотелось уступить погубленным в тридцать седьмом году Рыкову, Каменеву, Бухарину ответственность, пусть руководят армией, страной.

У него иногда возникало ужасное чувство: побеждали на полях сражений не только сегодняшние его враги. Ему представлялось, что следом за танками Гитлера в пыли, дыму шли все те, кого он, казалось, навек покарал, усмирил, успокоил. Они лезли из тундры, взрывали сомкнувшуюся над ними вечную мерзлоту, рвали колючую проволоку. Эшелоны, груженные воскресшими, шли из Колымы, из республики Коми. Деревенские бабы, дети выходили из земли со страшными, скорбными, изможденными лицами, шли, шли, искали его беззлобными, печальными глазами. Он, как никто, знал, что не только история судит побежденных.

Берия бывал минутами невыносим ему, потому что Берия, видимо, понимал его мысли.

Все это нехорошее, слабое длилось недолго, несколько дней, все это прорывалось минутами.

Но чувство подавленности не оставляло его, тревожила изжога, болел затылок, иногда случались пугающие головокружения.

Он снова посмотрел на телефон – время Еременко доложить о движении танков.

Пришел час его силы. В эти минуты решалась судьба основанного Лениным государства, централизованная разумная сила партии получила возможность осуществить себя в строительстве огромных заводов, в создании атомных станций и термоядерных установок, реактивных и турбовинтовых самолетов, космических и трансконтинентальных ракет, высотных зданий, дворцов науки, новых каналов, морей, в создании заполярных шоссейных дорог и городов.

Решалась судьба оккупированных Гитлером Франции и Бельгии, Италии, скандинавских и балканских государств, произносился смертный приговор Освенциму, Бухенвальду и Моабитскому застенку, готовились распахнуться ворота девятисот созданных нацистами концентрационных и трудовых лагерей.

Решалась судьба немцев-военнопленных, которые пойдут в Сибирь. Решалась судьба советских военнопленных в гитлеровских лагерях, которым воля Сталина определила разделить после освобождения сибирскую судьбу немецких пленных.

Решалась судьба калмыков и крымских татар, балкарцев и чеченцев, волей Сталина вывезенных в Сибирь и Казахстан, потерявших право помнить свою историю, учить своих детей на родном языке. Решалась судьба Михоэлса и его друга актера Зускина, писателей Бергельсона, Маркиша, Фефера, Квитко, Нусинова, чья казнь должна была предшествовать зловещему процессу евреев-врачей, возглавляемых профессором Вовси. Решалась судьба спасенных Советской Армией евреев, над которыми в десятую годовщину народной сталинградской победы Сталин поднял вырванный из рук Гитлера меч уничтожения.

Решалась судьба Польши, Венгрии, Чехословакии и Румынии.

Решалась судьба русских крестьян и рабочих, свобода русской мысли, русской литературы и науки.

Сталин волновался. В этот час будущая сила государства сливалась с его волей.

Его величие, его гений не существовали в нем самом, независимо от величия государства и вооруженных сил. Написанные им книги, его ученые труды, его философия значили, становились предметом изучения и восхищения для миллионов людей лишь тогда, когда государство побеждало.

Его соединили с Еременко.

– Ну, что там у тебя? – не здороваясь, спросил Сталин. – Пошли танки?

Еременко, услыша раздраженный голос Сталина, быстро потушил папиросу.

– Нет, товарищ Сталин, Толбухин заканчивает артподготовку. Пехота очистила передний край. Танки в прорыв еще не вошли.

Сталин внятно выругался матерными словами и положил трубку.

Еременко снова закурил и позвонил командующему Пятьдесят первой армией.

– Почему танки до сих пор не пошли? – спросил он.

Толбухин одной рукой держал телефонную трубку, второй вытирал большим платком пот, выступивший на груди. Китель его был расстегнут, из раскрытого ворота белоснежной рубахи выступали тяжелые жировые складки у основания шеи.

Преодолевая одышку, он ответил с неторопливостью очень толстого человека, который не только умом, но и всем телом понимает, что волноваться ему нельзя:

– Мне сейчас доложил командир танкового корпуса, – по намеченной оси движения танков остались неподавленные артиллерийские батареи противника. Он просил несколько минут, чтобы подавить оставшиеся батареи артиллерийским огнем.

– Отменить! – резко сказал Еременко. – Немедленно пустите танки! Через три минуты доложите мне.

– Слушаюсь, – сказал Толбухин.

Еременко хотел обругать Толбухина, но неожиданно спросил:

– Что так тяжело дышите, больны?

– Нет, я здоров, Андрей Иванович, я позавтракал.

– Действуйте, – сказал Еременко и, положив трубку, проговорил: – Позавтракал, дышать не может, – и выругался длинно, фигурно.

Когда на командном пункте танкового корпуса зазуммерил телефон, плохо слышимый из-за вновь начавшей действовать артиллерии, Новиков понял, что командующий армией сейчас потребует немедленного ввода танков в прорыв.

Выслушав Толбухина, он подумал: «Как в воду глядел», – и сказал:

– Слушаюсь, товарищ генерал-лейтенант, будет исполнено.

После этого он усмехнулся в сторону Гетманова.

– Еще минуты четыре пострелять все же надо.

Через три минуты вновь позвонил Толбухин, на этот раз он не задыхался.

– Вы, товарищ полковник, шутите? Почему я слышу артиллерийскую стрельбу? Выполняйте приказ!

Новиков приказал телефонисту соединить себя с командиром артиллерийского полка Лопатиным. Он слышал голос Лопатина, но молчал, смотрел на движение секундной стрелки, выжидая намеченный срок.

— Ох и силен наш отец! — сказал с искренним восхищением Гетманов.

А еще через минуту, когда смолкла артиллерийская стрельба, Новиков надел радионаушники, вызвал командира танковой бригады, первой идущей в прорыв.

— Белов! — сказал он.

— Слушаюсь, товарищ командир корпуса.

Новиков, скривив рот, крикнул пьяным, бешеным голосом:

— Белов, жарь!

Туман стал гуще от голубого дыма, воздух загудел от рева моторов, корпус вошел в прорыв.

12

Цели русского наступления стали очевидны для немецкого командования группы армий «Б», когда на рассвете двадцатого ноября загремела артиллерия в калмыцкой степи и ударные части Сталинградского фронта, расположенные южнее Сталинграда, перешли в наступление против 4-й румынской армии, стоявшей на правом фланге Паулюса.

Танковый корпус, действовавший на левом, заходящем фланге ударной советской группировки, вошел в прорыв между озерами Цаца и Барманцак, устремился на северо-запад по направлению к Калачу, навстречу танковым и кавалерийским корпусам Донского и Юго-Западного фронтов.

Во второй половине дня двадцатого ноября наступавшая от Серафимовича группировка вышла севернее Суровикино, создав угрозу для коммуникаций армии Паулюса.

Но Шестая армия еще не чувствовала угрозы окружения. В шесть часов вечера штаб Паулюса сообщил командующему группой армий «Б» генерал-полковнику барону фон Вейхсу, что на 20 ноября в Сталинграде намечается продолжить действия разведывательных подразделений.

Вечером Паулюс получил приказ фон Вейхса прекратить все наступательные операции в Сталинграде и, выделив крупные танковые, пехотные соединения и противотанковые средства, сосредоточить их поэшелонно за своим левым флангом для нанесения удара в северо-западном направлении.

Этот полученный Паулюсом в десять часов вечера приказ

знаменовал собой окончание немецкого наступления в Сталинграде.

Стремительный ход событий лишил значения и этот приказ.

21 ноября ударные советские группировки, рвавшиеся от Клетской и Серафимовича, повернули по отношению к своему прежнему направлению на 90 градусов и, соединившись, двигались к Дону в районе Калача и севернее его, прямо в тыл сталинградского фронта немцев.

В этот день 40 советских танков появились на высоком, западном берегу Дона, в нескольких километрах от Голубинской, где находился командный пункт армии Паулюса. Другая группа танков с ходу захватила мост через Дон, – охрана моста приняла советскую танковую часть за учебный отряд, оснащенный трофейными танками, часто пользовавшийся этим мостом. Советские танки вошли в Калач. Намечалось окружение двух немецких сталинградских армий, – 6-й Паулюса, 4-й танковой Готта. Для защиты Сталинграда с тыла одна из лучших боевых частей Паулюса, 384-я пехотная дивизия, заняла оборону, повернувшись фронтом на северо-запад.

А в это же время наступавшие с юга войска Еременко смяли 29-ю немецкую моторизованную дивизию, разбили 6-й румынский армейский корпус, двигались между реками Червленная и Донская Царица к железной дороге Калач – Сталинград.

В сумерках танки Новикова подошли к сильно укрепленному узлу сопротивления румын.

Но на этот раз Новиков не стал медлить. Он не использовал ночной темноты для скрытого, тайного сосредоточения танков перед атакой.

По приказу Новикова все машины, не только танки, но и самоходные пушки, и бронетранспортеры, и грузовики с мотопехотой внезапно включили полный свет.

Сотни ярких, слепящих фар взломали тьму. Огромная масса машин мчалась из степной тьмы, оглушая ревом, пушечной стрельбой, пулеметными очередями, слепя кинжальным светом, парализуя румынскую оборону, вызывая панику.

После короткого боя танки продолжали движение.

22 ноября, в первой половине дня, шедшие из калмыцких степей советские танки ворвались в Бузиновку. Вечером восточной Калача, в тылу двух немецких армий, Паулюса и Готта, произошла встреча передовых советских танковых подразделений, шедших с юга и севера. К 23 ноября стрелковые соединения, выдвигаясь к рекам Чир и Аксай, надежно обеспечили внешние фланги ударных группировок.

Задача, поставленная перед войсками Верховным Главнокомандованием Красной Армии, была решена, – окружение сталинградской группировки немцев завершилось в течение ста часов.

Каков был дальнейший ход событий? Что определило его? Чья человеческая воля выразила рок истории?

22 ноября в шесть часов вечера Паулюс передал по радио в штаб группы армий «Б»:

«Армия окружена. Вся долина реки Царица, железная дорога от Советской до Калача, мост через Дон в этом районе, высоты на западном берегу реки, несмотря на героическое сопротивление, перешли в руки русских... положение с боеприпасами критическое. Продовольствия хватит на шесть дней. Прошу предоставить свободу действий на случай, если не удастся создать круговую оборону. Обстановка может принудить тогда оставить Сталинград и северный участок фронта...»

В ночь на 22 ноября Паулюс получил приказ Гитлера именовать занимаемый его армией район – «Сталинградская крепость».

Предыдущий приказ был: «Командующему армией со штабом направиться в Сталинград, 6-й армии занять круговую оборону и ждать дальнейших указаний».

После совещания Паулюса с командирами корпусов командующий группой армий «Б» барон Вейхс телеграфировал Верховному командованию:

«Несмотря на всю тяжесть ответственности, которую испытываю, принимая это решение, я должен доложить, что я считаю необходимым поддержать предложение генерала Паулюса об отводе 6-й армии...»

Начальник Генерального штаба сухопутных сил генерал-полковник Цейцлер, с которым Вейхс беспрерывно поддерживал связь, целиком разделял взгляд Паулюса и Вейхса о необходимости оставить район Сталинграда, считал немыслимым снабжать огромные массы войск, попавших в окружение, по воздуху.

В 2 часа ночи 24 ноября Цейцлер передал телефонограмму Вейхсу о том, что ему наконец удалось убедить Гитлера сдать Сталинград. Приказ о выходе 6-й армии из окружения, сообщал он, будет отдан Гитлером утром 24 ноября.

Вскоре после 10 часов утра единственная линия телефонной связи между группой армий «Б» и 6-й армией была порвана.

Приказ Гитлера о выходе из окружения ожидали с минуты на минуту, и, так как действовать надо было быстро, барон Вейхс решил под собственную ответственность отдать приказ о деблокировании.

В тот момент, когда связисты уже собирались передать радиограмму Вейхса, начальник службы связи услышал, что передается радиограмма из ставки фюрера генералу Паулюсу:

«6-я армия временно окружена русскими. Я решил сосредоточить армию в районе северная окраина Сталинграда, Котлубань, высота с отметкой 137, высота с отметкой 135, Мариновка, Цыбенко, южная окраина Сталинграда. Армия может поверить мне, что я сделаю все, от меня зависящее, для ее снабжения и своевременного деблокирования. Я знаю храбрую 6-ю армию и ее командующего и уверен, что она выполнит свой долг. Адольф Гитлер».

Воля Гитлера, выражавшая сейчас гибельную судьбу Третьей империи, стала судьбой сталинградской армии Паулюса. Гитлер вписал новую страницу военной истории немцев рукой Паулюса, Вейхса, Цейцлера, рукой командиров немецких корпусов и полков, рукой солдат, всех тех, кто не хотел выполнять его волю, но исполнил ее до конца.

13

После сточасового сражения совершилось соединение частей трех фронтов – Юго-Западного, Донского и Сталинградского.

Под темным зимним небом, в развороченном снегу, на окраине Калача произошла встреча советских передовых танковых подразделений. Снежное степное пространство было прорезано сотнями гусениц, опалено снарядными разрывами. Тяжелые машины стремительно проносились в облаках снега, белая взвесь колыхалась в воздухе. Там, где танки делали крутые развороты, вместе со снегом в воздух поднималась мерзлая глинистая пыль.

Низко над землей со стороны Волги с воем неслись советские самолеты, штурмовики и истребители, поддерживающие вошедшие в прорыв танковые массы. На северо-востоке громыхали орудия тяжелого калибра, и дымное, темное небо освещалось неясными зарницами.

Возле маленького деревянного домика остановились друг против друга две машины Т-34. Танкисты, грязные, возбужденные боевым успехом и близостью смерти, шумно, с наслаждением вдыхали морозный воздух, казавшийся особо веселым после масляной, гарной духоты танкового нутра. Танкисты, сдвинув со лбов черные кожаные шлемы, зашли в дом, и там командир машины, пришедшей с озера Цаца, достал из кармана своего комбинезона пол-литра водки... Женщина в ватнике и огромных валенках поставила на стол стаканы, позванивавшие в ее дрожащих руках, всхлипывая, говорила:

– Ой, мы уж не думали в живых остаться, как стали наши бить, как стали бить, я в подполе две ночи и день просидела.

В комнату вошли еще два маленьких танкиста, плечистые, как кубари.

– Видишь, Валера, какое угощение. Кажется, и у нас там закуска есть, – сказал командир машины, пришедшей с Донского фронта. Тот, которого назвали Валерой, запустил руку в глубокий карман комбинезона и извлек завернутый в засаленный боевой листок кусок копченой колбасы, стал делить ее, аккуратно запихивая коричневыми пальцами кусочки белого шпика, вывалившиеся на изломе.

Танкисты выпили, и их охватило счастливое состояние. Один из танкистов, улыбаясь набитым колбасой ртом, проговорил:

– Вот что значит соединились – ваша водка, наша закуска.

Эта мысль всем понравилась, и танкисты, смеясь, повторяли ее, жуя колбасу, охваченные дружелюбием друг к другу.

Командир пришедшего с юга танка доложил по радио командиру роты о произошедшем соединении на окраине Калача. Он добавил несколько слов о том, что ребята с Юго-Западного фронта оказались славными и что с ними было распито по сто грамм.

Донесение стремительно пошло вверх, и через несколько минут командир бригады Карпов доложил комкору о произошедшем соединении.

Новиков чувствовал атмосферу любовного восхищения, возникшую вокруг него в штабе корпуса.

Корпус двигался почти без потерь, в срок выполнил поставленную перед ним задачу.

После отправления донесения командующему фронтом Неудобнов долго жал руку Новикову; обычно желчные и раздраженные глаза начальника штаба стали светлей и мягче.

— Вот видите, какие чудеса могут творить наши люди, когда нет среди них внутренних врагов и диверсантов, — сказал он.

Гетманов обнял Новикова, оглянулся на стоявших рядом командиров, на шоферов, вестовых, радистов, шифровальщиков, всхлипнул, громко, чтобы все слышали, сказал:

— Спасибо тебе, Петр Павлович, русское, советское спасибо. Спасибо тебе от коммуниста Гетманова, низкий тебе поклон и спасибо.

И он снова обнял, поцеловал растроганного Новикова.

— Все подготовил, изучил людей до самой глубины, все предвидел, теперь пожал плоды огромной работы, — говорил Гетманов.

— Где уж там предвидел, — сказал Новиков, которому было невыносимо сладостно и неловко слушать Гетманова. Он помахал пачкой боевых донесений: — Вот мое предвидение. Больше всего я рассчитывал на Макарова, а Макаров потерял темп, потом сбился с намеченной оси движения, ввязался в ненужную частную операцию на фланге и потерял полтора часа. Белов, я был уверен, не обеспечивая флангов, вырвется вперед, а Белов на второй день, вместо того чтобы обойти узел обороны и рвать без оглядки на северо-запад, затеял волынку с артиллерийской частью и пехотой и даже перешел к обороне, затратил на эту ерунду одиннадцать часов. А Карпов первым вырвался к Калачу, шел без оглядки, вихрем, не обращая внимания на то, что творится у него на флангах, первым перерезал немцам основную коммуникацию. Вот и изучил я людей, вот все заранее предвидел. Ведь я считал, что Карпова придется дубиной подгонять, что он только и будет по сторонам оглядываться да обеспечивать себе фланги.

Гетманов, улыбаясь, сказал:

— Ладно, ладно, скромность украшает, это мы знаем. Нас великий Сталин учит скромности…

В этот день Новиков был счастлив. Должно быть, он действительно любил Евгению Николаевну, если он и в этот день так много думал о ней, все оглядывался, казалось, вот-вот увидит ее.

Снизив голос до шепота, Гетманов сказал:

— Вот чего в жизни не забуду, Петр Павлович, как это ты задержал атаку на восемь минут. Командарм жмет. Командующий фронтом требует немедленно ввести танки в прорыв. Сталин, говорили мне, звонил Еременко, — почему танки не идут. Сталина заставил ждать! И ведь вошли в прорыв, действительно не потеряв ни одной машины, ни одного человека. Вот этого я никогда тебе не забуду.

А ночью, когда Новиков выехал на танке в район Калача, Гетманов зашел к начальнику штаба и сказал:

— Я написал, товарищ генерал, письмо о том, как командир корпуса самочинно задержал на восемь минут начало решающей операции величайшего значения, операции, определяющей судьбу Великой Отечественной войны. Познакомьтесь, пожалуйста, с этим документом.

15

В ту минуту, когда Василевский доложил Сталину по аппарату ВЧ об окружении сталинградской группировки немцев, возле Сталина стоял его помощник Поскребышев. Сталин, не глядя на Поскребышева, несколько мгновений сидел с полузакрытыми глазами, точно засыпая. Поскребышев, придержав дыхание, старался не шевелиться.

Это был час его торжества не только над живым врагом.

Это был час его победы над прошлым. Гуще станет трава над деревенскими могилами тридцатого года. Лед, снеговые холмы Заполярья сохранят спокойную немоту.

Он знал лучше всех в мире: победителей не судят.

Сталину захотелось, чтобы рядом с ним находились его дети, внучка, маленькая дочь несчастного Якова. Спокойный, умиротворенный, он гладил бы голову внучки, он бы не взглянул на мир, распластавшийся у порога его хижины. Милая дочь, тихая, болезненная внучка, воспоминания детства, прохлада садика, далекий шум реки. Какое ему дело до всего остального. Ведь его сверхсила не зависит от больших дивизий и мощи государства.

Медленно, не раскрывая глаз, с какой-то особенно мягкой, гортанной интонацией он произнес:

– Ах, попалась, птичка, стой, не уйдешь из сети, не расстанемся с тобой ни за что на свете.

Поскребышев, глядя на седую, лысеющую голову Сталина, на его рябое лицо с закрытыми глазами, вдруг почувствовал, как у него похолодели пальцы.

16

Успешное наступление в районе Сталинграда упразднило множество разрывов в линии советской обороны. Это упразднение разрывов происходило не только в масштабе огромных фронтов – Сталинградского и Донского, не только между армией Чуйкова и стоявшими на севере советскими дивизиями, не только между оторванными от тылов ротами и взводами и между засевшими в домах отрядами и боевыми группами. Ощущение отрыва, полуокружения и окружения исчезло также и из сознания людей, сменилось чувством целостности, единства и множественности. А это сознание слияния единичного человека с воинской массой и есть то, что называют победоносным духом войск.

И, конечно, в головах и душах немецких солдат, попавших в сталинградское окружение, начались прямо противоположные мысли. Огромный, живой клок, составленный из сотен тысяч думающих, чувствующих клеточек, оторвался от германских вооруженных сил. Эфемерность радиоволн да еще более эфемерные уверения пропаганды о вечной связи с Германией подтвердили, что сталинградские дивизии Паулюса окружены.

Высказанная в свое время Толстым мысль о том, что осуществить полное окружение армии невозможно, подтверждалась современным Толстому военным опытом.

Война 1941–1945 годов доказала, что армию можно окружить, приковать к земле, обхватить железным обручем. Окружение во время войны 1941–1945 годов стало безжалостной действительностью многих советских и германских армий.

Мысль, высказанная Толстым, была, несомненно, верна для своего времени. Как большинство мыслей о политике либо о войне, высказанных великими людьми, она не обладала вечной жизнью.

Окружение в войне 1941–1945 годов стало реальностью благодаря необычайной подвижности войск и огромной неповоротливой массивности тылов, на которую опирается подвижность. Окружающие части пользуются всеми преимуществами подвижности. Окруженные части полностью теряют подвижность, так как в окружении невозможно организовать многосложный, массивный, заводообразный тыл современной армии. Окруженных разбивает паралич. Окружающие пользуются моторами и крыльями.

Окруженная армия, лишаясь подвижности, теряет не только свои военно-технические преимущества. Солдаты и офицеры окруженных армий как бы вышибаются из мира современной цивилизации в мир прошедший. Солдаты и офицеры окруженных армий переоценивают не только силы сражающихся войск, перспективы войны, но и политику государства, обаяние партийных вождей, кодексы, конституцию, национальный характер, грядущее и прошлое народа.

И так же склонны к некоторым из названных переоценок, но, конечно, с противоположным знаком, те, кто, подобно орлу, сладко чувствуя силу своих крыльев, парит над скованной, беспомощной жертвой.

Сталинградское окружение армии Паулюса определило перелом в ходе войны.

Сталинградское торжество определило исход войны, но молчаливый спор между победившим народом и победившим государством продолжался. От этого спора зависела судьба человека, его свобода.

17

На границе Восточной Пруссии и Литвы, в герлицком осеннем лесу накрапывал дождь, и человек среднего роста, в сером плаще, шел по тропинке между высоких деревьев. Часовые, видя Гитлера, сдерживали дыхание, замирали в неподвижности, и дождевые капли медленно ползли по их лицам.

Ему хотелось подышать свежим воздухом, побыть одному. Сырой воздух казался очень приятным. Накрапывал славный холодный дождь. Какие милые, молчаливые деревья. Как хорошо ступать по опавшей, мягкой листве.

Люди в полевой ставке весь день нестерпимо раздражали его... Сталин никогда не вызывал в нем уважения. Все, что он делал, еще до войны, казалось ему глупым и топорным. Его хитрость, его вероломство были по-мужичьи просты. Его государство было нелепо. Черчилль когда-нибудь поймет трагическую роль Новой Германии, – она своим телом заслонила Европу от азиатского сталинского большевизма. Он представлял себе тех, кто настаивал на отводе шестой из Сталинграда, – они будут особо сдержанны, почтительны. Его раздражали те, что безоглядно верили ему, – они станут многословно выражать ему свою преданность. Ему все время хотелось презрительно думать о Сталине, унизить его, и он ощущал, что это желание вызвано потерей чувства превосходства... Жестокий и мстительный кавказский лавочник. Его сегодняшний успех ничего не менял... Не было ли тайной насмешки в глазах старого мерина Цейцлера? Его раздражала мысль о том, что Геббельс будет информировать его об остротах английского премьера по поводу его полководческого дара. Геббельс, смеясь, скажет: «Согласись, он остроумен», – а в глубине его красивых и умных глаз на миг всплывет торжество завистника, казалось, навек утопленное.

Неприятности с шестой отвлекали, мешали ему быть самим собой. Не в потере Сталинграда, не в окруженных дивизиях была главная беда произошедшего; не в том, что Сталин переиграл его.

Он выправит все.

Обычные мысли, милые слабости были всегда присущи ему. Но когда он был велик и всесилен, все это восхищало и умиляло людей. Он выражал в себе немецкий национальный порыв. Но едва начинала колебаться мощь Новой Германии и ее вооруженных сил, меркла его мудрость, он терял свою гениальность.

Он не завидовал Наполеону. Он не терпел тех, чье величие не глохло в одиночестве, бессилии, нищете, кто в темном подвале, на чердаке сохранял силу.

Он не смог во время этой одинокой лесной прогулки оттолкнуть от себя повседневность и в глубине души найти высшее и искреннее решение, недоступное ремесленникам из Генерального штаба и ремесленникам из партийного руководства. Невыносимое томление возникло от вновь вернувшегося к нему ощущения равенства с людьми.

Для того, чтобы стать создателем Новой Германии, зажечь войну и печи Освенцима, создать гестапо, человек не годился. Создатель и вождь Новой Германии должен был уйти из человечества. Его чувства, мысли, его повседневность могли существовать лишь над людьми, вне людей.

Русские танки вернули его туда, откуда он ушел. Его мысли, его решения, его зависть сегодня не были обращены к Богу, мировой судьбе. Русские танки повернули его к людям.

Одиночество в лесу, которое вначале успокаивало его, показалось ему страшным. Один, без телохранителей, без привычных адъютантов, он казался себе мальчиком из сказки, вошедшим в сумрачный, заколдованный лес.

Вот так же шел мальчик с пальчик, вот так же заблудился козленок в лесу, шел, не зная, что в темной чаще крадется к нему волк. И из гумусового сумрака прошедших десятилетий выплыл его детский страх, воспоминание о картинке из книжки, — козленок стоит на солнечной лесной поляне, а между сырых, темных стволов красные глаза, белые зубы волка.

И ему захотелось, как в детстве, вскрикнуть, позвать мать, закрыть глаза, побежать.

А в лесу, между деревьев, таился полк его личной охраны, тысячи сильных, тренированных, сообразительных, с быстрой, боевой реакцией людей. Цель их жизни была в том, чтобы чуждое дыхание не пошевелило волоса на его голове, не коснулось его. Едва слышно зуммерили телефоны, передавая по секторам и зонам о каждом движении фюрера, решившего совершить одинокую прогулку по лесу.

Он повернул обратно и, сдерживая желание бежать, шел в сторону темно-зеленых построек своей полевой ставки.

Охранники видели, что фюрер заторопился, должно быть, срочные дела требовали его присутствия в штабе; могли ли подумать они, что в минуты первых лесных сумерек вождь Германии вспомнил волка из детской сказки.

Из-за деревьев светлели огни в окнах штабных построек. Впервые мысль об огне лагерных печей вызвала в нем человеческий ужас.

18

Необычайно странное чувство охватило людей в блиндажах и на командном пункте 62-й армии. Хотелось потрогать себя за лицо, хотелось пощупать одежду, пошевелить пальцами в сапоге. Немцы не стреляли… Стало тихо.

Тишина вызывала головокружение. Людям казалось, что они опустели, что у них млеет сердце, как-то по-иному шевелятся руки, ноги. Странно, немыслимо было есть кашу в тишине, в тишине писать письмо, проснуться ночью в тишине. Тишина грохотала по-своему, по-тихому. Тишина породила множество звуков, казавшихся новыми и странными: позвякивание ножа, шорох книжной страницы, скрип половицы, шлепанье босых ног, скрип пера, щелканье пистолетного предохранителя, тиканье ходиков на стене блиндажа.

Начальник штаба армии Крылов зашел в блиндаж командующего, Чуйков сидел на койке, напротив него за столиком сидел Гуров. Крылов хотел с ходу рассказать о последней новости, – Сталинградский фронт пошел в наступление, вопрос об окружении Паулюса решится в ближайшие часы. Он оглядел Чуйкова и Гурова и молча присел на койку. Что-то, должно быть, очень важное увидел Крылов на лицах своих товарищей, если не поделился с ними новостью – новость была нешуточная.

Три человека молчали. Тишина породила новые, затертые в Сталинграде звуки. Тишина готовилась породить новые мысли, страсти, тревоги, ненужные в дни боев.

Но в эти минуты они еще не знали новых мыслей; волнения, честолюбия, обида, зависть еще не родились из костоломной тяжести Сталинграда. Они не думали о том, что их имена теперь навек связаны с прекрасной страницей военной истории России.

Эти минуты тишины были лучшими в их жизни. Это были минуты, когда одни лишь человеческие чувства владели ими, и никто из них потом не мог самому себе ответить, почему таким счастьем и печалью, любовью и смирением были полны они.

Нужно ли продолжать рассказ о сталинградских генералах после того, как завершилась оборона? Нужно ли рассказывать о жалких страстях, охвативших некоторых руководителей сталинградской обороны? О том, как беспрерывно пили и беспрерывно ругались по поводу неразделенной славы. О том, как пьяный Чуйков бросился на Родимцева и хотел задушить его потому лишь, что на митинге в честь сталинградской победы Никита Хрущев обнял и расцеловал Родимцева и не поглядел на рядом стоявшего Чуйкова.

Нужно ли рассказывать о том, что первая поездка со святой малой земли Сталинграда на большую землю была совершена Чуйковым и его штабом на празднование двадцатилетия ВЧК-ОГПУ. О том, как утром после этого празднества Чуйков и его соратники едва все не утонули мертвецки пьяными в волжских полыньях и были вытащены бойцами из воды. Нужно ли рассказывать о матерщине, упреках, подозрениях, зависти.

Правда одна. Нет двух правд. Трудно жить без правды либо с осколочками, с частицей правды, с обрубленной, подстриженной правдой. Часть правды – это не правда. В эту чудную тихую ночь пусть в душе будет вся правда – без утайки. Зачем людям в эту ночь их добро, их великие трудодни…

Чуйков вышел из блиндажа и медленно поднялся на гребень волжского откоса, деревянные ступени внятно поскрипывали под его ногами. Было темно. Запад и восток молчали. Силуэты заводских корпусов, развалины городских зданий, окопы, блиндажи влились в спокойную, молчаливую тьму земли, неба, Волги.

Так выразила себя народная победа. Не в церемониальном марше войск, под гром сводного оркестра, не в фейерверках и артиллерийских салютах, а в сыром ночном деревенском покое, охватившем землю, город, Волгу…

Чуйков волновался, внятно ударяло в груди его ожесточенное войной сердце. Он прислушался: тишины не было. Со стороны Банного оврага и «Красного Октября» доносилось пение. Снизу, с Волги, слышались негромкие голоса, звуки гитары.

Чуйков вернулся в блиндаж. Гуров, поджидавший его с ужином, сказал:

— Василий Иванович, с ума сойти: тихо.

Чуйков засопел, ничего не ответил.

А потом, когда они подсели к столу, Гуров произнес:

— Эх, товарищ, и ты, видно, горе видал, коли плачешь от песни веселой.

Чуйков живо и удивленно поглядел на него.

19

В землянке, отрытой на склоне сталинградского оврага, несколько красноармейцев сидели вокруг самодельного столика у самодельного светильника.

Старшина разливал в кружки водку, а люди следили, как дорогая жидкость осторожно поднималась к корявому ногтю старшины, установленному на мутном экваторе граненого стакана.

Все выпили и потянулись к хлебу. Один, прожевав хлеб, сказал:

— Да, уж дал он нам, а все-таки мы осилили.

— Присмирел фриц, не бушует больше.

— Отбушевался.

— Кончилась сталинградская опупея.

— Все же горя много он успел сделать. Пол-России сжег.

Жевали долго, не торопясь, ощущая в своей неторопливости счастливое, спокойное чувство людей отдыхающих, выпивших и кушающих после нелегкой работы.

Головы затуманило, но туман этот был какой-то особый, он не туманил. И вкус хлеба, и похрустывание лука, и оружие, сложенное под глинистой стеной землянки, и мысли о доме, и

Волга, и победа над могущественным врагом, добытая вот этими самыми руками, что гладили волосы детей, лапали баб, ломали хлеб и завертывали в газету табак, – все сейчас ощущалось с предельной ясностью.

20

Эвакуированные москвичи, готовясь в обратную дорогу, пожалуй, больше, чем свиданию с Москвой, радовались избавлению от жизни в эвакуации. Свердловские, омские, казанские, ташкентские, красноярские улицы и дома, звезды в осеннем небе, вкус хлеба, – все стало постылым.

Если читали хорошую сводку Совинформбюро, говорили:

– Ну, теперь скоро все поедем.

Если читали тревожную сводку, говорили:

– Ох, перестанут давать вызовы на членов семьи.

Возникло множество рассказов о людях, сумевших без пропуска добраться до Москвы, – они пересаживались с дальних поездов на рабочие поезда, потом на электрички, где не было заградиловки.

Люди забывали, что в октябре 1941 года каждый прожитый в Москве день казался пыткой. С какой завистью тогда смотрели на москвичей, менявших зловещее родное небо на спокойствие Татарии, Узбекистана…

Люди забывали, что некоторые, не попавшие в эшелоны в роковые октябрьские дни 1941 года, бросали чемоданы и узлы, пешком уходили на Загорск, лишь бы вырваться из Москвы. Люди готовы были теперь бросить вещи, работу, налаженную жизнь и пешком идти в Москву, лишь бы вырваться из эвакуации.

Главная суть двух таких противоположных состояний – страстной тяги из Москвы и страстной тяги в Москву – состояла в том, что год прошедшей войны преобразовал сознание людей, и мистический страх перед немцами сменился уверенностью в превосходстве русской советской силы.

Страшная немецкая авиация уж не казалась страшной.

Во второй половине ноября Совинформбюро сообщило об ударе по группе немецко-фашистских войск в районе Владикавказа (Орджоникидзе), затем об успешном наступлении в районе Сталинграда. За две недели девять раз диктор объявлял: «В последний час… Наступление наших войск продолжается… Новый удар по противнику… Наши войска под Сталинградом, преодолевая сопротивление противника, прорвали его новую линию обороны на восточном берегу Дона… Наши войска, продолжая наступление, прошли 10–20 километров… На днях наши войска, расположенные в районе среднего течения Дона, перешли в наступление против немецко-фашистских войск. Наступление наших войск в районе Среднего Дона продолжается… Наступление наших войск на Северном Кавказе… Новый удар наших войск юго-западнее Сталинграда… Наступление наших войск южнее Сталинграда…»

В канун нового, 1943 года Совинформбюро опубликовало сообщение: «Итоги шестинедельного наступления наших войск на подступах Сталинграда», – отчет о том, как были окружены немецкие армии под Сталинградом.

В тайне, не меньшей, чем та, что окутывала подготовку сталинградского наступления, сознание людей совершало подготовку к переходу к совершенно новому взгляду на события жизни. Эта совершавшаяся в подсознании перекристаллизация впервые стала явной, заявила о себе после сталинградского наступления.

То, что произошло в человеческом сознании, отличалось от происходившего в дни московского успеха, хотя внешне казалось, – отличий нет.

Отличие заключалось в том, что московская победа в основном послужила изменению отношения к немцам. Мистическое отношение к немецкой армии кончилось в декабре 1941 года.

Сталинград, сталинградское наступление способствовали новому самосознанию армии и населения. Советские, русские люди по-новому стали понимать самих себя, по-новому стали относиться к людям разных национальностей. История России стала восприниматься как история русской славы, а не как история страданий и унижений русских крестьян и рабочих. Национальное из элемента формы перешло в содержание, стало новой основой миропонимания.

В дни московского успеха действовали довоенные, старые нормы мышления, довоенные представления.

Переосмысливание событий войны, осознание силы

русского оружия, государства явилось частью большого, длительного, широкого процесса.

Процесс этот начался задолго до войны, однако он происходил главным образом не в сознании народа, а в его подсознании.

Три грандиозных события были краеугольными камнями нового переосмысливания жизни и человеческих отношений: коллективизация деревни, индустриализация, 1937 год.

Эти события, как и Октябрьская революция 1917 года, совершили сдвиги и смены огромных слоев населения; сдвиги эти сопровождались физическим истреблением людей, не меньшим, а большим, чем истребление в пору ликвидации классов русского дворянства, промышленной и торговой буржуазии.

Эти события, возглавленные Сталиным, знаменовали экономическое и политическое торжество строителей нового, Советского государства, социализма в одной стране. Эти события явились логическим результатом Октябрьской революции.

Однако новый уклад, победивший в пору коллективизации, индустриализации и почти полной смены руководящих кадров, не захотел отказаться от старых идейных формул и представлений, хотя они утратили для него живое содержание. Новый уклад пользовался старыми представлениями и фразеологией, берущими свое начало еще из дореволюционного становления большевистского крыла в Российской социал-демократической партии. Основой же нового уклада являлся его государственно-национальный характер.

Война ускорила процесс переосмысливания действительности, подспудно шедший уже в довоенное время, ускорила проявление национального сознания, – слово «русский» вновь обрело живое содержание.

Сперва, в пору отступления, это слово связывалось большей частью с отрицательными определениями: российской отсталости, неразберихи, русского бездорожья, русского «авось»… Но, проявившись, национальное сознание ждало дня военного праздника.

Государство также шло к самосознанию в новых категориях.

Национальное сознание проявляется как могучая и прекрасная сила в дни народных бедствий. Народное национальное сознание в такую пору прекрасно, потому что оно человечно, а не потому, что оно национально. Это – человеческое достоинство, человеческая верность свободе, человеческая вера в добро, проявляющиеся в форме национального сознания.

Но пробудившееся в годы бедствий национальное сознание может развиваться многообразно.

Нет спору, что у начальника отдела кадров, оберегающего коллектив учреждения от космополитов и буржуазных националистов, и у красноармейца, отстаивающего Сталинград, по-разному проявляется национальное сознание.

Жизнь советской державы отнесла пробуждение национального сознания к тем задачам, которые стояли перед государством в его послевоенной жизни, – его борьбе за идею национального суверенитета, в утверждении советского, русского во всех областях жизни.

Все эти задачи возникли не вдруг в военное и послевоенное время, они возникли до войны, когда события в деревне, создание отечественной тяжелой промышленности, приход новых кадров знаменовали торжество уклада, определенного Сталиным как социализм в одной стране.

Родимые пятна российской социал-демократии были сняты, удалены.

И именно в пору сталинградского перелома, в пору, когда пламя Сталинграда было единственным сигналом свободы в царстве тьмы, открыто начался этот процесс переосмысления.

Логика развития привела к тому, что народная война, достигнув своего высшего пафоса во время сталинградской обороны, именно в этот, сталинградский период дала возможность Сталину открыто декларировать идеологию государственного национализма.

21

В стенной газете, вывешенной в вестибюле Института физики, появилась статья под заголовком «Всегда с народом».

В статье говорилось о том, что в Советском Союзе, ведомом сквозь бури войны великим Сталиным, науке придается огромное значение, что партия и правительство окружили деятелей науки уважением и почетом, как нигде в мире, что даже в тяжелое военное время Советское государство создает все условия для нормальной и плодотворной работы ученых.

Далее в статье говорилось об огромных задачах, которые стоят перед институтом, о новом строительстве, о расширении старых лабораторий, о связи теории и практики, о том, какое значение имеют работы ученых для оборонной промышленности.

В статье говорилось о патриотическом подъеме, охватившем коллектив научных работников, стремящихся оправдать заботы и доверие партии и лично товарища Сталина, те надежды, которые народ возлагает на славный передовой отряд советской интеллигенции – научных работников.

Последняя часть статьи была посвящена тому, что, к сожалению, в здоровом и дружном коллективе имеются отдельные люди, которые не чувствуют ответственности перед народом и партией, люди, оторванные от дружной советской семьи. Эти люди противопоставляют себя коллективу, ставят свои частные интересы выше тех задач, которые поставлены перед учеными партией, склонны преувеличивать свои действительные и мнимые научные заслуги. Некоторые из них вольно или невольно становятся выразителями чуждых, несоветских взглядов и настроений, проповедуют политически враждебные идеи. Люди эти обычно требуют объективистского отношения к идеалистическим, проникнутым духом реакции и мракобесия взглядам иностранных ученых-идеалистов, кичатся своими связями с этими учеными, оскорбляют тем самым чувство национальной советской гордости русских ученых, принижают достижения советской науки.

Иногда они выступают как поборники якобы попранной справедливости, пытаясь нажить себе дешевую популярность среди недальновидных, доверчивых людей и ротозеев, – в действительности же они сеют семена розни, неверия в силы русской науки, неуважения к ее славному прошлому и великим именам. Статья призывала отсекать все загнивающее, чуждое, враждебное, мешающее выполнению задач, поставленных партией и народом перед учеными в пору Великой Отечественной войны. Статья кончалась словами: «Вперед, к новым вершинам науки, по славному пути, освещенному прожектором марксистской философии, по пути, которым ведет нас великая партия Ленина – Сталина».

Хотя в статье не назывались имена, все в лаборатории поняли, что речь идет о Штруме.

Савостьянов сказал Штруму о статье. Штрум не пошел читать ее, он стоял в этот момент возле сотрудников, заканчивавших монтаж новой установки. Штрум обнял Ноздрина за плечи, сказал:

– Что бы ни случилось, а эта махина свое дело сделает.

Ноздрин неожиданно выматерился во множественном числе, и Виктор Павлович не сразу понял, какому относится эта брань.

В конце рабочего дня к Штруму подошел Соколов.

– Я любуюсь вами, Виктор Павлович. Вы весь день работали, словно ничего не происходит. Замечательная в вас сократовская сила.

– Если человек от природы блондин, он не станет брюнетом оттого, что его пропечатали в стенной газете, – сказал Штрум.

Чувство обиды к Соколову стало привычно, и оттого, что Штрум привык к нему, оно словно бы прошло. Он уже не упрекал Соколова за скрытность, робость. Иногда он говорил себе: «Много в нем хорошего, а плохое неизбежно есть во всех».

– Да, статья статье рознь, – сказал Соколов. – Анна Степановна прочла ее, и с сердцем стало плохо. Ее из медпункта домой отправили.

Штрум подумал: «Что же там такое ужасное написано?» Но спрашивать Соколова не стал, а о содержании статьи с ним никто не заговаривал. Так, вероятно, перестают говорить с больными об их неизлечимой раковой болезни.

Вечером Штрум последним ушел из лаборатории. Старик сторож Алексей Михайлович, переведенный в гардеробщики, подавая Штруму пальто, сказал:

– Вот, Виктор Павлович, какое дело, хорошим людям на этом свете покою не бывает.

Надев пальто, Штрум вновь поднялся по лестнице и остановился перед щитом со стенной газетой.

Прочтя статью, он растерянно оглянулся: на мгновение

показалось, что его сейчас арестуют, но в вестибюле было пустынно и тихо.

С физической реальностью ощутил он соотношение тяжести хрупкого человеческого тела и колоссального государства, ему показалось, что государство пристально всматривается в его лицо огромными светлыми глазами, вот-вот оно навалится на него, и он хрустнет, пискнет, взвизгнет и исчезнет.

На улице было людно, а Штруму казалось что полоса ничейной земли легла между ним и прохожими.

В троллейбусе человек в военной зимней шапке возбужденным голосом говорил своему спутнику:

– Слыхал сводку «В последний час»?

Кто-то с передних мест сказал:

– Сталинград! Подавился немец.

Пожилая женщина смотрела на Штрума, точно укоряя его за молчание.

Он с кротостью подумал о Соколове: все люди полны недостатков – и он, и я.

Но так как мысль о своем равенстве с людьми в слабостях и недостатках никогда не бывает искренна до конца, он тут же подумал: «Его взгляды зависят от того, любит ли его государство, успешна ли его жизнь. Повернется на весну, на победу, он слова критики не скажет. А во мне этого нет – плохо ли государству, бьет ли оно меня или ласкает, мои отношения с ним не меняются».

Дома он расскажет Людмиле Николаевне о статье. По-видимому, за него взялись всерьез. Он скажет:

– Вот тебе и Сталинская премия, Людочка. Такие статьи пишут, когда хотят человека посадить.

«У нас одна судьба, – подумал он, – пригласят меня в Сорбонну читать почетный курс, и она поедет со мной; пошлют меня в лагерь на Колыму, и она поедет следом за мной».

«Ты сам довел себя до этого ужаса», – скажет Людмила Николаевна.

Он резко проговорит: «Мне нужна не критика, а сердечное понимание. Критики мне хватает в институте».

Дверь ему открыла Надя.

В полутьме коридора она обняла его, прижалась щекой к его груди.

— Холодный, мокрый, дай пальто снять, что случилось? – спрашивал он.

— Неужели ты не слышал? Сталинград! Огромная победа. Немцы окружены. Пойдем, пойдем скорей.

Она помогла ему снять пальто и за руку потащила в комнаты.

— Сюда, сюда, мама в Толиной комнате.

Она раскрыла дверь. Людмила Николаевна сидела за Толиным столиком. Она медленно повернула к нему голову, торжественно и печально улыбнулась ему.

В этот вечер Штрум не сказал Людмиле о том, что произошло в институте.

Они сидели за Толиным столом, и Людмила Николаевна рисовала на листе бумаги схему окружения немцев в Сталинграде, объясняла Наде свой план военных действий.

А ночью у себя в комнате Штрум думал: «О господи, написать бы покаянное письмо, все ведь пишут в таких ситуациях».

22

Прошло несколько дней после появления статьи в стенгазете. Работа в лаборатории продолжалась по-прежнему. Штрум то впадал в уныние, то оживлялся, был деятелен, ходил по лаборатории, выколачивал быстрыми пальцами из подоконников и металлических кожухов свои любимые мелодии.

Он шутя говорил, что в институте, видимо, началась эпидемия близорукости, знакомые, сталкиваясь с ним нос к носу, проходят в задумчивости мимо, не здороваются; Гуревич, заметив издали Штрума, тоже принял задумчивый вид, перешел на другую сторону улицы, остановился у афиши. Штрум, наблюдая за его эволюциями, оглянулся, в этот же момент оглянулся Гуревич, и глаза их встретились. Гуревич сделал удивленный, обрадованный жест, стал кланяться. Все это было не так уж весело.

Свечин, встречая Штрума, здоровался с ним, тщательно шаркал ногой, но лицо его при этом становилось таким, словно он приветствовал посла недружественной державы.

Виктор Павлович вел счет – кто отвернулся, кто кивнул,

кто поздоровался с ним за руку.

Приходя домой, он первым делом спрашивал у жены:

– Звонил кто-нибудь?

И Людмила отвечала обычно:

– Никто, если не считать Марьи Ивановны.

И, зная его обычный после этих ее слов вопрос, добавляла:

– От Мадьярова писем пока нет.

– Вот, понимаешь, – говорил он, – те, кто звонили каждый день, стали позванивать, а те, кто позванивал, вообще перестали звонить.

Ему казалось, что и дома к нему стали относиться по-иному. Однажды Надя прошла мимо отца, пившего чай, не поздоровавшись.

Штрум грубо крикнул ей:

– Почему не здороваешься? Я, по-твоему, предмет неодушевленный?

И, видимо, лицо у него было при этом таким жалким, страдающим, что Надя, поняв его состояние, вместо того чтобы ответить грубостью, поспешно сказала:

– Папочка, милый, прости меня.

В этот же день он спросил ее:

– Слушай, Надя, ты продолжаешь встречаться со своим полководцем?

Она молча пожала плечами.

– Я тебя вот о чем хочу предупредить, – сказал он. – Не вздумай с ним вести разговоры на политические темы. Не хватает, чтобы и с этой стороны ко мне подобрались.

И Надя, вместо того чтобы ответить резкостью, проговорила:

– Можешь быть спокоен, папа.

Утром, приближаясь к институту, Штрум начинал оглядываться и то замедлял, то ускорял шаги. Убедившись, что коридор пуст, он шел быстро, опустив голову, и если где-нибудь открывалась дверь, у Виктора Павловича замирало сердце.

Войдя наконец в лабораторию, он тяжело дышал, словно солдат, бежавший к своему окопу по простреливаемому полю.

Однажды Савостьянов зашел в комнату к Штруму, сказал:

– Виктор Павлович, я вас прошу, все мы вас просим,

напишите письмо, покайтесь, уверяю вас, это поможет. Подумайте – в пору, когда вам предстоит огромная, да что скромничать, великая работа, когда живые силы нашей науки смотрят на вас с надеждой, вот так, вдруг, все пустить под откос. Напишите письмо, признайте свои ошибки.

– В чем мне каяться, да в чем же ошибки? – сказал Штрум.

– Ах, да не все ли равно, ведь так все делают – и в литературе, и в науке, и партийные вожди, вот и в вашей любимой музыке Шостакович признает ошибки, пишет покаянные письма, и как с гуся вода, продолжает после покаяния работать.

– Но мне-то в чем каяться, перед кем?

– Напишите дирекции, напишите в ЦК. Это не суть важно, куда-нибудь! Важно то, что покаялись. Что-нибудь вроде «признаю свою вину, исказил, обещаю исправить, осознал», – вот в таком роде, вы ведь знаете, уже есть стандарт. А главное, – это помогает, всегда помогает!

Обычно веселые, смеющиеся глаза Савостьянова были серьезны. Казалось, даже цвет их изменился.

– Спасибо, спасибо, дорогой мой, – сказал Штрум, – меня трогает ваша дружба.

А через час Соколов сказал ему:

– Виктор Павлович, на будущей неделе будет расширенный ученый совет, я считаю, что вы обязаны выступить.

– Это по поводу чего? – спросил Штрум.

– Мне кажется, вы должны дать объяснения, короче говоря, покаяться в ошибке.

Штрум зашагал по комнате, внезапно остановился у окна и сказал, глядя на двор:

– Петр Лаврентьевич, а может быть, письмо лучше написать? Все же легче, чем на людях самому себе в рожу плевать.

– Нет, мне думается, вам надо выступить. Я говорил вчера со Свечиным, и он мне дал понять, что там, – он неопределенно показал в сторону верхнего дверного карниза, – хотели, чтобы вы выступили, а не писали письмо.

Штрум быстро повернулся к нему:

– Не выступлю и письма писать не буду.

Соколов с терпеливой интонацией врача-психиатра, беседующего с больным, проговорил:

– Виктор Павлович, молчать в вашем положении – это значит сознательно идти на самоубийство, над вами тяготеют политические обвинения.

– Понимаете, что меня особенно мучит? – спросил Штрум. – Почему в дни всеобщей радости, победы со мной происходит все это? И ведь какой-нибудь сукин сын может сказать, что я открыто ополчился на основы ленинизма, думая, что советской власти пришел конец. Дескать, – Мориц любит слабых бить.

– Слышал я и такое мнение, – сказал Соколов.

– Нет, нет, черт с ним! – сказал Штрум. – Не буду каяться!

А ночью, запершись в своей комнате, он стал писать письмо. Охваченный стыдом, он разорвал письмо и тут же стал писать текст своего выступления на ученом совете. Перечтя его, он стукнул ладонью по столу и изорвал бумагу.

– Вот и все, кончено! – сказал он вслух. – Пусть будет, что будет. Пусть сажают.

Некоторое время он сидел неподвижно, переживая свое окончательное решение. Потом ему пришло в голову, что он напишет примерный текст письма, какое подал бы, если бы решил каяться, – так просто, поскольку он окончательно решил не каяться; ведь в этом нет ничего унизительного для него. Никто не увидит этого письма, ни один человек.

Он был один, дверь была заперта, кругом все спали, за окном стояла тишина – ни гудков, ни шума машин.

Но невидимая сила жала на него. Он чувствовал ее гипнотизирующую тяжесть, она заставляла его думать так, как ей хотелось, писать под свою диктовку. Она была в нем самом, она заставляла замирать сердце, она растворяла волю, вмешивалась в его отношение к жене и дочери, в его прошлое, в мысли о юности. Он и самого себя стал ощущать скудоумным, скучным, утомляющим окружающих тусклым многословием. И даже работа его, казалось, потускнела, покрылась каким-то пеплом, пылью, перестала наполнять его светом и радостью.

Только люди, не испытавшие на себе подобную силу, способны удивляться тем, кто покоряется ей. Люди, познавшие на себе эту силу, удивляются другому, – способности вспыхнуть хоть на миг, хоть одному гневно сорвавшемуся слову, робкому, быстрому жесту протеста.

Штрум писал покаянное письмо для себя, письмо, которое спрячет и никому не покажет, но в то же время он втайне понимал, что письмо это вдруг да пригодится ему, пусть лежит.

Утром он пил чай, поглядывая на часы, – пора было пойти в лабораторию. Леденящее чувство одиночества охватило его. Казалось, уже до конца жизни никто не придет к нему. И ведь не звонят ему по телефону не только от страха. Не звонят потому, что он скучен, неинтересен, бездарен.

– Конечно, и вчера никто не спрашивал меня? – сказал он Людмиле Николаевне и продекламировал: – «Я один у окошка, ни гостя, ни друга не жду…»

– Я забыла сказать тебе, Чепыжин приехал, звонил, хочет тебя видеть.

– О, – сказал Штрум, – о, и ты могла не сказать мне об этом? – И стал выколачивать из стола торжественную музыку.

Людмила Николаевна подошла к окну. Штрум шел неторопливой походкой, высокий, сутулый, взмахивая время от времени портфелем, и она знала, что это он думает о своей встрече с Чепыжиным, приветствует его и разговаривает с ним.

Она в эти дни жалела мужа, тревожилась о нем, но одновременно думала о его недостатках и о главном из них – его эгоизме.

Вот он продекламировал: «Я один у окошка, не жду друга», – и пошел в лабораторию, где окружен людьми, где работа; вечером отправится к Чепыжину, вернется, вероятно, не раньше двенадцати и не подумал о том, что она весь день будет одна и что у окошка в пустой квартире стоит она, и никого возле нее нет, и что это она не ждет ни гостя, ни друга.

Людмила Николаевна пошла на кухню мыть посуду. В это утро ей было особенно тяжело на душе. Марья Ивановна сегодня не будет звонить, поедет к старшей сестре на Шаболовку.

Как тревожно с Надей, она молчит и, конечно, несмотря на запреты, продолжает свои вечерние прогулки. А Виктор всецело поглощен своими делами, не хочет думать о Наде.

Раздался звонок, должно быть, пришел плотник, с которым она накануне условилась, – он должен исправить дверь в Толиной комнате. И Людмила Николаевна обрадовалась – живой человек. Она открыла дверь – в полутьме коридора стояла женщина в серой каракулевой шапочке, с чемоданом в руке.

– Женя! – крикнула Людмила так громко и жалобно, что сама поразилась своему голосу, и, целуя сестру, гладя ее по плечам, говорила: – Нету, нету Толеньки, нету.

23

Горячая вода в ванне текла тонкой, слабой струйкой, стоило хоть немного увеличить струю, и вода становилась холодной. Ванна наполнялась медленно, но сестрам показалось, что с минуты встречи они не сказали и двух слов.

Потом, когда Женя пошла купаться, Людмила Николаевна то и дело подходила к двери в ванную и спрашивала:

– Ну, как ты там, спину тебе не надо потереть? Следи за газом, а то он тухнет…

Через несколько минут Людмила стукнула кулаком по двери, сердито спросила:

– Да ты что там, уснула?

Женя вышла из ванной в мохнатом халате сестры.

– Ох, ведьма ты, – сказала Людмила Николаевна.

И Евгения Николаевна вспомнила, как назвала ее ведьмой Софья Осиповна во время ночного приезда Новикова в Сталинград.

Стол был накрыт.

– Странное чувство, – сказала Евгения Николаевна, – после двухдневной езды в бесплацкартном вагоне помылась в ванне и, кажется, вернулась к времени мирного блаженства, а на душе…

– Что тебя в Москву вдруг привело? Что-нибудь очень плохое? – спросила Людмила Николаевна.

– Потом, потом.

Она махнула рукой.

Людмила рассказала о делах Виктора Павловича, о неожиданном и смешном Надином романе, рассказала о знакомых, которые перестали звонить по телефону и узнавать Штрума при встречах.

Евгения Николаевна рассказала о приезде Спиридонова в Куйбышев. Он стал какой-то славный и жалкий. Ему не дают нового назначения, пока комиссия не разберет его дело. Вера с ребенком в Ленинске, Степан Федорович говорит о внуке и плачет. Потом она рассказала Людмиле о высылке Женни Генриховны и о том, какой милый старик Шарогородский, как Лимонов помог ей с пропиской.

В голове Жени стоял табачный туман, стук колес, вагонные разговоры, и действительно странно было смотреть в лицо сестры, ощущать прикосновение мягкого халата к помытому телу, сидеть в комнате, где пианино, ковер.

И в том, что рассказывали друг другу сестры, в печальных и радостных, смешных и трогательных событиях их сегодняшнего дня неотступно были покинувшие жизнь, но навсегда связанные с ними родные и друзья. И что бы ни говорили о Викторе Павловиче, тень Анны Семеновны стояла за ним, и следом за Сережей возникали его лагерные отец и мать, и шаги плечистого, толстогубого и застенчивого юноши день и ночь звучали рядом с Людмилой Николаевной. Но о них они не говорили.

– О Софье Осиповне ничего не слышно, как в землю провалилась, – сказала Женя.

– Левинтониха?

– Да-да, о ней.

– Я ее не любила, – сказала Людмила Николаевна. – Ты рисуешь? – спросила она.

– В Куйбышеве – нет. В Сталинграде рисовала.

– Можешь гордиться, Витя возил в эвакуацию две твои картины.

Женя улыбнулась:

– Это приятно.

Людмила Николаевна сказала:

– Что ж ты, генеральша, не рассказываешь о главном? Ты довольна? Любишь его?

Женя, запахивая на груди халат, проговорила:

– Да-да, я довольна, я счастлива, я люблю, я любима... – и, быстрым взглядом оглядев Людмилу, добавила: – Знаешь, зачем я приехала в Москву? Николай Григорьевич арестован, сидит на Лубянке.

– Господи, за что же это? Такой стопроцентный!

– А наш Митя? Твой Абарчук? Уж он-то, кажется, был двухсотпроцентный.

Людмила Николаевна задумалась, сказала:

– А ведь какой он был жестокий, – Николай! Не жалел он крестьян во время сплошной коллективизации. Я, помню, спросила его: что же это делается? А он ответил: черт с ним, с кулачьем. И на Виктора он сильно влиял.

Женя с упреком сказала:

– Ах, Люда, ты всегда вспоминаешь плохое о людях и вслух говоришь об этом как раз в те моменты, когда это не нужно делать.

– Что ж, – сказала Людмила Николаевна, – я прямая, как оглобля.

– Ладно, ладно, ты только не гордись этой своей оглобельной добродетелью, – проговорила Женя.

Она шепотом сказала:

– Люда, меня вызывали.

Она взяла с дивана платок сестры и прикрыла им телефон, сказала:

– Говорят, что могут подслушивать. С меня взяли подписку.

– Ты, по-моему, ведь не была расписана с Николаем.

– Не была, но что из этого? Меня допрашивали как жену. Я расскажу тебе. Прислали повестку – явиться, имея при себе паспорт. Перебирала всех и вся – и Митю, и Иду, и даже твоего Абарчука, и всех сидевших знакомых вспоминала, но Николай мне даже в голову не приходил. Вызвали к пяти часам. Обыкновенная учрежденческая комната. На стене огромные портреты – Сталин и Берия. Молодой субъект с обычной физиономией посмотрел с таким пронзительным всеведением и сразу: «Вам известно о контрреволюционной деятельности Николая Григорьевича Крымова?» Ну, и начал… Я просидела у него два с половиной часа. Мне несколько раз казалось, что я уж оттуда не выйду. Он даже, представь себе, намекнул мне, что Новиков, ну, словом, какая-то жуткая гадость – будто я близка с Новиковым для того, чтобы собирать от него сведения, которые он может выболтать, а я передам Николаю Григорьевичу… Я внутри точно задеревенела вся. Я ему сказала: «Знаете, Крымов настолько фанатичный коммунист, с ним, как в райкоме». А он мне: «Ах так, значит, вы в Новикове нашли не советского человека?» Я ему сказала: «Странное у вас занятие, люди на фронте борются с фашистами, а вы, молодой человек, сидите в тылу и пачкаете этих людей грязью». Я думала, что он после этого даст мне по морде, а он смешался, покраснел. В общем, Николай арестован. Какие-то безумные обвинения – и троцкизм, и связи с гестапо.

— Какой ужас, – сказала Людмила Николаевна и подумала, что ведь Толя мог попасть в окружение и его могли заподозрить в подобном.

— Представляю себе, как Витя воспримет эту новость, – сказала она. – Он ужасно нервный теперь, все ему кажется, что его посадят. Каждый раз он вспоминает, где, что, с кем говорил. Особенно эту злосчастную Казань.

Евгения Николаевна некоторое время пристально смотрела на сестру и наконец проговорила:

— Сказать тебе, в чем главный ужас? Этот следователь меня спросил: «Как же вы не знаете о троцкизме своего мужа, когда он сказал вам восторженные слова Троцкого о его статье: „Мраморно"»? И уже когда я шла домой, я вспомнила, что действительно Николай сказал мне: «Ты одна знаешь эти слова», и вдруг ночью меня поразило: когда Новиков был в Куйбышеве осенью, я ему об этом сказала. Мне показалось, что я схожу с ума, такой меня охватил ужас…

Людмила Николаевна сказала:

— Несчастная ты. И именно тебе суждено переживать подобные дела.

— Почему именно мне? – спросила Евгения Николаевна. – Ведь и с тобой могло случиться подобное.

— Ну нет. С одним ты разошлась, с другим сошлась. Одному рассказываешь о другом.

— Но и ты ведь расходилась с Толиным отцом. Вероятно, и ты Виктору Павловичу многое рассказывала.

— Нет, ты не права, – убежденно сказала Людмила Николаевна, – это несравнимые вещи.

— Да почему же? – спросила Женя, вдруг почувствовав, глядя на старшую сестру, раздражение. – Согласись, ведь то, что ты говоришь, просто-таки глупо.

Людмила Николаевна спокойно сказала:

— Не знаю, может быть, и глупо.

Евгения Николаевна спросила:

— У тебя часов нет? Мне надо поспеть на Кузнецкий, двадцать четыре, – и, уж не сдерживая раздражения, проговорила: – Тяжелый у тебя, Люда, характер. Недаром ты живешь в четырехкомнатной квартире, а мама предпочитает мотаться бездомной в Казани.

Сказав эти жестокие слова, Женя пожалела о своей резкости и, давая почувствовать Людмиле, что доверчивая связь их сильней случайных размолвок, проговорила:

– Я хочу верить Новикову. Но все же, все же... Как, почему слова эти стали известны в «безопасности»? Откуда этот ужасный туман?

Ей так хотелось, чтобы рядом оказалась мать. Женя бы положила голову ей на плечо и сказала бы: «Родная моя, я так устала».

Людмила Николаевна сказала:

– А знаешь, что могло быть: твой генерал мог рассказать кому-нибудь об этом вашем разговоре, а тот написал.

– Да-да, – сказала Женя, – странно, такая простая мысль не пришла мне в голову.

В тишине и покое Людмилиного дома с еще большей силой ощутила она душевную смуту, владевшую ею...

Все, что она недочувствовала, недодумала, уходя от Крымова, все, что втайне мучило и тревожило ее во время разрыва с ним: неисчезнувшая нежность к нему, тревога о нем, привычка к нему, – в последние недели усилилось, вспыхнуло.

Она думала о нем на работе, в трамвае, стоя в очереди за продуктами. Почти каждую ночь она видела его во сне, стонала, вскрикивала, просыпалась.

Сны были мучительны, всегда с пожарами, войной, с опасностью, грозившей Николаю Григорьевичу, и всегда невозможно было отвести от него эту опасность.

А утром, торопливо одеваясь, умываясь, боясь опоздать на работу, она продолжала думать о нем.

Ей казалось, что она его не любит. Но разве можно так постоянно думать о человеке, которого не любишь, так мучительно переживать его несчастную судьбу? Почему каждый раз, когда Лимонов и Шарогородский, посмеиваясь, называли бездарными его любимых поэтов и художников, ей хотелось увидеть Николая, погладить его по волосам, приласкать, пожалеть его?

Теперь она не помнила его фанатизма, равнодушия к судьбе репрессированных, злобы, с которой он говорил о кулаках в период всеобщей коллективизации.

Теперь ей вспоминалось одно лишь хорошее, романтичное, трогательное, грустное. Его сила над ней была теперь в его слабости. Глаза его были детскими, улыбка растерянной, движения неловкие.

Она видела его с содранными погонами, с полуседой бородой, видела его лежащим ночью на койке, видела его спину во время прогулки по тюремному двору... Вероятно, он представлял себе, что она инстинктивно предугадала его судьбу и что в этом была причина их разрыва. Он лежал на тюремной койке и думал о ней... Генеральша...

Она не знала, – жалость ли это, любовь, совесть, ли, долг?

Новиков прислал ей пропуск и договорился по военному проводу с приятелем из ВВС, который обещал доставить Женю на «Дугласе» в штаб фронта. Начальство ей дало разрешение на три недели поехать на фронт.

Она успокаивала себя, повторяя: «Он поймет, он обязательно поймет, я иначе не могла поступить».

Она знала, что поступила с Новиковым ужасно: ждал, ждал ее.

Она написала ему безжалостно правдиво обо всем. Отправив письмо, Женя подумала, что письмо прочтет военная цензура. Ведь все это может необычайно навредить Новикову.

«Нет, нет, он поймет», – твердила она.

Но дело и было в том, что Новиков поймет, а поняв, навсегда расстанется с ней.

Любила ли она его, любила ли только его любовь к себе? Чувство страха, тоски, ужаса перед одиночеством охватывало ее, когда она думала о неминуемости окончательного разрыва с ним.

Мысль о том, что она сама, по своей воле погубила свое счастье, казалась ей особо невыносимой.

Но когда она думала, что теперь уж ей ничего не удастся изменить, поправить, что уж не от нее, а от Новикова зависит их полный и окончательный разрыв, то и эта мысль казалась особенно тяжелой.

Когда ей совершенно невыносимо, мучительно становилось думать о Новикове, она начинала представлять себе Николая Григорьевича, – вот ее вызывают на очную ставку... здравствуй, бедный ты мой.

А Новиков большой, широкоплечий, сильный, облеченный могучей властью. Ему не нужна ее поддержка, он справится сам. Она его называла «кирасир». Она уж никогда не забудет его прекрасного, милого лица, всегда будет тосковать о нем, о своем счастье, которое сама загубила. Пусть, пусть, себя она не жалеет. Своих страданий она не боится.

Но она знала, что не так уж силен Новиков. Иногда на лице его появлялось почти беспомощное, робкое выражение…

И не так уж она безжалостна к себе и равнодушна к собственным страданиям.

Людмила, точно участвуя в мыслях сестры, спросила:

– Что ж у тебя с твоим генералом будет?

– Я боюсь об этом думать.

– Ох, сечь тебя некому.

– Я не могла иначе поступить! – сказала Евгения Николаевна.

– Мне твои метания не нравятся. Ушла так ушла. Пришла так пришла. Нечего двойственность разводить и растекаться киселем.

– Так-так, – отойди от зла и сотворишь благо? Я по этому правилу жить не умею.

– Я говорю о другом. Я Крымова уважаю, хотя он мне и не нравится, а твоего генерала я ни разу не видала. Раз ты решилась стать его женой, то неси ответственность за него. А ты безответственна. Человек занимает большое положение, воюет, а жена его в это время таскает передачи арестованному. Ты знаешь, чем это может для него кончиться?

– Знаю.

– Да ты его любишь вообще-то?

– Оставь ты, ради Бога, – сказала Женя плачущим голосом и подумала: «Кого же я люблю?»

– Нет, ты отвечай.

– Не могла я иначе поступить, ведь не для удовольствия люди обивают пороги Лубянки.

– Надо думать не только о себе.

– Вот я и думаю не о себе.

– Виктор тоже так рассуждает. А в основе один лишь эгоизм.

– Логика у тебя невероятная, – с детства меня поражала. Ты это называешь эгоизмом?

– Да чем ты можешь помочь? Приговора ты не изменишь.

– Вот, Бог даст, тебя посадят, тогда узнаешь, чем могут помочь тебе близкие люди.

Людмила Николаевна, меняя разговор, спросила:

– Скажи-ка, невеста без места, у тебя есть Марусины фотографии?

– Только одна. Помнишь, когда в Сокольниках снимались.

Она положила голову на плечо Людмиле, жалуясь, произнесла:

– Я так устала.

– Отдохни, поспи, не ходи сегодня никуда, – сказала Людмила Николаевна, – я тебе постелю.

Женя, полузакрыв глаза, покачала головой.

– Нет-нет, не надо. Жить я устала.

Людмила Николаевна принесла большой конверт и высыпала на колени сестре пачку фотографий.

Женя перебирала фотографии, восклицала: «Боже мой, Боже мой... эту я помню, снимались на даче... какая смешная Надька... это после ссылки папа снимался... вот Митя гимназистом, Сережа на него удивительно похож, особенно верхняя часть лица... а вот мама с Марусей на руках, меня еще не было на свете...»

Она заметила, что среди снимков не было ни одной фотографии Толи, но не спросила у сестры, где Толины фотографии.

– Ну что ж, мадам, – сказала Людмила, – надо тебя обедом кормить.

– Аппетит у меня хороший, – сказала Женя, – как и в детстве, волнения на нем не отражаются.

– Ну, и слава Богу, – сказала Людмила Николаевна и поцеловала сестру.

24

Женя сошла с троллейбуса у испещренного маскировочными полосами и запятыми Большого театра и стала подниматься по Кузнецкому мосту мимо выставочных помещений Художественного фонда, где до войны выставлялись знакомые ей художники и где когда-то выставлялись ее картины, прошла и даже не вспомнила об этом.

Странное чувство охватило ее. Ее жизнь, как колода карт, стасованная цыганкой. Вдруг выпала ей Москва.

Она издали увидела темно-серую гранитную стену могучего дома на Лубянке.

«Здравствуй, Коля», – подумала она. Возможно, Николай Григорьевич, ощущая ее приближение, волнуется и не понимает, почему волнение охватило его.

Старая судьба стала ее новой судьбой. То, что, казалось, навсегда ушло в прошлое, стало ее будущим.

Новая просторная приемная, выходившая зеркальными окнами на улицу, была закрыта, и прием посетителей производился в помещении старой приемной.

Она вошла в грязный двор и прошла мимо обшарпанной стены к полуоткрытой двери. Все в приемной выглядело удивительно обыкновенно, – столы в чернильных пятнах, деревянные диваны у стен, окошечки с деревянными подоконниками, где давались справки.

Казалось, не было связи между каменной, многоэтажной громадой, выходившей стенами в сторону Лубянской площади, Сретенки, Фуркасовского переулка, Малой Лубянки, и этой уездной канцелярской комнатой.

В приемной было людно, посетители, в большинстве женщины, стояли в очереди к окошечкам, некоторые сидели на диванах, старик в очках с толстыми стеклами заполнял за столом какой-то листок. Женя, глядя на старые и молодые, мужские и женские лица, подумала, что у всех у них много общего в выражении глаз, в складке рта, и она могла бы, встретив такого человека в трамвае, на улице, догадаться, что он ходит на Кузнецкий мост.

Она обратилась к молодому вахтеру, одетому в красноармейскую форму и почему-то не похожему на красноармейца, и он спросил ее:

– В первый раз? – и указал на окошечко в стене.

Женя стояла в очереди, держа в руке паспорт, ее пальцы и ладони от волнения стали влажными. Женщина в берете, стоявшая впереди нее, вполголоса говорила:

– Если нет во внутренней, надо поехать на Матросскую Тишину, потом в Бутырскую, но там в определенные дни по буквам принимают, потом в Лефортовскую военную тюрьму, потом снова сюда. Я сына полтора месяца искала. А в военной прокуратуре вы уже были?

Очередь продвигалась быстро, и Женя подумала, что это нехорошо, – наверное, ответы были формальные, односложные. Но когда к окошечку подошла пожилая, нарядно одетая женщина, произошла заминка, – шепотом друг другу передавали, что дежурный пошел лично уточнять обстоятельства дела, телефонного разговора оказалось недостаточно. Женщина стояла вполоборота к очереди, и выражение ее прищуренных глаз, казалось, говорило о том, что она и здесь не собирается чувствовать себя ровней с убогой толпой родственников репрессированных.

Вскоре очередь опять стала подвигаться, и молодая женщина, отходя от окошечка, негромко проговорила:

– Один ответ: передача не разрешена.

Соседка объяснила Евгении Николаевне: «Значит, следствие не кончилось».

– А свидание? – спросила Женя.

– Ну что вы, – сказала женщина и улыбнулась Жениной простоте.

Никогда Евгения Николаевна не думала, что человеческая спина может быть так выразительна, пронзительно передавать состояние души. Люди, подходившие к окошечку, как-то по-особому вытягивали шеи, и спины их, с поднятыми плечами, с напружившимися лопатками, казалось, кричали, плакали, всхлипывали.

Когда Женю отделяло от окошка шесть человек, окошечко захлопнулось, был объявлен двадцатиминутный перерыв. Стоявшие в очереди сели на диваны и стулья.

Были тут жены, были матери, имелся пожилой мужчина – инженер, у которого сидела жена, переводчица из ВОКСа; была школьница-девятиклассница, у которой арестовали мать, а папа получил приговор – десять лет без права переписки в 1937 году; была слепая старуха, которую привела соседка по квартире, она узнавала о сыне; была иностранка, плохо говорившая по-русски – жена немецкого коммуниста, одетая в клетчатое заграничное пальто, с пестрой матерчатой сумочкой в руке, глаза у нее были точно такие же, как у русских старух.

Были тут русские, армянки, украинки, еврейки, была

колхозница из московского пригорода. Старик, заполнявший за столом анкету, оказался преподавателем Тимирязевской академии, у него арестовали внука, школьника, по всей видимости, за болтовню на вечеринке.

О многом услышала и узнала Женя за эти двадцать минут. Сегодня хороший дежурный... в Бутырской консервов не принимают, обязательно надо передавать чеснок и лук – помогает от цинги... тут в прошлую среду был человек, получал документы, его три года продержали в Бутырках, ни разу не допросили и выпустили... вообще от ареста до лагеря проходит около года... хорошие вещи передавать не надо, – в Краснопресненской пересылке политические сидят вместе с уголовниками, и уголовники все отнимают... тут недавно была женщина, ее мужа, старика, крупнейшего инженера-конструктора, арестовали, оказалось, что когда-то в молодости у него была недолгая связь с какой-то женщиной, и он ей выплачивал алименты на ребенка, которого ни разу в жизни не видел, а этот ребенок, став взрослым, на фронте перешел на сторону немцев, и инженеру дали 10 лет – отец изменника Родины... большинство идет по статье 58–10, контрреволюционная агитация – болтали, трепались... взяли перед Первым мая, вообще перед праздниками особенно сажают... тут была женщина – ей домой позвонил следователь, и она вдруг услышала голос мужа...

Странно, но здесь, в приемной НКВД, у Жени на душе стало спокойней и легче, чем после ванны у Людмилы.

Какими счастливицами казались женщины, у которых принимали передачи.

Кто-то едва слышным шепотом говорил рядом:

– Они о людях, арестованных в тридцать седьмом году, сведения высасывают из пальца. Одной сказали: «Жив и работает», а она пришла во второй раз, и тот же дежурный ей дал справку – «Умер в тридцать девятом году».

Но вот человек за оконцем поднял на Женю глаза. Это было обычное лицо канцеляриста, который вчера работал, быть может, в управлении пожарной охраны, а завтра, если велит начальство, будет заполнять документы в наградном отделе.

– Я хочу узнать об арестованном – Крымове Николае Григорьевиче, – сказала Женя, и ей показалось – даже не знающие ее заметили, что она говорит не своим голосом.

— Когда арестован? – спросил дежурный.

— В ноябре, – ответила она.

Он дал ей опросный лист и сказал:

— Заполните, сдадите мне без очереди, за ответом придете завтра.

Передавая ей листок, он вновь взглянул на нее, – и этот мгновенный взгляд не был взглядом обычного канцеляриста – умный, запоминающий взгляд гэбиста.

Она заполняла листок, и пальцы ее дрожали, как у недавно сидевшего на этом стуле старика из Тимирязевской академии.

На вопрос о родстве с арестованным она написала: «Жена», – и подчеркнула это слово жирной чертой.

Отдав заполненный листок, она села на диван и положила паспорт в сумку. Она несколько раз перекладывала паспорт из одного отделения сумки в другое и поняла, что ей не хочется уходить от людей, стоявших в очереди.

Ей одного лишь хотелось в эти минуты, – дать Крымову знать, что она здесь, что она бросила ради него все, приехала к нему.

Только бы он узнал, что она здесь, рядом.

Она шла по улице, вечерело. В этом городе прошла большая часть ее жизни. Но та жизнь, с художественными выставками, театрами, обедами в ресторанах, с поездками на дачу, с симфоническими концертами, ушла так далеко, что, казалось, это была не ее жизнь. Ушел Сталинград, Куйбышев, красивое, минутами казавшееся ей божественно прекрасным лицо Новикова. Осталась лишь приемная на Кузнецком мосту, 24, и ей казалось, что она идет по незнакомым улицам незнакомого города.

25

Снимая в передней галоши и здороваясь со старухой работницей, Штрум поглядел на полуоткрытую дверь чепыжинского кабинета.

Помогая Штруму снять пальто, старуха Наталья Ивановна сказала:

— Иди, иди, ждет тебя.

— Надежда Федоровна дома? – спросил Штрум.

– Нету, на дачу вчера поехала с племянницами. Вы не знаете, Виктор Павлович, скоро война кончится?

Штрум сказал ей:

– Рассказывают, что знакомые уговорили шофера спросить у Жукова, когда война кончится. Жуков сел в машину и спросил шофера: «Не скажешь ли, когда эта война кончится?»

Чепыжин вышел навстречу Штруму и сказал:

– Нечего, старая, моих гостей перехватывать. Своих приглашай.

Приходя к Чепыжину, Штрум переживал обычно ощущение подъема. И теперь хотя на сердце у него была тоска, он по-особому ощутил ставшую непривычной легкость.

Входя в чепыжинский кабинет и оглядывая книжные полки, Штрум обычно шутливо говорил слова из «Войны и мира»: «Да, писали – не гуляли».

И теперь он сказал: «Да, писали – не гуляли».

Беспорядок на библиотечных полках, казалось, был сходен с ложным хаосом в цехах челябинского завода.

Штрум спросил:

– Пишут ваши ребята?

– Получили письмо от старшего, а младший на Дальнем Востоке.

Чепыжин взял руку Штрума, в молчаливом пожатии выразил то, что не нужно говорить словами. И старуха Наталья Ивановна подошла к Виктору Павловичу, поцеловала его в плечо.

– Что у вас нового Виктор Павлович? – спросил Чепыжин.

– То же, что и у всех. Сталинград. Теперь нет сомнения: Гитлеру капут. А у меня лично мало хорошего, наоборот, все плохо.

Штрум стал рассказывать Чепыжину о своих бедах.

– Вот друзья и жена советуют каяться. Каяться в своей правоте.

Он много, жадно говорил о себе – тяжелобольной, день и ночь занятый своей болезнью.

Штрум скривился, пожал плечами.

– Все вспоминаю наш с вами разговор насчет квашни и всякой дряни, которая всплывает на поверхность… Никогда столько мрази не возникало вокруг меня. И почему-то это все совпало с днями победы, что особенно обидно, непозволительно обидно.

Он посмотрел в лицо Чепыжину и спросил:
— По-вашему, не случайно?

Удивительное было лицо у Чепыжина — простое, даже грубое, скуластое, курносое, мужицкое и при этом уж до того интеллигентное и тонкое, куда там лондонцам, куда там лорду Кельвину.

Чепыжин хмуро ответил:
— Вот кончится война, тогда уж заведем разговор, что случайно, а что не случайно.

— Пожалуй, свинья меня к тому времени съест. Завтра на ученом совете меня порешат. То есть, порешили меня уже в дирекции, в парткоме, а на ученом совете оформят — голос народа, требование общественности.

Странно чувствовал себя Виктор Павлович, разговаривая с Чепыжиным, — говорили они о мучительных событиях в жизни Штрума, а на душе у него почему-то было легко.

— А я-то считал, что вас теперь носят на серебряном блюде, а быть может, и на золотом, — сказал Чепыжин.

— Это почему? Ведь я увел науку в болото талмудической абстракции, оторвал ее от практики.

Чепыжин сказал:
— Да-да. Удивительно! Знаете, человек любит женщину. В ней смысл его жизни, она его счастье, страсть, радость. Но он почему-то должен скрываться, сие чувство почему-то неприлично, он должен говорить, что спит с бабой потому, что она будет готовить ему обед, штопать носки, стирать белье.

Он поднял перед лицом свои руки с растопыренными пальцами. И руки у него были удивительные — рабочие, сильные клешни, а при том до того уж аристократичны.

Чепыжин вдруг озлился:
— А я не стыжусь, мне не нужна любовь для варки обеда! Ценность науки в том счастье, которое она приносит людям. А наши академические молодцы кивают: наука — домработница практики, она работает по щедринскому правилу: «Чего изволите?», мы ее за это и держим, за это и терпим! Нет! Научные открытия имеют в самих себе свою высшую ценность! Они совершенствуют человека больше, чем паровые котлы, турбины, авиация и вся металлургия от Ноя до наших

дней. Душу, душу!

— Я-то за вас, Дмитрий Петрович, да вот товарищ Сталин с вами не согласен.

— А зря, зря. Ведь тут есть и вторая сторона дела. Сегодняшняя абстракция Максвелла завтра превращается в сигнал военного радио. Эйнштейновская теория поля тяготения, шредингеровская квантовая механика и построения Бора завтра могут обратиться самой мощной практикой. Вот это надо бы понимать. Это уж настолько просто, что гусь поймет.

Штрум сказал:

— Но ведь и вы на себе испытали нежелание политических руководителей признать, что сегодняшняя теория завтра станет практикой.

— Нет, тут-то обратное, – медленно сказал Чепыжин. – Я сам не хотел руководить институтом, и именно потому, что знал: сегодняшняя теория завтра обратится в практику. Но странно, странно, я был убежден, что Шишакова выдвинули в связи с разработкой вопроса ядерных процессов. А в этих делах без вас не обойдутся… Вернее, не считал, по-прежнему считаю.

Штрум проговорил:

— Я не понимаю мотивы, по которым вы отошли от работы в институте. Ваши слова мне неясны. Но наше начальство не поставило перед институтом задачи, которые вас встревожили. Это-то ясно. А начальству случается ошибаться в вещах более очевидных. Вот Хозяин все крепил дружбу с немцами и в последние дни перед войной гнал Гитлеру курьерскими поездами каучук и прочее стратегическое сырье. А в нашем деле… не грех ошибиться великому политику. А у меня в жизни ведь все наоборот. Мои довоенные работы соприкасались с практикой. Вот я в Челябинск на завод ездил, помогал устанавливать электронную аппаратуру. А во время войны…

Он махнул с веселой безнадежностью рукой.

— Ушел в дебри, – не то страшно, не то неловко минутами. Ей-Богу… Пытаюсь строить физику ядерных взаимодействий, а тут рухнуло тяготение, масса, время, двоится пространство, не имеющее бытия, а один лишь математический смысл. У меня в лаборатории действует молодой талантливый человек, Савостьянов, вот мы с ним как-то заговорили о моей работе. Он меня спрашивает: то, другое. Я ему говорю: это еще не теория, это программа и некоторые идеи. Второе пространство – это лишь показатель в уравнении, а не реальность. Симметрия существует лишь в математическом уравнении, я не знаю, соответствует ли ей симметрия частиц. Математические решения обскакали физику, я не знаю, захочет ли физика частиц втискиваться в мои уравнения. Савостьянов слушал, слушал, потом сказал: «Я вспомнил моего товарища студента, он как-то запутался в решении уравнения и сказал: знаешь, это не наука, а совокупление слепых в крапиве…»

Чепыжин рассмеялся.

– Действительно странно, что вы сами не в силах придать своей математике физического значения. Напоминает кошку из страны чудес, – сперва появилась улыбка, потом сама кошка.

Штрум сказал:

– Ах, Боже ж мой. А в душе я уверен, – вот главная ось человеческой жизни, именно здесь она и пролегла. Не изменю своих взглядов, не отступлюсь. Я не отступник от веры.

Чепыжин сказал:

– Я понимаю, каково вам расставаться с лабораторией, где вот-вот может проглянуть связь вашей математики с физикой. Горько, но я рад за вас, честность не сотрется.

– Как бы меня не стерли, – проговорил Штрум.

Наталья Ивановна внесла чай, стала сдвигать книги, освобождая место на столе.

– Ого, лимон, – сказал Штрум.

– Дорогой гость, – сказала Наталья Ивановна.

– Нуль без палочки, – сказал Штрум.

– Но-но, – проговорил Чепыжин. – Зачем так.

– Право же, Дмитрий Петрович, завтра меня порешат. Я чувствую. Что ж мне делать послезавтра?

Он пододвинул к себе стакан чаю и, вызванивая ложечкой по краю блюдечка марш своего отчаяния, рассеянно проговорил:

– Ого, лимон, – и смутился оттого, что с одной и той же интонацией дважды произнес это слово.

Они некоторое время молчали. Чепыжин сказал:

– Хочу с вами поделиться кое-какими мыслями.

– Я всегда готов, – рассеянно сказал Штрум.

– Да так, просто маниловщина… Знаете, теперь уже стало

трюизмом представление о бесконечности Вселенной. Метагалактика когда-нибудь окажется кусочком сахара, с которым пьет чай вприкуску какой-нибудь экономный лилипут, а электрон или нейтрон – миром, населенным Гулливерами. Это уже школьники знают.

Штрум кивнул и подумал: «Действительно, маниловщина. Что-то у старика сегодня дело не идет». Он в это время представил себе Шишакова на завтрашнем собрании. «Нет, нет, не пойду. Идти – значит каяться либо надо спорить по политическим вопросам, а это равносильно самоубийству…»

Он незаметно зевнул и подумал: «Сердечная недостаточность, зевают от сердца».

Чепыжин сказал:

– Ограничить бесконечность, казалось, может лишь Бог… Ведь за космической гранью неминуемо нужно признать Божественную силу. Не так ли?

– Так-так, – сказал Штрум и подумал: «Дмитрий Петрович, мне не до философии, ведь меня посадить могут. Как пить дать! Вот я в Казани поговорил откровенно с таким дядей – Мадьяровым. Либо он просто стукач, либо его посадят и заставят разговаривать. Кругом, кругом меня все плохо».

Он смотрел на Чепыжина, и Чепыжин, следя за его ложно внимательным взглядом, продолжал говорить:

– Мне кажется, есть грань, ограничивающая бесконечность Вселенной – жизнь. Эта грань не в эйнштейновской кривизне, она в противоположности жизни и неживой материи. Мне представляется, жизнь можно определить как свободу. Жизнь – есть свобода. Основной принцип жизни – свобода. Вот тут и пролегла граница – свобода и рабство, неживая материя и жизнь. Потом я подумал, – свобода, однажды возникнув, начала свою эволюцию. Она шла двояко. Человек богаче свободой, чем простейшие. Вся эволюция живого мира есть движение от меньшей степени свободы к высшей. В этом суть эволюции живых форм. Высшая форма та, которая богаче свободой. Это первая ветвь эволюции.

Штрум, задумавшись, смотрел на Чепыжина. Чепыжин кивнул, как бы одобряя внимание слушателя.

– Ведь есть и вторая, количественная, ветвь эволюции, – подумал я. Ныне, если считать вес человека в пятьдесят килограммов, человечество весит сто миллионов тонн. Это намного больше того, что было, скажем, тысячу лет тому назад. Масса живого вещества будет все увеличиваться за счет неживого. Земной шар будет постепенно оживать. Человек, заселив пустыни, Арктику, станет уходить под землю, все углубляя горизонты подземных городов и полей. Возникнет преобладание живой массы Земли! Затем оживут планеты. Если представить себе эволюцию жизни в бесконечности времени, то превращение неживой материи в жизнь пойдет в галактическом масштабе. Материя из неживой станет обращаться в живую, в свободу. Мироздание оживет, все в мире станет живым, а значит, свободным. Свобода – жизнь победит рабство.

— Да-да, — сказал Штрум и улыбнулся. — Можно взять интеграл.

— Вот штука, — сказал Чепыжин. — Я занимался эволюцией звезд, а понял, что шутить с шевелением серого пятнышка живой слизи не следует. Подумайте о первой ветви эволюции – от низшего к высшему. Придет человек, наделенный всеми признаками Бога: вездесущий, всемогущий, всеведущий. В ближайшее столетие придет решение вопроса о превращении материи в энергию и создании живого вещества. Параллельно развитие пойдет в направлении преодоления пространства и достижения предельных скоростей. В более далекие тысячелетия прогресс пойдет в сторону овладения высшими видами энергии – психической.

И вдруг все, что говорил Чепыжин, перестало казаться Штруму болтовней. Оказалось, он не был согласен с тем, что говорил Чепыжин.

— Человек сумеет материализовать в показания приборов содержание, ритм психической деятельности разумных существ во всей Метагалактике. Движение психической энергии в пространстве, через которое свет летит миллионы лет, будет совершаться мгновенно. Свойство Бога – вездесущность – станет достоянием разума. Но, достигнув равенства с Богом, человек не остановится. Он станет решать задачи, которые оказались не по плечу Богу. Он установит связь с разумными существами высших этажей Вселенной, из иного пространства и иного времени, для которых вся история человечества лишь мгновенная, неясная вспышка. Он установит сознательную связь с жизнью в микрокосмосе, чья эволюция лишь краткий миг для человека. Это будет пора полного уничтожения пространственно-временной бездны. Человек посмотрит на Бога сверху вниз.

Штрум закивал головой, проговорил:

— Дмитрий Петрович, вначале я слушал вас, думал, — мне не до философии, меня посадить могут, какая уж тут философия. И вдруг забыл и о Ковченко, и о Шишакове, и о товарище Берия, и о том, что меня завтра в шею погонят из моей лаборатории, а послезавтра могут посадить. Но, знаете, я испытывал, слушая вас, не радость, а отчаяние. Вот мы мудры, и Геркулес нам кажется рахитиком. И в это же время немцы убивают еврейских стариков и детей, как бешеных собак, а у нас происходили тридцать седьмой год и сплошная коллективизация с высылкой миллионов несчастных крестьян, с голодом, с людоедством… Знаете, мне все казалось раньше простым и ясным. А после всех ужасных потерь и бед все стало сложно, запутанно. Человек посмотрит сверху вниз на Бога, но не посмотрит ли он сверху вниз и на Дьявола, не превзойдет ли и его? Вы говорите, жизнь – свобода. Но думают ли так люди в лагерях? Не обратит ли свое могущество жизнь, разлившись во Вселенной, на устройство рабства, более страшного, чем рабство неживой материи, о котором вы говорили? Вот скажите мне, — превзойдет ли тот, будущий человек в своей доброте Христа? Вот – главное! Скажите мне, что даст миру могущество существа вездесущего и всеведущего, если это существо останется с нашими нынешними зоологическими самоуверенностью и эгоизмом — классовыми, расовыми, государственными и лично своими? Не превратит ли этот человек весь мир в галактический концлагерь? Вот-вот, скажите мне, верите ли вы в эволюцию доброты, морали, милосердия, способен ли человек на такую эволюцию?

Штрум виновато поморщился.

— Простите, что настойчиво задаю вам этот вопрос, он, кажется, еще более абстрактен, чем уравнения, о которых мы с вами говорили.

— Не так уж он абстрактен, — сказал Чепыжин, — и потому-то он отразился и на моей жизни. Я решил не участвовать в работах, связанных с расщеплением атома. Нынешних добра и доброты не хватает человеку для разумной жизни, вы сами говорите об этом. Что же будет, если в лапы человеку попадут силы внутренней энергии атома? Ныне духовная энергия находится на жалком уровне. Но в будущее я верю! Верю, что развиваться будет не только мощь человека, но и любовь, душа его.

Он замолчал, пораженный выражением лица Штрума.

– Я думал, думал об этом, – сказал Штрум. – И меня однажды охватил ужас! Вот вас пугает несовершенство человека. Но кто еще, скажем, в моей лаборатории, думает над всем этим? Соколов? Огромный талант, но он робок, преклоняется перед силой государства, считает, нет власти не от Бога. Марков? Он совершенно вне вопросов добра, зла, любви, морали. Деловой талант. Он решает вопросы науки, как шахматный этюдист. Савостьянов, о котором я вам говорил? Он милый, остроумный, прекрасный физик, но он то, что называется бездумный, пустой малый. Привез в Казань гору фотографий знакомых девиц в купальных костюмах, любит пофрантить, выпить, танцор. Для него наука – спорт: решить вопрос, понять явление – то же, что поставить спортивный рекорд. Важно, чтобы не обштопали! А ведь и я сегодня не думаю всерьез обо всем этом. Наукой должны заниматься в наше время люди великой души, пророки, святые! А науку делают деловые таланты, шахматные этюдисты, спортсмены. Не ведают, что творят. Вы! Но вы – это вы. Берлинский Чепыжин не откажется работать с нейтронами! Что тогда? А я, а со мной, что со мной происходит? Все мне казалось простым, ясным, а теперь нет, нет... Знаете, Толстой считал свои гениальные творения пустой игрой. А мы, физики, творим не гениально, а пыжимся, пыжимся.

Ресницы Штрума часто заморгали.

– Где мне взять веру, силы, стойкость? – быстро проговорил он, и в голосе его послышался еврейский акцент. – Ну что я вам могу сказать? Вы знаете горе, которое меня постигло, а сегодня меня травят только за то, что я...

Он не договорил, быстро встал, ложечка упала на пол. Он дрожал, руки его дрожали.

– Виктор Павлович, успокойтесь, прошу вас, – сказал Чепыжин. – Давайте говорить о чем-нибудь другом.

– Нет-нет, простите. Я пойду, что-то у меня с головой делается, извините меня.

Он стал прощаться.

– Спасибо, спасибо, – говорил Штрум, не глядя в лицо Чепыжину, чувствуя, что не может справиться с волнением.

Штрум спускался по лестнице, и слезы текли по его щекам.

26

Штрум вернулся домой, когда все спали. Ему казалось, что он до утра просидит за столом, переписывая и перечитывая свое покаянное заявление, решая в сотый раз – идти ли ему завтра в институт.

Во время долгой дороги домой он ни о чем не думал, – ни о слезах на лестнице, ни о разговоре с Чепыжиным, оборванном внезапным нервным припадком, ни о страшном для него завтрашнем дне, ни о письме матери, лежавшем в боковом кармане его пиджака. Молчание ночных улиц подчинило его, и в его голове все стало пустынным, просматривалось и простреливалось, как безлюдные просеки ночной Москвы. Он не волновался, не стыдился своих недавних слез, не страшился своей судьбы, не хотел хорошего исхода.

Утром Штрум пошел в ванную, но дверь была заперта изнутри.

– Людмила, ты? – спросил он.

Он ахнул, услышав голос Жени.

– Боже мой, как вы здесь очутились, Женечка? – сказал он и от растерянности глупо спросил: – А Люда знает, что вы приехали?

Она вышла из ванной, и они поцеловались.

– Вы плохо выглядите, – сказал Штрум и добавил: – Это называется еврейский комплимент.

Она тут же в коридоре сказала ему об аресте Крымова и о цели своего приезда.

Он был поражен. Но после этого известия приезд Жени стал ему особенно дорог. Если бы Женя приехала счастливой, занятая мыслями о своей новой жизни, она бы не показалась ему такой милой, близкой.

Он говорил с ней, расспрашивал ее и все поглядывал на часы.

— Как все это нелепо, как бессмысленно, – говорил он, – вспомните только мои разговоры с Николаем, он всегда мне вправлял мозги. А теперь! Я полон ереси, гуляю на свободе, а он, правоверный коммунист, – арестован.

Людмила Николаевна сказала:

— Витя, имей в виду – часы в столовой отстают на десять минут.

Он пробормотал что-то и пошел к себе в комнату, успел, проходя по коридору, дважды посмотреть на часы.

Заседание ученого совета было назначено на 11 часов утра. Среди привычных предметов и книг он с какой-то повышенной, близкой к галлюцинации, четкостью ощущал напряжение и суету, происходящие в институте. Половина одиннадцатого. Соколов начал снимать халат. Савостьянов вполголоса говорит Маркову: «Да, видимо, наш сумасшедший решил не приходить». Гуревич, почесывая толстый зад, поглядел в окно, – к зданию института подъехал ЗИС, вышел Шишаков в шляпе, в длинном пасторском плаще. Вслед подъехала машина – молодой Бадьин. Идет по коридору Ковченко. В зале заседаний уже человек пятнадцать, перелистывают газеты. Они пришли заранее, зная, что народу будет много, надо занять места получше. Свечин и секретарь общеинститутского парткома Рамсков «с печатью тайны на челе» стоят у двери парткома. Старик академик Прасолов в седых кудрях, устремив взор ввысь, плывет по коридору – он говорит на подобных заседаниях удивительно подло. Шумно, толпой идут младшие научные сотрудники.

Штрум посмотрел на часы, достал из стола свое заявление, сунул его в карман, снова посмотрел на часы.

Он может пойти на ученый совет и не каяться, молча присутствовать… Нет… Если прийти, отмалчиваться не придется, а уж если говорить, то надо каяться. А не прийти – отрезать себе все дороги…

Скажут – «не нашел в себе смелости… демонстративно противопоставил себя коллективу… политический вызов… после этого уж следует разговаривать с ним другим языком…» Он вынул из кармана заявление и тут же, не читая, положил его обратно в карман. Десятки раз перечитывал он эти строки: «Я осознал, что, высказав недоверие к партийному руководству, я совершил поступок, несовместимый с нормами поведения советского человека, а потому… В своей работе я, не сознавая того, отошел от столбовой дороги советской науки и невольно противопоставил себя…»

Ему все время хотелось перечитывать это заявление, но едва он брал заявление в руки, каждая буква казалась ему невыносимо знакомой… Коммунист Крымов сел, попал на Лубянку. А Штрума с его сомнениями, ужасом перед жестокостью Сталина, с его разговорами о свободе, бюрократизме, с нынешней его, политически окрашенной историей давно бы нужно было загнать на Колыму…

Последние дни его все чаще охватывал страх, казалось, что его арестуют. Ведь обычно изгнанием с работы дело не ограничивается. Сперва прорабатывают, потом гонят с работы, потом сажают.

Он снова посмотрел на часы. Зал уже полон. Сидящие поглядывают на дверь, перешептываются: «Штрум-то не явился…» Кто-то говорит: «Уж полдень близится, а Виктора все нет». Шишаков занял председательское место, положил на стол очешник. Возле Ковченко стоит секретарша, принесшая ему на подпись срочные бумаги.

Нетерпеливое, раздраженное ожидание десятков людей, собравшихся в зале заседаний, нестерпимо давило на Штрума. Наверное, и на Лубянке, в той комнате, где сидит специально им интересующийся человек, ждут – неужели не придет? Он ощущал, видел хмурого человека в Центральном Комитете: так-таки и не изволил явиться? Он видел знакомых, говорящих женам: «Сумасшедший». Людмила в душе осуждает его, – Толя отдал жизнь за государство, с которым Виктор затеял спор во время войны.

Когда он вспоминал, как много среди его родных и родных Людмилы репрессированных, высланных, он успокаивал себя мыслью: «Но если там спросят, я скажу – не только такие вокруг меня, вот Крымов – близкий мне человек, известный коммунист, старый член партии, подпольщик».

Вот тебе и Крымов! Начнут его там спрашивать, он и вспомнит все еретические разговоры Штрума. Впрочем, Крымов не такой уж близкий ему человек, – ведь Женя развелась с ним. Да и не было с ним столь уж опасных разговоров, – ведь до войны у Штрума не возникали особо острые сомнения. Ох, вот Мадьярова если там спросят!

Десятки, сотни усилий, давлений, толчков, ударов сливались в равнодействующую, она, казалось, сгибала ребра, расшивала черепные кости.

Бессмысленны слова доктора Штокмана, – силен тот, кто одинок... Где уж там силен! Воровски оглядываясь, с жалкими, местечковыми ужимками он стал торопливо повязывать галстук, перекладывать бумаги в карманы нового, парадного пиджака, надел новые желтые полуботинки.

В тот момент, когда он стоял одетый возле стола, в комнату заглянула Людмила Николаевна. Она молча подошла к нему, поцеловала, вышла из комнаты.

Нет, он не станет читать своего казенного покаяния! Он скажет правду, идущую от сердца: товарищи, друзья мои, я с болью слушал вас, с болью думал, как могло случиться, что в счастливые дни завоеванного в муках сталинградского перелома я оказался один, слушаю гневные упреки своих товарищей, братьев, друзей... я клянусь вам – весь мозг, всю кровь, силы... Да, да, да, он теперь знал, что скажет... Скорей, скорей, он поспеет еще... Товарищи... Товарищ Сталин, я жил неверно, надо было дойти до края бездны, чтобы увидеть во всей глубине свои ошибки. То, что он скажет, будет идти из самой глубины души! Товарищи, мой сын погиб под Сталинградом...

Он пошел к двери.

Именно в эту последнюю минуту все окончательно решилось, и осталось только поскорей доехать до института, оставить в раздевалке пальто, войти в зал, услышать взволнованный шепот десятков людей, оглядеть знакомые лица, проговорить: «Я прошу слова, мне хочется сказать товарищам о том, что я думал и чувствовал в эти дни...»

Но именно в эти минуты медленными движениями он снял пиджак и повесил его на спинку стула, развязал галстук, свернул его и положил на край стола, присев, стал расшнуровывать туфли.

Ощущение легкости и чистоты охватило его. Он сидел в спокойной задумчивости. Он не верил в Бога, но почему-то в эти минуты казалось, – Бог смотрит на него. Никогда в жизни не испытывал он такого счастливого и одновременно смиренного чувства. Уже не было силы, способной отнять у него его правоту.

Он стал думать о матери. Может быть, она была рядом с ним, когда он безотчетно переменил свое решение. Ведь за минуту до этого он совершенно искренне хотел выступить с истерическим покаянием. Он не думал о Боге, не думал о матери, когда непоколебимо ощутил свое окончательное решение. Но они были рядом с ним, хотя он не думал о них.

«Как мне хорошо, я счастлив», – подумал он.

Он снова представил себе собрание, лица людей, голоса выступающих.

«Как мне хорошо, светло», – снова подумал он.

Никогда, казалось, он не был так серьезен в своих мыслях о жизни, о близких, в понимании себя, своей судьбы.

Людмила с Женей вошли к нему в комнату. Людмила, увидя его без пиджака, в носках, с раскрытым воротом рубахи, как-то по-старушечьи ахнула.

– Боже мой, ты не пошел! Что же будет теперь?

– Не знаю, – сказал он.

– Но, может быть, еще не поздно? – сказала она, потом посмотрела на него и добавила: – Не знаю, не знаю, ты взрослый человек. Но когда решаешь такие вопросы, надо думать не только о своих принципах.

Он молчал, потом вздохнул.

Женя сказала:

– Людмила!

– Ну, ничего, ничего, – сказала Людмила, – будет, что будет.

– Да, Людочка, – сказал он, – «инда еще побредем».

Он прикрыл рукой шею и улыбнулся:

– Простите, Женевьева, я без галстука.

Он смотрел на Людмилу Николаевну и Женю, и ему казалось, что только сейчас он по-настоящему понял, какое серьезное и нелегкое дело – жить на земле, как значительны отношения с близкими.

Он понимал, что жизнь пойдет по-обычному, и он снова станет раздражаться, тревожиться по пустякам, сердиться на жену и дочь.

– Знаете что, хватит говорить обо мне, – сказал он, – давайте, Женя, в шахматы сыграем, помните, как вы мне вкатили два мата подряд.

Они расставили фигуры, и Штрум, которому достались

белые, сделал первый ход королевской пешкой, Женя сказала:

– Николай всегда начинал белыми от короля. Что-то мне сегодня ответят на Кузнецком?

Людмила Николаевна, нагнувшись, пододвинула под ноги Штруму домашние туфли. Он, не глядя, пытался попасть ногой в туфлю, и Людмила Николаевна, ворчливо вздохнув, опустилась на пол, надела ему на ноги туфли. Он поцеловал ее в голову, рассеянно произнес:

– Спасибо, Людочка, спасибо.

Женя, все не делая первого хода, тряхнула головой.

– Нет, не могу понять. Ведь троцкизм – это старое. Что-то произошло, но что, что?

Людмила Николаевна, поправляя белые пешки, сказала:

– Я сегодня почти всю ночь не спала. Такой преданный, идейный коммунист.

– Ты, положим, отлично спала всю ночь, – сказала Женя, – я несколько раз просыпалась, а ты все похрапывала.

Людмила Николаевна рассердилась:

– Неправда, я буквально не сомкнула глаз.

И, отвечая вслух на мысль, тревожившую ее, сказала мужу:

– Ничего, ничего, лишь бы не арестовали. А если лишат тебя всего, я не боюсь, – будем продавать вещи, поедем на дачу, буду на базаре продавать клубнику. Буду преподавать химию в школе.

– Дачу отберут, – сказала Женя.

– Да неужели вы не понимаете, что Николай ни в чем не виноват? – сказал Штрум. – Не то поколение, мыслит не в той системе координат.

Они сидели над шахматной доской, поглядывали на фигуры, на единственную пешку, сделавшую единственный ход, и разговаривали.

– Женя, милая, – говорил Виктор Павлович, – вы поступили по совести. Поверьте, это лучшее, что дано человеку. Я не знаю, что принесет вам жизнь, но я уверен: сейчас вы поступили по совести; главная беда наша – мы живем не по совести. Мы говорим не то, что думаем. Чувствуем одно, а делаем другое. Толстой, помните, по поводу смертных казней сказал: «Не могу молчать!» А мы молчали, когда в тридцать седьмом году казнили тысячи невинных людей. И это лучшие молчали! Были ведь и шумно одобрявшие. Мы молчали во время ужасов сплошной коллективизации. И я думаю – рано мы говорим о социализме, – он не только в тяжелой промышленности. Он прежде всего в праве на совесть. Лишать человека права на совесть – это ужасно. И если человек находит в себе силу поступить по совести, он чувствует такой прилив счастья. Я рад за вас, – вы поступили по совести.

– Витя, перестань ты проповедовать, как Будда, и сбивать дуру с толку, – сказала Людмила Николаевна. – При чем тут совесть? Губить себя, мучить хорошего человека, а какая от этого польза Крымову? Не верю я, что у нее может быть счастье, когда его выпустят. Он был в полном порядке, когда они разошлись, – у нее совесть перед ним чиста.

Евгения Николаевна взяла в руку шахматного короля, повертела в воздухе, поглядела подклеенную к нему суконку и поставила на место.

– Люда, – сказала она, – какое уж тут счастье. Не о счастье я думаю.

Штрум посмотрел на часы. Циферблат показался ему спокойным, стрелки сонными, мирными.

– Сейчас там прения в разгаре. Клянут меня вовсю, но у меня ни обиды, ни злобы.

– А я бы физиономии набила всем бесстыдникам, – сказала Людмила, – то называют тебя надеждой науки, то плюют на тебя. Ты, Женя, когда пойдешь на Кузнецкий?

– К четырем.

– Я накормлю тебя обедом, потом уж пойдешь.

– Что же у нас на обед сегодня? – сказал Штрум и, улыбаясь, добавил: – Знаете, о чем я вас попрошу, дамочки?

– Знаю, знаю. Хочешь поработать, – сказала Людмила Николаевна, вставая.

– Другой бы на стены лез в такой день, – сказала Женя.

– Это моя слабость, а не сила, – сказал Штрум, – вот вчера Дэ Пэ много говорил со мной о науке. Но у меня другой взгляд, другая точка. Вот так, как у Толстого было: он сомневался, мучился, нужна ли людям литература, нужны ли людям книги, которые он пишет.

– Ну, знаешь, – сказала Людмила, – ты раньше напиши в физике «Войну и мир».

Штрум ужасно смутился.

– Да-да, Людочка, ты права, зарапортовался, – пробормотал он и невольно с упреком посмотрел на жену. – Господи, и в такие минуты нужно подчеркивать каждое мое неверное слово.

Снова он остался один. Он перечитывал сделанные им накануне записи и одновременно думал о сегодняшнем дне. Почему ему стало приятно, когда Людмила и Женя ушли из комнаты? У него в их присутствии возникло ощущение собственной фальшивости. В его предложении играть в шахматы, в его желании работать была фальшь. Видимо, и Людмила почувствовала это, назвав его Буддой. И он, произнося свою похвалу совести, ощущал, как фальшиво, деревянно звучит его голос. Боясь, что его заподозрят в любовании собой, он старался вести будничные разговоры, но в этой подчеркнутой будничности, как и в проповеди с амвона, тоже была своя фальшь.

Беспокойное, неясное чувство тревожило его, он не мог понять: чего-то не хватает ему.

Несколько раз он вставал, подходил к двери, прислушивался к голосам жены и Евгении Николаевны.

Ему не хотелось знать, что говорили на собрании, кто выступал с особенной нетерпимостью и злобой, какую резолюцию заготовили. Он напишет коротенькое письмо Шишакову – он заболел и не сможет ходить в ближайшие дни в институт. А в дальнейшем необходимости в этом не будет. Он всегда готов быть полезен в той мере, в какой может. Вот, собственно, и все.

Почему он так боялся в последнее время ареста? Ведь он ничего не сделал такого. Болтал. Да, собственно, не так уж и болтал. Там-то знают.

Но чувство беспокойства не проходило, он нетерпеливо поглядывал на дверь. Может быть, ему хочется есть? С лимитом, вероятно, придется проститься. С знаменитой столовой – тоже.

В передней раздался негромкий звонок, и Штрум стремительно выбежал в коридор, крикнул в сторону кухни:

– Я открою, Людмила.

Он распахнул дверь, и в полутьме передней на него посмотрели встревоженные глаза Марьи Ивановны:

– Ах, ну вот, – негромко сказала она. – Я знала, что вы не пойдете.

Помогая ей снять пальто, ощущая руками тепло ее шеи и затылка, которое передалось воротнику пальто, Штрум внезапно догадался, – вот ее он ждал, в предчувствии ее прихода он прислушивался, поглядывал на дверь.

Он понял это по чувству легкости, радостной естественности, которую сразу же ощутил, увидев ее. Это, оказывается, ее хотел он встретить, когда с тяжелой душой возвращался вечерами из института, тревожно всматривался в прохожих, оглядывал женские лица за окнами трамваев и троллейбусов. И когда, придя домой, он спрашивал у Людмилы Николаевны: «Никто не приходил?», – он хотел знать, не приходила ли она. Все это давно уже существовало… Она приходила, они разговаривали, шутили, она уходила, и он, казалось, забывал о ней. Она появлялась в его памяти, когда он разговаривал с Соколовым, когда Людмила Николаевна передавала ему привет от нее. Она, казалось, не существовала помимо тех минут, когда он видел ее или говорил о том, какая она милая женщина. Иногда, желая подразнить Людмилу, он говорил, что ее подруга не читала Пушкина и Тургенева.

Он гулял с ней в Нескучном саду, и ему было приятно смотреть на нее, ему нравилось, что она легко, сразу, никогда не ошибаясь, понимает его, его трогало детское выражение внимания, с которым она слушала его. Потом они простились, и он перестал думать о ней. Потом он вспомнил о ней, идя по улице, и снова забыл.

И вот сейчас он ощутил, что она не переставала быть с ним, ему только казалось, что ее нет. Она была с ним и тогда, когда он не думал о ней. Он не видел ее, не вспоминал ее, а она продолжала быть с ним. Он без мысли о ней ощущал, что ее нет рядом, не понимал, что он постоянно, даже не думая о ней, встревожен ее отсутствием. А в этот день, когда он по-особому глубоко понимал и себя и людей, живших свою жизнь рядом с его жизнью, всматриваясь в ее лицо, он понял свое чувство к ней. Он радовался, видя ее, тому, что постоянное томящее ощущение ее отсутствия вдруг прерывается. Ему становится легко оттого, что она с ним, и он перестает бессознательно ощущать, что ее нет с ним. Он в последнее время всегда чувствовал себя одиноким. Он ощущал свое одиночество, разговаривая с дочерью, друзьями, Чепыжиным, женой. Но стоило ему увидеть Марью Ивановну, чувство одиночества исчезало.

И это открытие не поразило его, – оно было естественно и бесспорно. Как это месяц назад, два месяца назад, еще живя в Казани, он не понимал простого и бесспорного?

И, естественно, в день, когда он особенно сильно ощущал ее отсутствие, его чувство вырвалось из глубины на поверхность и стало достоянием его мысли.

И так как невозможно было скрывать от нее что бы то ни было, он тут же в передней, хмурясь и глядя на нее, сказал:

– Я все время думал, что голоден, как волк, и все смотрел на дверь, скоро ли позовут обедать, а оказалось, я ждал – скоро ли придет Марья Ивановна.

Она ничего не сказала, казалось, не расслышала и прошла в комнату.

Она сидела на диване рядом с Женей, с которой ее познакомили, и Виктор Павлович переводил глаза с лица Жени на лицо Марьи Ивановны, потом на Людмилу.

Как красивы были сестры! В этот день лицо Людмилы Николаевны казалось особенно хорошо. Суровость, портившая его, отступила. Ее большие светлые глаза смотрели мягко, с грустью.

Женя поправила волосы, видимо, чувствуя на себе взгляд Марьи Ивановны, и та сказала:

– Простите меня, Евгения Николаевна, но я не представляла себе, что женщина может быть так красива. Я никогда не видела такого лица, как ваше.

Сказав это, она покраснела.

– Вы поглядите, Машенька, на ее руки, пальцы, – сказала Людмила Николаевна, – а шея, а волосы.

– А ноздри, ноздри, – сказал Штрум.

– Да что я вам, кабардинская кобыла? – сказала Женя. – Нужно мне это все.

– Не в коня корм, – сказал Штрум, и хотя не совсем было ясно, что значат его слова, они вызвали смех.

– Витя, а ты-то есть хочешь? – сказала Людмила Николаевна.

– Да-да, нет-нет, – сказал он и увидел, как снова покраснела Марья Ивановна. Значит, она слышала сказанные им в передней слова.

Она сидела, словно воробушек, серенькая, худенькая, с волосами, зачесанными, как у народных учительниц, над невысоким выпуклым лбом, в вязаной, заштопанной на локтях кофточке, каждое слово, сказанное ею, казалось Штруму, было полно ума, деликатности, доброты, каждое движение выражало грацию, мягкость.

Она не заговаривала о заседании ученого совета, расспрашивала о Наде, попросила у Людмилы Николаевны «Волшебную гору» Манна, спрашивала Женю о Вере и о ее маленьком сыне, о том, что пишет из Казани Александра Владимировна.

Штрум не сразу, не вдруг понял, что Марья Ивановна нашла единственно верный ход разговора. Она как бы подчеркивала, что нет силы, способной помешать людям оставаться людьми, что само могучее государство бессильно вторгнуться в круг отцов, детей, сестер и что в этот роковой день ее восхищение людьми, с которыми она сейчас сидит, в том и выражается, что их победа дает им право говорить не о том, что навязано извне, а о том, что существует внутри.

Она правильно угадала, и, когда женщины говорили о Наде и о Верином ребенке, он сидел молча, чувствовал, как свет, что зажегся в нем, горит ровно и тепло, не колеблется и не тускнеет.

Ему казалось, что очарование Марьи Ивановны покорило Женю. Людмила Николаевна пошла на кухню, и Марья Ивановна отправилась ей помогать.

– Какой прелестный человек, – задумчиво сказал Штрум.

Женя насмешливо окликнула его:

– Витька, а Витька?

Он опешил от неожиданного обращения, – Витькой его не называли уже лет двадцать.

– Барынька влюблена в вас, как кошка, – сказала Женя.

– Что за глупости, – сказал он. – И почему барынька? Меньше всего она барынька. Людмила ни с одной женщиной не дружила. А с Марьей Ивановной у нее настоящая дружба.

– А у вас? – насмешливо спросила Женя.

– Я серьезно говорю, – сказал Штрум.

Она, видя, что он сердится, посмеиваясь, смотрела на него.

– Знаете что, Женечка? Ну вас к черту, – сказал он.

В это время пришла Надя. Стоя в передней, она быстро спросила:

– Папа пошел каяться?

Она вошла в комнату. Штрум обнял ее и поцеловал.

Евгения Николаевна повлажневшими глазами оглядывала племянницу.

– Ну, ни капли нашей славянской крови в ней нет, – сказала она. – Совершенно иудейская девица.

– Папины гены, – сказала Надя.

– Ты моя слабость, Надя, – сказала Евгения Николаевна. – Вот как Сережа у бабушки, так ты для меня.

– Ничего, папа, мы прокормим тебя, – сказала Надя.

– Кто это – мы? – спросил Штрум. – Ты со своим лейтенантом? Помой руки после школы.

– С кем это мама там разговаривает?

– С Марьей Ивановной.

– Тебе нравится Марья Ивановна? – спросила Евгения Николаевна.

– По-моему, это лучший человек в мире, – сказала Надя, – я бы на ней женилась.

– Добрая, ангел? – насмешливо спросила Евгения Николаевна.

– А вам, тетя Женя, она не понравилась?

– Я не люблю святых, в их святости бывает скрыта истерия, – сказала Евгения Николаевна. – Предпочитаю им открытых стерв.

– Истерия? – спросил Штрум.

– Клянусь, Виктор, это вообще, я не о ней.

Надя пошла на кухню, а Евгения Николаевна сказала Штруму:

– Жила я в Сталинграде, был у Веры лейтенант. Вот и у Нади появился знакомый лейтенант. Появился и исчезнет! Так легко они гибнут. Витя, так это печально.

– Женечка, Женевьева, – спросил Штрум, – вам действительно не понравилась Марья Ивановна?

– Не знаю, не знаю, – торопливо сказала она, – есть такой женский характер – якобы податливый, якобы жертвенный. Такая женщина не скажет: «Я сплю с мужиком, потому что мне хочется этого», а она скажет: «Таков мой долг, мне его жалко, я принесла себя в жертву». Эти бабы спят, сходятся, расходятся потому, что им того хочется, но говорят они совсем по-другому: «Это было нужно, так велел долг, совесть, я отказалась, я пожертвовала». А ничем она не жертвовала, делала, что хотела, и самое подлое, что эти дамы искренне сами верят в свою жертвенность. Таких я терпеть не могу! И знаете почему? Мне часто кажется, что я сама из этой породы.

За обедом Марья Ивановна сказала Жене:

— Евгения Николаевна, если разрешите, я могу пойти вместе с вами. У меня есть печальный опыт в этих делах. Да и вдвоем как-то легче.

Женя, смутившись, ответила:

— Нет-нет, спасибо большое, уж эти дела надо делать в одиночку. Тут тяжесть ни с кем не разделишь.

Людмила Николаевна искоса посмотрела на сестру и, как бы объясняя ей свою откровенность с Марьей Ивановной, сказала:

— Вот вбила себе Машенька в голову, что она тебе не понравилась.

Евгения Николаевна ничего не ответила.

— Да-да, — сказала Марья Ивановна. — Я чувствую. Но вы меня простите, что я это говорила. Ведь — глупости. Какое вам дело до меня. Напрасно Людмила Николаевна сказала. А теперь получилось, точно я напрашиваюсь, чтобы вы изменили свое впечатление. А я так просто. Да и вообще…

Евгения Николаевна неожиданно для себя совершенно искренне сказала:

— Да что вы, милая вы, да что вы. Я ведь в таком расстройстве чувств, вы меня простите. Вы хорошая.

Потом, быстро поднявшись, она сказала:

— Ну, дети мои, как мама говорит: «Мне пора!»

27

На улице было много прохожих.

— Вы спешите? — спросил он. — Может быть, снова пойдем в Нескучный?

— Что вы, уже люди возвращаются со службы, а мне нужно поспеть к приходу Петра Лаврентьевича.

Он подумал, что она пригласит его зайти, чтобы

услышать рассказ Соколова о заседании ученого совета. Но она молчала, и он почувствовал подозрение, не опасается ли Соколов встречаться с ним.

Его обижало, что она спешила домой, но ведь это было совершенно естественно.

Они проходили мимо сквера, неподалеку от улицы, ведущей к Донскому монастырю.

Она внезапно остановилась и сказала:

– Давайте посидим минуту, а потом я сяду в троллейбус.

Они сидели молча, но он чувствовал ее волнение. Немного склонив голову, она смотрела в глаза Штруму.

Они продолжали молчать. Губы ее были сжаты, но, казалось, он слышал ее голос. Все было ясно, настолько ясно, словно бы они уже все сказали друг другу. Да и что тут могли сделать слова.

Он понимал, что происходит что-то необычайно серьезное, что новая печать ляжет на его жизнь, его ждет тяжелая смута. Он не хотел приносить людям страданий, лучше бы никто никогда не узнал об их любви, может быть, и они друг другу не скажут о ней. А может быть… Но происходившее сейчас, свою печаль и радость, они не могли скрыть друг от друга, и это влекло за собой неизбежные, переворачивающие изменения. Все происходящее зависело от них, и в то же время казалось, – происходившее подобно року, они уже не могли ему не подчиниться. Все, что возникало между ними, было правдой, естественной, не зависящей от них, как не зависит от человека дневной свет, и в то же время эта правда рождала неизбежную ложь, фальшь, жестокость по отношению к самым близким людям. Только от них зависело избежать этой лжи и жестокости, стоило отказаться от естественного и ясного света.

Одно ему было очевидно, – в эти минуты он навсегда терял душевный покой. Что уж там ни ждало его впереди, покоя в душе его не будет. Скроет ли он чувство к женщине, сидящей рядом с ним, вырвется ли оно наружу и станет его новой судьбой, – он уже не будет знать покоя. В постоянной ли тоске по ней или в близости, соединенной с мучениями совести, – покоя ему не будет.

А она все смотрела на него с каким-то невыносимым выражением счастья и отчаяния.

Вот он не склонился, устоял в столкновении с огромной и

безжалостной силой, и как он слаб, беспомощен здесь, на этой скамейке.

— Виктор Павлович, — сказала она, — мне пора уже. Петр Лаврентьевич ждет меня.

Она взяла его за руку и сказала:

— Мы с вами больше не увидимся. Я дала слово Петру Лаврентьевичу не встречаться с вами.

Он почувствовал смятение, которое испытывают люди, умирая от сердечной болезни, — сердце, чьи биения не зависели от воли человека, останавливалось, и мироздание начинало шататься, опрокидывалось, земля и воздух исчезали.

— Почему, Марья Ивановна? — спросил он.

— Петр Лаврентьевич взял с меня слово, что я перестану встречаться с вами. Я дала ему слово. Это, наверное, ужасно, но он в таком состоянии, он болен, я боюсь за его жизнь.

— Маша, — сказал он.

В ее голосе, в ее лице была непоколебимая сила, словно бы та, с которой он столкнулся в последнее время.

— Маша, — снова сказал он.

— Боже мой, вы ведь понимаете, вы видите, я не скрываю, зачем обо всем говорить. Я не могу, не могу. Петр Лаврентьевич столько перенес. Вы ведь все сами знаете. Вспомните, какие страдания выпали Людмиле Николаевне. Это ведь невозможно.

— Да-да, у нас нет права, — повторил он.

— Милый мой, хороший, бедный мой, свет мой, — сказала она.

Шляпа его упала на землю, вероятно, люди смотрели на них.

— Да-да, у нас нет права, — повторял он.

Он целовал ей руки, и когда он держал в руке ее холодные маленькие пальцы, ему казалось, что непоколебимая сила ее решения не видеться с ним соединена со слабостью, покорностью, беспомощностью…

Она поднялась со скамьи, пошла, не оглядываясь, а он сидел и думал, что вот он впервые смотрел в глаза своему счастью, свету своей жизни, и все это ушло от него. Ему казалось, что эта женщина, чьи пальцы он только что целовал, могла бы заменить ему все, чего он хотел в жизни, о чем мечтал, — и науку, и славу, и радость всенародного признания.

28

На следующий день после заседания ученого совета Штруму позвонил по телефону Савостьянов, спросил его, как он себя чувствует, здорова ли Людмила Николаевна.

Штрум спросил о заседании, и Савостьянов ответил:

– Виктор Павлович, не хочется вас расстраивать, оказывается, ничтожеств больше, чем я думал.

«Неужели Соколов выступил?» – подумал Штрум и спросил:

– А резолюцию вынесли?

– Жестокую. Считать несовместимым, просить дирекцию рассмотреть вопрос о дальнейшем…

– Понятно, – сказал Штрум и, хотя был уверен, что именно такая резолюция будет вынесена, растерялся от неожиданности.

«Я не виноват ни в чем, – подумал он, – но, конечно, посадят. Там знали, что Крымов не виноват, а посадили».

– Кто-нибудь голосовал против? – спросил Штрум, и телефонная проволока донесла до него молчаливое смущение Савостьянова.

– Нет, Виктор Павлович, вроде единогласно, – сказал Савостьянов. – Вы очень повредили себе тем, что не пришли.

Голос Савостьянова был плохо слышен, он, видимо, звонил из автомата.

В тот же день позвонила по телефону Анна Степановна, она уже была отчислена с работы, в институт не ходила и не знала о заседании ученого совета. Она сказала, что едет на два месяца к сестре в Муром, и растрогала Штрума сердечностью, – приглашала его приехать.

– Спасибо, спасибо, – сказал Штрум, – если уж ехать в Муром, то не прохлаждаться, а преподавать физику в педтехникуме.

– Господи, Виктор Павлович, – сказала Анна Степановна. – Зачем вы все это, я в отчаянии, все из-за меня. Стою ли я этого.

Его слова о педтехникуме она, вероятно, восприняла как упрек себе. Голос ее тоже был плохо слышен, и она, видимо, звонила не из дому, а из автомата.

«Неужели Соколов выступил?» – спрашивал Штрум самого себя.

Поздно вечером позвонил Чепыжин. В этот день Штрум, подобно тяжелобольному, оживлялся, лишь когда заговаривали о его болезни. Видимо, Чепыжин почувствовал это.

– Неужели Соколов выступил, неужели выступил? – спрашивал Штрум у Людмилы Николаевны, но она, естественно, как и он, не знала, выступал ли на заседании Соколов.

Какая-то паутина возникла между ним и близкими ему людьми.

Савостьянов, очевидно, боялся говорить о том, что интересовало Виктора Павловича, не хотел быть его информатором. Он, вероятно, думал: «Встретит Штрум институтских и скажет: „Я уже все знаю, мне Савостьянов во всех подробностях доложил обо всем"».

Анна Степановна была очень сердечна, но в подобной ситуации ей следовало прийти к Штруму на дом, а не ограничиваться телефоном.

А Чепыжин, думалось Виктору Павловичу, должен был предложить ему сотрудничество в Институте астрофизики, хотя бы поговорить на эту тему.

«Они обижаются на меня, я обижаюсь на них, – лучше бы уж не звонили», – думал он.

Но он еще больше обижался на тех, кто вовсе не позвонил ему по телефону.

Весь день ждал он звонка Гуревича, Маркова, Пименова.

Потом он рассердился на механиков и электриков, работавших по монтажу установки.

«Сукины дети, – думал он. – Уж им-то, рабочим, бояться нечего».

Невыносимо было думать о Соколове. Петр Лаврентьевич велел Марье Ивановне не звонить Штруму! Простить можно всем, – и старым знакомым, и родичам даже, и сослуживцам. Но другу! Мысль о Соколове вызывала в нем такую злобу, такую мучительную обиду, что становилось трудно дышать. И в то же время, думая об измене своего друга, Штрум, сам того не замечая, искал оправдания своей собственной измены другу.

От нервности он написал Шишакову совершенно ненужное письмо о том, что просит известить его о решении дирекции института, сам же, по болезни, в ближайшие дни не сможет работать в лаборатории.

За весь следующий день не было ни одного телефонного звонка.

«Ладно, все равно посадят», – думал Штрум.

И эта мысль теперь не мучила, а словно бы утешала его. Так больные люди утешают себя мыслью: «Ладно, болей не болей, все помрем».

Виктор Павлович сказал Людмиле Николаевне:

– Единственный человек, который нам приносит новости, это Женя. Правда, новости все из приемной НКВД.

– Теперь я убеждена, – сказала Людмила Николаевна, – что Соколов выступил на ученом совете. Иначе нельзя объяснить молчание Марьи Ивановны. Ей стыдно звонить после этого. Вообще-то я могу ей сама позвонить днем, когда он будет на работе.

– Ни в коем случае! – крикнул Штрум. – Слышишь, Люда, ни в коем случае!

– Да какое мне дело до твоих отношений с Соколовым, – сказала Людмила Николаевна. – У меня с Машей свои отношения.

Он не мог объяснить Людмиле, почему ей нельзя звонить Марье Ивановне. Ему становилось стыдно от мысли, что Людмила, не понимая того, невольно станет соединением между Марьей Ивановной и им.

– Люда, теперь наша связь с людьми может быть только односторонней. Если человека посадили, его жена может ходить лишь к тем людям, которые зовут ее. Сама она не вправе сказать: мне хочется прийти к вам. Это унижение для нее и ее мужа. Мы вступили с тобой в новую эпоху. Мы уже никому не можем писать письма, мы только отвечаем. Мы не можем теперь никому звонить по телефону, только снимаем трубку, когда нам звонят. Мы не имеем права первыми здороваться со знакомыми, может быть, они не хотят с нами здороваться. А если со мной здороваются, я не имею права первым заговорить. Может быть, человек считает возможным кивнуть мне головой, но не хочет говорить со мной. Пусть заговорит, тогда я ему отвечу. Мы вступили в великую секту неприкасаемых.

Он помолчал.

– Но, к счастью для неприкасаемых, из этого закона есть исключения. Есть один, два человека, – я не говорю о близких – твоей матери, Жене, – которые пользуются могучим душевным доверием со стороны неприкасаемых. Им можно, не ожидая разрешающего сигнала, звонить, писать. Вот Чепыжин!

– Ты прав, Витя, все это верно, – сказала Людмила Николаевна, и слова ее удивили его. Уже долгое время она ни в чем не признавала его правоты. – Я тоже имею такого друга: Марью Ивановну!

– Люда! – сказал он. – Люда! Знаешь ли, что Марья Ивановна дала слово Соколову больше не видеться с нами? Иди, звони ей после этого! Ну, звони же, звони!

Сорвав с рычага телефонную трубку, он протянул ее Людмиле Николаевне.

И в эту минуту он каким-то маленьким краешком своих чувств надеялся – вот Людмила позвонит… и хотя бы она услышит голос Марьи Ивановны.

Но Людмила Николаевна проговорила:

– Ах, вот оно что, – и положила телефонную трубку.

– Что же это Женевьева не идет, – сказал Штрум. – Беда объединяет нас. Я никогда не чувствовал к ней такой нежности, как теперь.

Когда пришла Надя, Штрум сказал ей:

– Надя, я говорил с мамой, она тебе расскажет подробно. Тебе нельзя, когда я стал пугалом, ходить к Постоевым, Гуревичам и прочим. Все эти люди видят в тебе прежде всего мою дочь, мою, мою. Понимаешь, кто ты: член моей семьи. Я категорически прошу тебя…

Он знал заранее, что она скажет, как запротестует, возмутится.

Надя подняла руку, прерывая его слова.

– Да я все это поняла, когда увидела, что ты не пошел на совет нечестивых.

Он, растерявшись, смотрел на дочь, потом насмешливо проговорил:

– Надеюсь, на лейтенанта эти дела не повлияли.

– Конечно, не повлияли.

– Ну?

Она повела плечами.

– Ну вот, все. Сам понимаешь.

Штрум посмотрел на жену, на дочь, протянул к ним руки и пошел из комнаты.

И в его жесте столько было растерянности, вины, слабости, благодарности, любви, что обе они долго стояли рядом, не произнося ни слова, не глядя друг на друга.

29

Впервые за время войны Даренский ехал дорогой наступления, – он нагонял шедшие на запад танковые части.

В снегу, в поле, вдоль дорог стояли сожженные и разбитые немецкие танки, орудия, тупорылые итальянские грузовики, лежали тела убитых немцев и румын.

Смерть и мороз сохранили для взгляда картину разгрома вражеских армий. Хаос, растерянность, страдание – все было впечатано, вморожено в снег, сохраняя в своей ледяной неподвижности последнее отчаяние, судороги мечущихся на дорогах машин и людей.

Даже огонь и дым снарядных разрывов, чадное пламя костров отпечатались на снегу темными подпалинами, желтой и коричневой наледью.

На запад шли советские войска, на восток двигались толпы пленных.

Румыны шли в зеленых шинелях, в высоких барашковых шапках. Они, видимо, страдали от мороза меньше немцев. Глядя на них, Даренский не ощущал, что это солдаты разбитой армии, – шли тысячные толпы усталых, голодных крестьян, наряженных в оперные шапки. Над румынами посмеивались, но на них смотрели без злобы, с жалостливой презрительностью. Потом он увидел, что с еще большим беззлобием относились к итальянцам.

Другое чувство вызывали венгры, финны, особенно немцы.

А пленные немцы были ужасны.

Они шли с головами и плечами, обмотанными обрывками одеял. На ногах у них были поверх сапог повязаны куски мешковины и тряпья, закрепленные проволокой и веревками.

Уши, носы, щеки у многих были покрыты черными пятнами морозной гангрены. Тихий звон котелков, подвешенных к поясам, напоминал о кандальниках.

Даренский глядел на трупы, с беспомощным бесстыдством обнажившие свои впалые животы и половые органы, он глядел на румяные от степного морозного ветра лица конвоиров.

Сложное, странное чувство испытывал он, глядя на искореженные немецкие танки и грузовики среди снежной степи, на заледеневших мертвецов, на людей, которые брели под конвоем на восток.

Это было возмездие.

Он вспомнил рассказы о том, как немцы высмеивали бедность русских изб, с гадливым удивлением разглядывали детские люльки, печи, горшки, картинки на стенах, кадушки, глиняных раскрашенных петухов, милый и чудный мир, в котором рождались и росли ребята, побежавшие от немецких танков.

Водитель машины любознательно сказал:

– Глядите, товарищ подполковник!

Четверо немцев несли на шинели товарища. По их лицам, напружившимся шеям было видно, что они скоро сами упадут. Их мотало из стороны в сторону. Тряпье, которым они были обмотаны, путалось в ногах, сухой снег лупил их по безумным глазам, обмороженные пальцы цеплялись за края шинели.

– Доигрались фрицы, – сказал водитель.

– Не мы их звали, – угрюмо сказал Даренский.

А потом вдруг счастье захлестывало его, – в снежном тумане степной целиной шли на запад советские танки – тридцатьчетверки, злые, быстрые, мускулистые...

Из люков, высунувшись по грудь, глядели танкисты в черных шлемах, в черных полушубках. Они мчались по великому степному океану, в снежном тумане, оставляя за собой мутную снеговую пену, – и чувство гордости, счастья перехватывало дыхание...

Закованная сталью Россия, грозная, хмурая, шла на запад.

При въезде в деревню образовался затор. Даренский сошел с машины, прошел мимо стоявших в два ряда грузовиков, мимо крытых брезентом «катюш»... Через дорогу на большак перегоняли группу пленных. Сошедший с легковой машины полковник в папахе серебристого каракуля, какую можно было добыть, либо командуя армией, либо находясь в дружбе с фронтовым интендантом, смотрел на пленных.

Конвоиры покрикивали на них, замахивались автоматами:

— Давай, давай, веселей!

Невидимая стена отделяла пленных от водителей грузовиков и красноармейцев, холод, больший, чем степная стужа, мешал глазам встретиться с глазами.

— Гляди, гляди, хвостатый, — сказал смеющийся голос.

Через дорогу на четвереньках полз немецкий солдат. Кусок одеяла, с вылезшими клочьями ваты, волочился следом за ним. Солдат полз торопливо, по-собачьи перебирая руками и ногами, не поднимая головы, точно чутьем вынюхивая след. Он полз прямо на полковника, и стоявший рядом водитель сказал:

— Товарищ полковник, укусит, ей-Богу, целится.

Полковник шагнул в сторону и, когда немец поравнялся с ним, пихнул его сапогом. И некрепкого толчка хватило, чтобы перешибить воробьиную силу пленного. Руки и ноги его расползлись в стороны.

Он взглянул снизу на ударившего его: в глазах немца, как в глазах умирающей овцы, не было ни упрека, ни даже страдания, одно лишь смирение.

— Лезет, говно, завоеватель, — сказал полковник, обтирая об снег подошву сапога.

Смешок прошел среди зрителей.

Даренский почувствовал, как затуманилась его голова и что уже не он, кто-то другой, которого он знал и не знал, никогда не колеблющийся, руководит его поступками.

— Русские люди лежачих не бьют, товарищ полковник, — сказал он.

— А я кто, по-вашему, не русский? — спросил полковник.

— Вы мерзавец, — сказал Даренский и, увидя, что полковник шагнул в его сторону, крикнул, предупреждая взрыв полковничьего гнева и угроз: — Моя фамилия Даренский! Подполковник Даренский, инспектор оперативного отдела штаба Сталинградского фронта. То, что я вам сказал, я готов подтвердить перед командующим фронтом и перед судом военного трибунала.

Полковник с ненавистью сказал ему:

— Ладно, подполковник Даренский, вам это даром не пройдет, — и пошел в сторону.

Несколько пленных оттащили в сторону лежащего, и, странно, куда ни поворачивался Даренский, глаза его встречались с глазами сбившихся толпой пленных, их точно притягивало к нему.

Он медленно зашагал к машине, слышал, как насмешливый голос сказал:

– Фрицевский защитник отыскался.

Вскоре Даренский вновь ехал по дороге, и снова навстречу, мешая движению, двигались серые немецкие и зеленые румынские толпы.

Водитель, искоса глядя, как дрожат пальцы Даренского, закуривающего папиросу, сказал:

– Я не имею к ним жалости. Могу любого пристрелить.

– Ладно, ладно, – сказал Даренский, – ты бы их стрелял в сорок первом году, когда бежал от них, как и я, без оглядки.

Всю дорогу он молчал.

Но случай с пленным не открыл его сердца добру. Он словно сполна истратил отпущенную ему доброту.

Какая бездна лежала между той калмыцкой степью, которой он ехал на Яшкуль, и нынешней его дорогой.

Он ли стоял в песчаном тумане, под огромной луной, смотрел на бегущих красноармейцев, на змеящиеся шеи верблюдов, с нежностью соединяя в душе всех слабых и бедных людей, милых ему на этом последнем крае русской земли…

30

Штаб танкового корпуса расположился на окраине села. Даренский подъехал к штабной избе. Уже темнело. Видимо, штаб пришел в село совсем недавно, – кое-где красноармейцы снимали с грузовиков чемоданы, матрацы, связисты тянули провод.

Автоматчик, стоящий на часах, неохотно зашел в сени, кликнул адъютанта. Адъютант неохотно вышел на крыльцо и, как все адъютанты, вглядываясь не в лицо, а в погоны приехавшего, сказал:

– Товарищ подполковник, командир корпуса только-только из бригады: отдыхает. Вы пройдите к ОДЭ.

– Доложите командиру корпуса: подполковник Даренский. Понятно? – сказал надменно приезжий.

Адъютант вздохнул, пошел в избу.

А через минуту он вышел и крикнул:

– Пожалуйста, товарищ подполковник!

Даренский поднялся на крыльцо, а навстречу ему шел Новиков. Они несколько мгновений, смеясь от удовольствия, оглядывали друг друга.

– Вот и встретились, – сказал Новиков.

Это была хорошая встреча.

Две умные головы, как бывало, склонились над картой.

– Иду вперед с такой же скоростью, как драпали в свое время, – сказал Новиков, – а на этом участке перекрыл скорость драпа.

– Зима, зима, – сказал Даренский, – что лето покажет?

– Не сомневаюсь.

– Я тоже.

Показывать карту Даренскому было для Новикова наслаждением. Живое понимание, интерес к подробностям, которые казались заметны одному лишь Новикову, волновавшие Новикова вопросы…

Понизив голос, точно исповедуясь в чем-то личном, интимном, Новиков сказал:

– И разведка полосы движения танков в атаку, и согласованное применение всех средств целеуказания, и схема ориентиров, и святость взаимодействия – все это так, все это конечно. Но в полосе наступления танков боевые действия всех родов войск подчинены одному Богу – танку, тридцатьчетверке, умнице нашей!

Даренскому была известна карта событий, происходивших не только на южном крыле Сталинградского фронта. От него Новиков узнал подробности кавказской операции, содержание перехваченных переговоров между Гитлером и Паулюсом, узнал неизвестные ему подробности движения группы генерала артиллерии Фреттер-Пико.

– Вот уже Украина, в окно видно, – сказал Новиков.

Он показал на карте:

– Но вроде я поближе других. Только корпус Родина подпирает.

Потом, отодвинув карту, он произнес:

– Ну, ладно, хватит с нас стратегии и тактики.

– У вас по личной линии все по-старому? – спросил Даренский.

– Все по-новому.

– Неужели женились?

– Вот жду со дня на день, должна приехать.

– Ох ты, пропал казак, – сказал Даренский. – От души поздравляю. А я все в женихах.

– Ну, а Быков? – вдруг спросил Новиков.

– Быкову что. Возник у Ватутина, в том же качестве.

– Силен, собака.

– Твердыня.

Новиков сказал:

– Ну и черт с ним, – и крикнул в сторону соседней комнаты: – Эй, Вершков, ты, видно, принял решение заморить нас голодом. И комиссара позови, покушаем вместе.

Но звать Гетманова не пришлось, он сам пришел, стоя в дверях, расстроенным голосом проговорил:

– Что ж это, Петр Павлович, вроде Родин вперед вырвался. Вот увидишь, заскочит он на Украину раньше нас, – и, обращаясь к Даренскому, добавил: – Такое время, подполковник, пришло. Мы теперь соседей больше противника боимся. Вы часом не сосед? Нет, нет, ясно – старый фронтовой друг.

– Ты, я вижу, совсем заболел украинским вопросом, – сказал Новиков.

Гетманов пододвинул к себе банку с консервами и с шутливой угрозой сказал:

– Ладно, но имей в виду, Петр Павлович, приедет твоя Евгения Николаевна, распишу вас только на украинской земле. Вот подполковника в свидетели беру.

Он поднял рюмку и, указывая рюмкой на Новикова, сказал:

– Товарищ подполковник, давайте за его русское сердце выпьем.

Растроганный Даренский проговорил:

– Вы хорошее слово сказали.

Новиков, помнивший неприязнь Даренского к комиссарам, сказал:

– Да, товарищ подполковник, давно мы с вами не виделись.

Гетманов, оглянув стол, сказал:

– Нечем гостя угостить, одни консервы. Повар не

поспевает печку растопить, а уж надо менять командный пункт. День и ночь в движении. Вот вы бы к нам перед наступлением приехали. А теперь час стоим, сутки гоним. Самих себя догоняем.

— Хоть бы вилку еще одну дал, — сказал Новиков адъютанту.

— Вы ж не велели посуду с грузовика снимать, — ответил адъютант.

Гетманов стал рассказывать о своей поездке по освобожденной территории.

— Как день и ночь, — говорил он, — русские люди и калмыки. Калмыки в немецкую дудку пели. Мундиры им зеленые какие-то выдали. Рыскали по степям, вылавливали наших русских. А ведь чего им только не дала советская власть! Ведь была страна оборванных кочевников, страна бытового сифилиса, сплошной неграмотности. Вот уж — как волка ни корми, а он в степь глядит. И во время гражданской войны они почти все на стороне белых были... А сколько денег угробили на эти декады, да на дружбу народов. Лучше бы завод танковый в Сибири построить на эти средства. Одна женщина, молодая донская казачка, рассказывала мне, каких страхов она натерпелась. Нет, нет, обманули русское, советское доверие калмыки. Я так и напишу в своей докладной Военному совету.

Он сказал Новикову:

— А помнишь, я сигнализировал насчет Басангова, не подвело партийное чутье. Но ты не обижайся, Петр Павлович, это я не в укор тебе. Думаешь, я мало ошибался в жизни? Национальный признак, знаешь, это большое дело. Определяющее значение будет иметь, практика войны показала. Для большевиков главный учитель, знаете, кто? Практика.

— А насчет калмыков я согласен с вами, — сказал Даренский, — я вот недавно был в калмыцких степях, проезжал всеми этими Кетченерами и Шебенерами.

Для чего сказал он это? Он много ездил по Калмыкии, и ни разу у него не возникло злого чувства к калмыкам, лишь живой интерес к их быту и обычаям.

Но, казалось, комиссар корпуса обладал какой-то притягательной, магнитной силой. Даренскому все время хотелось соглашаться с ним.

А Новиков, усмехаясь, поглядывал на него, он-то хорошо знал душевную, притягательную силу комиссара, как тянет поддакивать ему.

Гетманов неожиданно и простодушно сказал Даренскому:

— Я ведь понимаю, вы из тех, кому доставалось в свое время несправедливо. Но вы не обижайтесь на партию большевиков, она ведь добра народу хочет.

И Даренский, всегда считавший, что от политотдельцев и комиссаров в армии лишь неразбериха, проговорил:

— Да что вы, неужели я этого не понимаю.

— Вот-вот, — сказал Гетманов, — мы кое в чем наломали дров, но нам народ простит. Простит! Ведь мы хорошие ребята, не злые по существу. Верно ведь?

Новиков, ласково оглядев сидевших, сказал:

— Хороший у нас в корпусе комиссар?

— Хороший, — подтвердил Даренский.

— То-то, — сказал Гетманов, и все трое рассмеялись.

Словно угадывая желание Новикова и Даренского, он посмотрел на часы.

— Пойду отдохну, а то день и ночь в движении, хоть сегодня высплюсь до утра. Десять суток сапог не снимал, как цыган. Начальник штаба небось спит?

— Какой там спит, — сказал Новиков, — поехал сразу на новое положение, ведь с утра перебазироваться будем.

Когда Новиков и Даренский остались одни, Даренский сказал:

— Петр Павлович, чего-то я недодумывал всю жизнь. Вот недавно я был в особо тяжелом настроении, в каспийских песках, казалось, что уж конец подходит. А что получается? Ведь смогли организовать такую силищу. Мощь! А перед ней все ничто.

Новиков сказал:

— А я все яснее, больше понимаю, что значит русский человек! Лихие мы, сильные вояки!

— Силища! — сказал Даренский. — И вот основное: русские под водительством большевиков возглавят человечество, а все остальное — бугорки да пятнышки.

— Вот что, — сказал Новиков, — хотите, я снова поставлю вопрос о вашем переходе? Вы бы пошли в корпус заместителем начальника штаба? Повоюем вместе, а?

– Что ж, спасибо. А кого же я буду замещать?

– Генерала Неудобнова. Законно: подполковник замещает генерала.

– Неудобнов? Он за границей был перед войной? В Италии?

– Точно. Он. Не Суворов, но, в общем, с ним работать можно.

Даренский молчал. Новиков поглядел на него.

– Ну как, сделаем дело? – спросил он.

Даренский приподнял пальцем губу и немного оттянул щеку.

– Видите, коронки? – спросил он. – Это мне Неудобнов вышиб два зуба на допросе в тридцать седьмом году.

Они переглянулись, помолчали, снова переглянулись.

Даренский сказал:

– Человек он, конечно, толковый.

– Ясно, ясно, все же не калмык, русский, – усмехаясь, сказал Новиков и вдруг крикнул: – Давай выпьем, но уж так, действительно по-русски!

Даренский впервые в жизни пил так много, но, если б не две пустые водочные бутылки на столе, никто бы со стороны не заметил, что два человека выпили сильно, по-настоящему. Вот разве что стали говорить друг другу «ты».

Новиков в какой уж раз налил стаканы, сказал:

– Давай, не задерживай.

Непьющий Даренский на этот раз не задерживал.

Они говорили об отступлении, о первых днях войны. Они вспомнили Блюхера и Тухачевского. Они поговорили о Жукове. Даренский рассказал о том, чего хотел от него на допросе следователь.

Новиков рассказал, как перед началом наступления задержал на несколько минут движение танков. Но он не рассказал, как ошибся, определяя поведение командиров бригад. Они заговорили о немцах, и Новиков сказал, что лето сорок первого года, казалось, закалило, ожесточило его навек, а вот погнали первых пленных, и он приказал получше кормить их, велел обмороженных и раненых везти в тыл на машинах.

Даренский сказал:

– Ругали мы с твоим комиссаром калмыков. Правильно? Жаль, что твоего Неудобнова нет. Я бы с ним поговорил, уж я бы поговорил.

– Эх, мало ли орловских и курских с немцами снюхались? – сказал Новиков. – Вот и генерал Власов, тоже не калмык. А Басангов мой – хороший солдат. А Неудобнов чекист, мне комиссар рассказывал про него. Он не солдат. Мы, русские, победим, до Берлина дойду, я знаю, нас уж немец не остановит.

Даренский сказал:

– Вот Неудобнов, Ежов, вот все это дело, а Россия теперь одна – советская. И я знаю – все зубы мне выбей, а моя любовь к России не дрогнет. Я до последнего дыхания ее любить буду. Но в замы к этой бляди не пойду, вы что, шутите, товарищи?

Новиков налил в стаканы водки, сказал:

– Давай, не задерживай.

Потом он сказал:

– Я знаю, будет еще всякое. Буду и я еще плохим.

Меняя разговор, он вдруг сказал:

– Ох, жуткое у нас тут дело было. Оторвало танкисту голову, и он, убитый, все жал на акселератор, и танк идет. Все вперед, вперед!

Даренский сказал:

– Ругали мы с твоим комиссаром калмыков, а у меня калмык старый из головы сейчас не выходит. А сколько ему лет – Неудобнову? Поехать к нему на ваше новое положение, повидаться?

Новиков медленно, тяжелым языком проговорил:

– Мне счастье выпало. Больше не бывает.

И он вынул из кармана фотографию, передал ее Даренскому. Тот долго молча смотрел, проговорил:

– Красавица, ничего не скажешь.

– Красавица? – сказал Новиков. – Красота ерунда, понимаешь, за красоту так не любят, как я ее люблю.

В дверях появился Вершков, стоял, вопросительно глядя на командира корпуса.

– Пошел отсюда, – медленно сказал Новиков.

– Ну, зачем же ты его так, – он хотел узнать, не нужно ли чего, – сказал Даренский.

– Ладно, ладно, буду я еще плохим, буду хамом, сумею, меня учить не надо. Вот ты подполковник, а почему на «ты» мне говоришь? Разве так по уставу полагается?

— Ах, вот что! – сказал Даренский.

— Брось, шуток не понимаешь, – сказал Новиков и подумал, как хорошо, что Женя не видит его пьяным.

— Глупых шуток не понимаю, – ответил Даренский.

Они долго выясняли отношения и помирились на том, что Новиков предложил поехать на новое положение и выпороть шомполами Неудобнова. Они, конечно, никуда не поехали, но выпили еще.

31

Александра Владимировна в один день получила три письма, – два от дочерей и одно от внучки Веры.

Еще не распечатав писем, по почерку узнав, от кого они, Александра Владимировна знала, что в письмах нет веселых новостей. Ее многолетний опыт говорил, что матерям не пишут, чтобы делиться радостью.

Все трое просили ее приехать – Людмила в Москву, Женя в Куйбышев, Вера в Ленинск. И это приглашение подтверждало Александре Владимировне, что дочерям и внучке тяжело живется.

Вера писала об отце, его совсем измотали партийные и служебные неприятности. Несколько дней назад он вернулся в Ленинск из Куйбышева, куда ездил по вызову наркомата. Вера писала, что эта поездка измучила отца больше, чем работа на СталГРЭСе во время боев. Дело Степана Федоровича в Куйбышеве так и не решили, велели ему вернуться и работать по восстановлению станции, но предупредили, что неизвестно, оставят ли его в системе Наркомата электростанций.

Вместе с отцом Вера собиралась переехать из Ленинска в Сталинград, – теперь уж немцы не стреляют. Центр города еще не освобожден. Люди, побывавшие в городе, говорят, что от дома, в котором жила Александра Владимировна, осталась одна лишь каменная коробка с провалившейся крышей. А директорская квартира Спиридонова на СталГРЭСе уцелела, только штукатурка обвалилась и стекла вылетели. В ней и поселятся Степан Федорович и Вера с сыном.

Вера писала о сыне, и странно было Александре Владимировне читать о том, что девчонка, внучка Вера, так по-взрослому, по-женски, даже по-бабьи пишет о желудочных болезнях, почесухе, беспокойном сне, нарушенном обмене веществ своего ребенка. Обо всем этом Вере надо было писать мужу, матери, а она писала бабушке. Не было мужа, не было матери.

Вера писала об Андрееве, о его невестке Наташе, писала о тете Жене, с которой виделся в Куйбышеве Степан Федорович. О себе она не писала, точно ее жизнь была неинтересна Александре Владимировне.

А на полях последней страницы она написала: «Бабушка, квартира на СталГРЭСе большая, места всем хватит. Умоляю тебя, приезжай». И в этом неожиданном вопле было высказано то, чего Вера не написала в письме.

Письмо Людмилы было коротким. Она писала: «Я не вижу смысла в своей жизни, – Толи нет, а Вите и Наде я не нужна, проживут без меня».

Никогда Людмила Николаевна не писала матери таких писем. Александра Владимировна поняла, что у дочери всерьез разладились отношения с мужем. Приглашая мать в Москву, Людмила писала: «У Вити все время неприятности, а он ведь с тобой охотней, чем со мной, говорит о своих переживаниях».

Дальше была такая фраза: «Надя стала скрытна, не делится со мной своей жизнью. Такой у нас установился стиль в семье…»

Из Жениного письма понять ничего нельзя было, оно все состояло из намеков на какие-то большие неурядицы и беды. Она просила мать приехать в Куйбышев и одновременно писала, что должна будет срочно поехать в Москву. Женя писала матери о Лимонове, он произносит в честь Александры Владимировны хвалебные речи. Она писала, что Александре Владимировне будет приятно повидаться с ним, он умный, интересный человек, но в том же письме было сказано, что Лимонов уехал в Самарканд. Совершенно непонятно было, как бы встретилась с ним Александра Владимировна, приехав в Куйбышев.

Понятно было лишь одно, и мать, прочтя письмо, подумала: «Бедная ты моя девочка».

Письма разволновали Александру Владимировну. Все трое спрашивали ее о здоровье, тепло ли у нее в комнате.

Забота эта трогала, хотя Александра Владимировна понимала, что молодые не думали о том, нужны ли они

Александре Владимировне.

Она была нужна им.

Но ведь могло быть и по-иному. Почему она не просила помощи у дочерей, почему дочери просили у нее помощи?

Ведь она была совсем одна, стара, бездомна, потеряла сына, дочь, ничего не знала о Сереже.

Работать ей становилось все тяжелей, беспрерывно болело сердце, кружилась голова.

Она даже попросила технорука завода перевести ее из цеха в лабораторию, очень трудно было весь день ходить от аппарата к аппарату, брать контрольные пробы.

После работы она стояла в очередях за продуктами, придя домой, топила печь, готовила обед.

А жизнь была так сурова, так бедна! Стоять в очереди не так уж трудно. Хуже было, когда к пустому прилавку не было очереди. Хуже было, когда она, придя домой, не готовила обед, не топила печь, а ложилась голодной в сырую, холодную постель.

Все вокруг жили очень тяжело. Женщина-врач, эвакуированная из Ленинграда, рассказывала ей, как она с двумя детьми прожила прошлую зиму в деревне, в ста километрах от Уфы. Жила она в пустой избе раскулаченного, с выбитыми стеклами, с разобранной крышей. На работу ходила за шесть километров лесом и иногда на рассвете видела зеленые волчьи глаза между деревьями. В деревне была нищета, колхозники работали неохотно, говорили, что, сколько ни работай, все равно хлеб отберут, — на колхозе висели недоимки по хлебосдаче. У соседки муж ушел на войну, она жила с шестью голодными детьми, и на всех шестерых была одна пара рваных валенок. Докторша рассказала Александре Владимировне, что она купила козу и ночью, по глубокому снегу ходила в дальнее поле воровать гречиху, и откапывала из-под снега неубранные, запревшие стожки. Она рассказывала, что ее дети, наслушавшись грубых, злых деревенских разговоров, научились материться и что учительница в казанской школе ей сказала: «В первый раз вижу, чтобы первоклассники матерились, как пьяные, а еще ленинградцы».

Теперь Александра Владимировна жила в маленькой комнатке, где раньше жил Виктор Павлович. В большой, проходной комнате поселились квартирные хозяева, ответственные съемщики, жившие до отъезда Штрумов в пристройке. Хозяева были люди беспокойные, часто ссорились из-за домашних мелочей.

Александра Владимировна сердилась на них не за шум, не за ссоры, а за то, что они брали с нее, погорелицы, очень дорого за крошечную комнату – 200 рублей в месяц, больше третьей части ее заработной платы. Ей казалось, что сердца этих людей сделаны из фанеры и жести. Они думали лишь о продуктах питания, о вещах. С утра до вечера шел разговор о постном масле, солонине, картошке, о барахле, которое покупалось и продавалось на толчке. Ночью они шептались. Нина Матвеевна, хозяйка, рассказывала мужу, что сосед по дому, заводской мастер, привез из деревни мешок белых семечек и полмешка лущеной кукурузы, что на базаре сегодня был дешевый мед.

Хозяйка, Нина Матвеевна, была красива: высокая, статная, сероглазая. До замужества она работала на заводе, участвовала в самодеятельности – пела в хоре, играла в драмкружке. Семен Иванович работал на военном заводе, был кузнецом-молотобойцем. Когда-то, в молодые годы, он служил на эсминце, был чемпионом бокса Тихоокеанского флота в полутяжелом весе. А теперь это давнее прошлое ответственных съемщиков казалось невероятным, – Семен Иванович утром до работы кормил уток, варил суп поросенку, после работы возился на кухне, чистил пшено, чинил ботинки, точил ножи, мыл бутылки, рассказывал о заводских шоферах, привозивших из дальних колхозов муку, яйца, козлятину… А Нина Матвеевна, перебивая его, говорила о своих бесчисленных болезнях, а также о частных визитах у медицинских светил, рассказывала о полотенце, обмененном на фасоль, о соседке, купившей у эвакуированной жеребковый жакет и пять тарелочек из сервиза, о лярде и комбижире.

Они были незлые люди, но они ни разу не заговорили с Александрой Владимировной о войне, Сталинграде, о сообщениях Совинформбюро.

Они жалели и презирали Александру Владимировну за то, что после отъезда дочери, получавшей академический паек, она жила впроголодь. У нее не стало сахара, масла, она пила пустой кипяток, она ела суп в нарпитовской столовой, этот суп однажды отказался кушать поросенок. Ей не на что было купить дрова. У нее не было вещей для продажи. Ее нищета мешала хозяевам. Раз, вечером, Александра Владимировна слышала, как Нина Матвеевна сказала Семену Ивановичу: «Пришлось мне вчера дать старухе коржик, неприятно при ней кушать, сидит голодная и смотрит».

Ночью Александра Владимировна плохо спала. Почему нет вестей от Сережи? Она лежала на железной кроватке, на которой раньше спала Людмила, и, казалось, ночные предчувствия и мысли дочери перешли к ней.

Как легко уничтожала людей смерть. Как тяжело тем, кто остался в живых. Она думала о Вере. Отец ее ребенка то ли убит, то ли забыл ее, Степан Федорович тоскует, подавлен неприятностями… Потери, горе не объединили, не сблизили Людмилу с Виктором.

Вечером Александра Владимировна написала Жене письмо: «Хорошая моя дочка…» А ночью ее охватило горе за Женю, – бедная девочка, в какой жизненной путанице живет она, что ждет ее впереди.

Аня Штрум, Соня Левинтон, Сережа… Как там у Чехова: «Мисюсь, где ты?»

А рядом вполголоса разговаривали хозяева квартиры.

– Надо будет на Октябрьскую вутку зарезать, – сказал Семен Иванович.

– Для того я на картошке воспитывала утку, чтобы зарезать? – сказала Нина Матвеевна. – Вот, знаешь, когда старуха уедет, я хочу полы покрасить, а то половицы загниют.

Они всегда говорили о предметах и продуктах, мир, в котором они жили, был полон предметов. В этом мире не было человеческих чувств, одни лишь доски, сурик, крупа, тридцатки. Они были работящие и честные люди, все соседи говорили, что никогда Нина и Семен Иванович чужой копейки не возьмут. Но их не касался голод в Поволжье в 1921 году, раненые в госпиталях, слепые инвалиды, бездомные дети на улицах.

Они были разительно противоположны Александре Владимировне. Их равнодушие к людям, к общему делу, к чужому страданию было беспредельно естественно. А она умела думать и волноваться о чужих людях, радоваться, приходить в бешенство по поводу того, что не касалось ни ее жизни, ни жизни ее близких… пора всеобщей коллективизации, тридцать седьмой год, судьба женщин, попавших в лагеря за мужей, судьба детей, попавших в приемники и детдома из разрушенных семей… немецкие расправы над пленными, военные беды и неудачи, все это мучило ее, лишало покоя так же, как несчастья, происходившие в ее собственной семье.

И этому ее не научили ни прекрасные книги, которые она читала, ни традиции народовольческой семьи, в которой она росла, ни жизнь, ни друзья, ни муж. Просто такой она была и не могла быть другой. У нее не было денег, до получки оставалось шесть дней. Она была голодна, все ее имущество можно было увязать в носовой платок. Но ни разу, живя в Казани, она не подумала о вещах, сгоревших в ее сталинградской квартире, о мебели, о пианино, о чайной посуде, о пропавших ложках и вилках. Даже о сгоревших книгах она не жалела.

И странное что-то было в том, что она сейчас, вдали от близких, нуждавшихся в ней, жила под одной крышей с людьми, чье фанерное существование было ей беспредельно чуждо.

На третий день после получения писем от родных к Александре Владимировне пришел Каримов.

Она обрадовалась ему, предложила выпить вместе кипятку, заваренного на шиповнике.

– Давно ли вы имели письмо из Москвы? – спросил Каримов.

– Третьего дня.

– Вот как, – сказал Каримов и улыбнулся. – А интересно, как долго идут письма из Москвы?

– Вы погляди́те по штемпелю на конверте, – сказала Александра Владимировна.

Каримов стал разглядывать конверт, сказал озабоченно:

– На девятый день пришло.

Он задумался, словно медленное движение писем имело для него какое-то особенное значение.

– Это, говорят, из-за цензуры, – сказала Александра Владимировна. – Цензура не справляется с потоками писем.

Он поглядел ей в лицо темными, прекрасными глазами.

– Значит, у них все там благополучно, никаких неприятностей?

– Вы плохо выглядите, – сказала Александра Владимировна, – какой-то у вас нездоровый вид.

Он поспешно, точно отвергая обвинение, сказал:

– Что вы! Наоборот!

Они поговорили о фронтовых событиях.

– Детям ясно, что в войне произошел решающий перелом, – сказал Каримов.

– Да-да, – усмехнулась Александра Владимировна, – теперь-то ребенку ясно, а прошлым летом всем мудрецам было ясно, что немцы победят.

Каримов вдруг спросил:

– Вам, вероятно, трудно одной? Я вижу, печь сами топите.

Она задумалась, нахмурив лоб, точно вопрос Каримова был очень сложен и не сразу ответишь на него.

– Ахмет Усманович, вы пришли для того, чтобы спрашивать, – трудно ли мне печь топить?

Он несколько раз качнул головой, потом долго молчал, разглядывая свои руки, лежавшие на столе.

– Меня на днях вызывали туда, расспрашивали об этих наших встречах и беседах.

Она сказала:

– Что ж вы молчите? Зачем же говорить о печке?

Ловя ее взгляд, Каримов сказал:

– Конечно, я не мог отрицать, что мы говорили о войне, о политике. Смешно же заявлять, что четверо взрослых людей говорили исключительно о кино. Ну, конечно, я сказал, – о чем бы мы ни говорили, мы говорили как советские патриоты. Все мы считали, что под руководством партии и товарища Сталина народ победит. Вообще, должен вам сказать, вопросы не были враждебны. Но прошло несколько дней, и я стал волноваться, совершенно не сплю. Мне стало казаться, что с Виктором Павловичем что-то случилось. А тут еще странная история с Мадьяровым. Он поехал на десять дней в Куйбышев в пединститут. Здесь студенты ждут, а его нет, декан послал телеграмму в Куйбышев – и ответа нет. Лежишь ночью, о чем только ни думаешь.

Александра Владимировна молчала.

Он тихо сказал:

– Подумать только, – стоит людям поговорить за стаканом чаю – и подозрения, вызовы туда.

Она молчала, он вопросительно посмотрел на нее, приглашая заговорить, ведь он уже все рассказал ей. Но

Александра Владимировна молчала, и Каримов чувствовал, что она своим молчанием дает ему понять, – он не все рассказал ей.

– Вот такое дело, – сказал он.

Александра Владимировна молчала.

– Да, вот еще, забыл, – проговорил он, – он, этот товарищ, спросил: «А о свободе печати вы говорили?» Действительно, был такой разговор. Да, потом вот еще что, спросили вдруг, – знаю ли я младшую сестру Людмилы Николаевны и ее бывшего мужа, кажется, Крымов фамилия? Я их не видел никогда, ни разу со мной Виктор Павлович не говорил о них. Я так и ответил. И вот еще вопрос: не говорил ли со мной лично Виктор Павлович о положении евреев? Я спросил, – почему именно со мной? Мне ответили: «Знаете, вы татарин, он еврей».

Когда, простившись, Каримов в пальто и шапке уже стоял в дверях и постукивал пальцем по почтовому ящику, из которого когда-то Людмила Николаевна вынула письмо, сообщавшее ей о смертельном ранении сына, Александра Владимировна сказала:

– Странно, однако, при чем тут Женя?

Но, конечно, ни Каримов, ни она не могли ответить на вопрос, – почему казанского энкаведиста интересовали жившая в Куйбышеве Женя и ее бывший муж, находившийся на фронте.

Люди верили Александре Владимировне, и она много слышала подобных рассказов и исповедей, привыкла к ощущению, что рассказчик всегда что-нибудь не договорит. У нее не было желания предупредить Штрума, – она знала, что ничего, кроме ненужных волнений, это ему не даст. Не было смысла гадать, кто из участников бесед проболтался либо донес: угадать такого человека трудно, в конце концов оказывается виновником тот, кого меньше всего подозревали. А часто случалось, что дело в МГБ возникало самым неожиданным образом, – из-за намека в письме, шутки, из-за неосторожно сказанного на кухне в присутствии соседки слова. Но с чего вдруг следователь стал спрашивать Каримова о Жене и Николае Григорьевиче?

И снова она долго не могла уснуть. Ей хотелось есть. Из кухни доносился запах еды – хозяева пекли картофельные оладьи на постном масле, слышался стук жестяных тарелок, спокойный голос Семена Ивановича. Боже, как ей хотелось есть! Какую бурду давали сегодня в столовой на обед. Александра Владимировна не доела ее и теперь жалела об этом. Мысль о еде перебивала, путала другие мысли.

Утром она пришла на завод и в проходной будке встретила секретаря директора, пожилую, с мужским, недобрым лицом женщину.

– Зайдите ко мне в обеденный перерыв, товарищ Шапошникова, – сказала секретарша.

Александра Владимировна удивилась, – неужели директор так быстро выполнил ее просьбу.

Александра Владимировна не могла понять, почему легко ей стало на душе.

Она шла по заводскому двору и вдруг подумала, и тут же сказала вслух:

– Хватит Казани, еду домой, в Сталинград.

32

Шеф полевой жандармерии Хальб вызвал в штаб 6-й армии командира роты Ленарда.

Ленард опоздал. Новый приказ Паулюса запрещал пользоваться бензином для легковых автомобилей. Все горючее поступило в распоряжение начальника штаба армии генерала Шмидта, и можно было десять раз умереть и не добиться санкции генерала хотя бы на пять литров горючего. Бензина не хватало теперь не только для солдатских зажигалок, но и для офицерских автомашин.

Ленарду пришлось до вечера ждать штабной машины, идущей в город с фельдъегерской почтой.

Маленький автомобиль катил по обледеневшему асфальту. Над блиндажами и землянками переднего края, в безветренном морозном воздухе поднимались полупрозрачные тощие дымы. По дороге в сторону города шли раненые, с головами, повязанными платками и полотенцами, шли солдаты, перебрасываемые командованием из города на заводы, – и их головы тоже были повязаны, а на ноги были намотаны тряпки.

Шофер остановил машину возле трупа лошади, лежавшего на обочине, и стал копаться в моторе, а Ленард разглядывал небритых, озабоченных людей, рубивших тесаками мороженое мясо. Один солдат залез меж обнажившихся ребер лошади и казался плотником, орудующим среди стропил на недостроенной крыше. Тут же среди развалин дома горел костер и на треноге висел черный котел, вокруг стояли солдаты в касках, пилотках, одеялах, платках, вооруженные автоматами, с гранатами на поясах. Повар штыком окунал вылезавшие из воды куски конины. Солдат на крыше блиндажа не торопясь обгладывал лошадиную кость, похожую на невероятную циклопическую губную гармошку.

И вдруг заходящее солнце осветило дорогу, мертвый дом. Выжженные глазницы домов налились ледяной кровью, грязный от боевой копоти снег, разрытый когтями мин, стал золотиться, засветилась темно-красная пещера во внутренностях мертвой лошади, и поземка на шоссе заструилась колючей бронзой.

Вечерний свет обладает свойством раскрывать существо происходящего, превращать зрительное впечатление в картину – в историю, в чувство, в судьбу. Пятна грязи и копоти в этом, уходящем, солнце говорят сотнями голосов, и сердце щемит, и видишь ушедшее счастье, и безвозвратность потерь, и горечь ошибок, и вечную прелесть надежды.

Это была сцена пещерного времени. Гренадеры, слава нации, строители великой Германии, были отброшены с путей победы.

Глядя на обмотанных тряпками людей, Ленард своим поэтическим чутьем понял, – вот он, закат, гаснет, уходит мечта.

Какая тупая, тяжелая сила заложена в глубине жизни, если блистательная энергия Гитлера, мощь грозного, крылатого народа, владеющего самой передовой теорией, привели к тихому берегу замерзшей Волги, к этим развалинам и грязному снегу, к налитым закатной кровью окнам, к примиренной кротости существ, глядящих на дымок над котлом с лошадиным мясом...

33

В штабе Паулюса, расположенном в подвале под сгоревшим зданием универмага, по заведенному порядку начальники приходили в свои кабинеты, и дежурные рапортовали им о бумагах, об изменениях обстановки, о действиях противника.

Звонили телефоны, щелкали пишущие машинки, и слышался за фанерной дверью басистый хохот генерала Шенка, начальника второго отдела штаба. Так же поскрипывали по каменным плитам быстрые адъютантские сапоги, и так же после того, как проходил, блестя моноклем, в свой кабинет начальник бронетанковых частей, в коридоре стоял, смешиваясь и не смешиваясь с запахом сырости, табака и ваксы, запах французских духов. Так же враз замолкали голоса и щелканье машинок, когда по теснинам подземных канцелярий проходил командующий в своей длинной шинели с меховым воротником, и десятки глаз всматривались в его задумчивое, горбоносое лицо. Так же был построен распорядок дня Паулюса, и столько же времени уходило у него на послеобеденную сигару и на беседу с начальником штаба армии генералом Шмидтом. И так же, с плебейской надменностью, нарушая закон и распорядок, проходил к Паулюсу мимо опустившего глаза полковника Адамса унтер-офицер, радист, неся радиотелеграмму Гитлера с пометкой: «Лично в руки».

Но, конечно, лишь внешне все шло неизменно, – огромное количество изменений вторгалось в жизнь штабных людей со дня окружения.

Изменения были в цвете кофе, который они пили, в линиях связи, тянущихся на западные, новые участки фронта, в новых нормах расходования боеприпасов, в жестоком ежедневном зрелище горящих и гибнущих грузовых «юнкерсов», пробивающихся через воздушное кольцо. Возникло новое имя, заслонившее другие имена в умах военных, – Манштейна.

Перечислять эти изменения бессмысленно, и без помощи этой книги они совершенно очевидны. Ясно: те, кто прежде ели досыта, ощущали постоянный голод; ясно: лица голодных и недоедавших изменились, стали землистого цвета. Конечно, изменились немецкие штабные люди и внутренне, – притихли спесивые и надменные; хвастуны перестали хвастать, оптимисты стали поругивать самого фюрера и сомневаться в правильности его политики.

Но имелись особые изменения, начавшиеся в головах и душах немецких людей, окованных, зачарованных бесчеловечностью национального государства; они касались не только почвы, но и подпочвы человеческой жизни, и именно поэтому люди не понимали и не замечали их.

Этот процесс ощутить было так же трудно, как трудно ощутить работу времени. В мучениях голода, в ночных страхах, в ощущении надвигающейся беды медленно и постепенно началось высвобождение свободы в человеке, то есть очеловечивание людей, победа жизни над нежизнью.

Декабрьские дни становились все меньше, огромней делались ледяные семнадцатичасовые ночи. Все туже стягивалось окружение, все злей становился огонь советских пушек и пулеметов… О, как беспощаден был русский степной мороз, невыносимый даже для привычных к нему, одетых в тулупы и валенки русских людей.

Морозная, лютая бездна стояла над головой, дышала неукротимой злобой, сухие вымороженные звезды выступили, как оловянная изморозь, на скованном стужей небе.

Кто из гибнущих и обреченных гибели мог понять, что это были первые часы очеловечивания жизни многих десятков миллионов немцев после десятилетия тотальной бесчеловечности!

34

Ленард подошел к штабу 6-й армии, увидел в сумерках серолицего часового, одиноко стоявшего у вечерней серой стены, и сердце его забилось. И когда он шел по подземному коридору штаба, все, что видел он, наполняло его любовью и печалью.

Он читал на дверях выведенные готическим шрифтом таблички: «2 отдел», «Адъютантура», «Генерал Лох», «Майор Трауриг», он слышал потрескивание пишущих машинок, до него донеслись голоса, и он по-сыновьи, по-братски познавал чувство связи с привычным, родным ему миром товарищей по оружию, партии, своих боевых друзей по СС, – он увидел их в свете заката – жизнь уходила.

Подходя к кабинету Хальба, он не знал, каков будет разговор, – захочет ли оберштурмбанфюрер СС делиться с ним своими переживаниями.

Как часто бывает между людьми, хорошо знакомыми по

партийной работе в мирное время, они не придавали значения различию в своих воинских званиях, сохраняя в отношениях товарищескую простоту. Встречаясь, они обычно болтали и одновременно говорили о делах.

Ленард умел несколькими словами осветить существо сложного дела, и его слова иногда совершали длинное путешествие по докладным запискам до самых высоких кабинетов Берлина.

Ленард вошел в комнату Хальба и не узнал его. Всматриваясь в полное, не похудевшее лицо, Ленард не сразу сообразил: изменилось лишь выражение темных умных глаз Хальба.

На стене висела карта Сталинградского района, и воспаленный, безжалостный багровый круг охватывал 6-ю армию.

— Мы на острове, Ленард, — сказал Хальб, — и остров наш окружен не водой, а ненавистью хамов.

Они поговорили о русском морозе, русских валенках, русском сале, о коварстве русской водки, согревающей для того, чтобы заморозить.

Хальб спросил, какие изменения появились в отношениях между офицерами и солдатами на переднем крае.

— Если подумать, — сказал Ленард, — я не вижу разницы между мыслями полковника и солдатской философией. Это, в общем, одна песня, оптимизма в ней нет.

— Эту песню в голос с батальонами тянут и в штабе, — сказал Хальб и, не торопясь, чтобы эффект был больше, добавил: — А запевалой в хоре генерал-полковник.

— Поют, но перебежчиков, как и прежде, нет.

Хальб сказал:

— Я имею запрос, он связан с коренной проблемой — Гитлер настаивает на обороне шестой армии, Паулюс, Вейхс, Цейцлер высказываются за спасение физического существования солдат и офицеров, предлагают капитуляцию. Мне приказано секретнейше проконсультировать, имеется ли вероятность, что окруженные в Сталинграде войска могут на известном этапе выйти из подчинения. Русские это называют — волынка, — он произнес русское слово четко, чисто, небрежно.

Ленард понял серьезность вопроса, молчал. Потом он сказал:

— Мне хочется начать с частности, — и он стал рассказывать о Бахе. — В роте у Баха есть неясный солдат. Солдат этот был посмешищем для молодежи, а сейчас, со времени окружения, к нему стали льнуть, оглядываются на него... Я стал думать и о роте и о ее командире. В пору успеха этот Бах всей душой приветствовал политику партии. Но сейчас, я подозреваю, в его голове происходит другое, он начинает оглядываться. Вот я и спрашиваю себя, — почему солдаты в его роте стали тянуться к типу, который их недавно смешил, казался помесью сумасшедшего с клоуном? Что сделает этот типус в роковые минуты? Куда он позовет солдат? Что произойдет с командиром их роты?

Он произнес:

— На все это ответить трудно. Но на один вопрос я отвечаю: солдаты не восстанут.

Хальб сказал:

— Теперь особенно ясно видна мудрость партии. Мы без колебания удаляли из народного тела не только зараженные куски, но с виду здоровые части, которые в трудных обстоятельствах могли загнить. От волевых людей, вражеских идеологов очищены города, армия, деревни, церковь. Болтовни, ругани и анонимных писем будет сколько угодно. Но восстаний не будет, даже если враг начнет окружать нас не на Волге, а в Берлине! Мы все можем быть благодарны за это Гитлеру. Надо благословлять небо, пославшее нам в такую пору этого человека.

Он прислушался к глухому, медлительному гулу, перекатывавшемуся над головой: в глубоком подвале нельзя было разобрать, — германские ли то орудия, рвутся ли советские авиационные бомбы.

Хальб, переждав постепенно стихавший грохот, сказал:

— Немыслимо, чтобы вы существовали на обычном офицерском пайке. Я внес вас в список, в нем наиболее ценные партийные друзья и работники безопасности, вам будут регулярно доставлять посылки фельдъегерской связью на штаб дивизии.

— Спасибо, — сказал Ленард, — но я не хочу этого, я буду есть то, что едят остальные.

Хальб развел руками.

— Как Манштейн? Говорят, ему дали новую технику.

— Я не верю в Манштейна, — сказал Хальб. — В этом я разделяю взгляд командующего.

И привычно, вполголоса, так как уже долгие годы все, что он говорил, относилось к категории высокой секретности, он произнес:

— У меня имеется список, это партийные друзья и работники безопасности, которым будут при приближении развязки обеспечены места в самолетах. В этом списке и вы. В случае моего отсутствия инструкции будут у полковника Остена.

Он заметил вопрос в глазах Ленарда и объяснил:

— Возможно, мне придется полететь в Германию. Дело настолько секретно, что его нельзя доверить ни бумаге, ни радиошифру.

Он подмигнул:

— Напьюсь же я перед полетом, не от радости, а от страха. Советы сбивают много машин.

Ленард сказал:

— Товарищ Хальб, я не сяду в самолет. Мне стыдно будет, если я брошу людей, которых я убеждал драться до конца.

Хальб слегка привстал.

— Я не имею права отговаривать вас.

Ленард, желая рассеять чрезмерную торжественность, проговорил:

— Если возможно, помогите моей эвакуации из штаба в полк. Ведь у меня нет машины.

Хальб сказал:

— Бессилен! Впервые совершенно бессилен! Бензин у собаки Шмидта. Я не могу и грамма добыть. Понимаете? Впервые! — и на лице его появилось простецкое, не свое, а может быть, именно свое, выражение, которое и сделало его неузнаваемым для Ленарда в первые минуты встречи.

35

К вечеру потеплело, выпал снег и прикрыл копоть и грязь войны. Бах в темноте обходил укрепления переднего края. Легкая белизна по-рождественски поблескивала при вспышках выстрелов, а от сигнальных ракет снег то розовел, то сиял нежной мерцающей зеленью.

При этих вспышках каменные хребты, пещеры, застывшие волны кирпича, сотни заячьих тропинок, вновь прочерченных там, где люди должны были есть, ходить в отхожее место, ходить за минами и патронами, тащить в тыл раненых, засыпать тела убитых, – все казалось поразительным, особенным. И одновременно все казалось совершенно привычным, будничным.

Бах подошел к месту, которое простреливалось русскими, засевшими в развалинах трехэтажного дома, – оттуда доносился звук гармошки и тягучее пение противника.

Из пролома в стене открывался обзор советского переднего края, были видны заводские цехи, замерзшая Волга.

Бах окликнул часового, но не расслышал его слов: внезапно взорвался фугас, и мерзлая земля забарабанила по стене дома; это скользивший на малой высоте «русс-фанер» с выключенным мотором уронил бомбу-сотку.

– Хромая русская ворона, – сказал часовой и показал на темное зимнее небо.

Бах присел, оперся локтем о знакомый каменный выступ и огляделся. Легкая розовая тень, дрожавшая на высокой стене, показывала, что русские топят печку, труба раскалилась и тускло светилась. Казалось, что в русском блиндаже солдаты жуют, жуют, жуют, шумно глотают горячий кофе.

Правее, в том месте, где русские окопы сближались с немецкими, слышались негромкие неторопливые удары металла по мерзлой земле.

Не вылезая из земли, русские медленно, но беспрерывно двигали свой окоп в сторону немцев. В этом движении в мерзлой, каменной земле заключалась тупая могучая страсть. Казалось, двигалась сама земля.

Днем унтер-офицер донес Баху, что из русского окопа бросили гранату, – она разбила трубу ротной печки и насыпала в окоп всякой дряни.

А перед вечером русский в белом полушубке, в теплой новой шапке вывалился из окопа и закричал матерную брань, погрозил кулаком.

Немцы не стреляли – инстинктом поняли, что дело организовано самими солдатами.

Русский закричал:

– Эй, курка, яйки, русь буль-буль?

Тогда из окопа вылез серо-голубой немец и не очень громко, чтобы не слышали в офицерском блиндаже, крикнул:

– Эй, русь, не стреляй голову. Матку видать надо. Бери автомат, дай шапку.

Из русского окопа ответили одним словом, да притом еще очень коротким. Хотя слово было русское, но немцы его поняли и рассердились.

Полетела граната, она перемахнула через окоп и взорвалась в ходе сообщения. Но это уже никого не интересовало.

Об этом также доложил Баху унтер-офицер Айзенауг, и Бах сказал:

– Ну и пусть кричат. Ведь никто не перебежал.

Но тогда унтер-офицер, дыша на Баха запахом сырой свеклы, доложил, что солдат Петенкофер каким-то образом организовал с противником товарообмен, – у него появился в мешке пиленый сахар и русский солдатский хлеб. Он взял у приятеля бритву на комиссию и обещал за нее кусок сала и две пачки концентрата, оговорил для себя сто пятьдесят грамм сала комиссионных.

– Чего же проще, – сказал Бах, – пригоните его ко мне.

Но, оказывается, в первой половине дня Петенкофер, выполняя задание командования, пал смертью храбрых.

– Так что ж вы от меня хотите? – сказал Бах. – Вообще между немецким и русским народом давно велась торговля.

Но Айзенауг не был склонен к шутке, – с незаживающим ранением, полученным во Франции в мае сорокового года, его два месяца назад доставили в Сталинград на самолете из Южной Германии, где он служил в полицейском батальоне. Всегда голодный, промерзший, съедаемый вшами и страхом, он был лишен юмора.

Вот там, где едва белело расплывчатое, трудно различимое во мраке каменное кружево городских домов, Бах начал свою сталинградскую жизнь. Черное сентябрьское небо в крупных звездах, мутная волжская вода, раскаленные после пожара стены домов, а дальше степи русского юго-востока, граница азиатской пустыни.

В темноте тонули дома западных предместий города, выступали развалины, покрытые снегом, – его жизнь...

Зачем он написал из госпиталя это письмо маме?

Вероятно, мама показала его Губерту! Зачем он вел разговоры с Ленардом?

Зачем у людей есть память, иногда хочется умереть, перестать помнить. Надо же ему было перед самым окружением принять пьяное безумие за истину жизни, совершить то, чего он не совершал в трудные долгие годы.

Он не убивал детей и женщин, никого не арестовывал. Но он сломал хрупкую плотину, отделявшую чистоту его души от мглы, клокотавшей вокруг. И кровь лагерей и гетто хлынула на него, подхватила, понесла, и уж не стало грани между ним и тьмой, он стал частью этой тьмы.

Что же это произошло с ним, – бессмысленность, случай или то законы его души?

36

В ротном блиндаже было тепло. Одни сидели, другие лежали, задрав ноги к низкому потолку, некоторые спали, натянув на головы шинели и выставив босые желтые ступни.

– А помните, – сказал особо худой солдат, оттягивая на груди рубашку и оглядывая шов внимательным и недобрым глазом, которым все солдаты мира оглядывают швы своих рубах и подштанников, – сентябрь, подвальчик, в котором мы устроились?

Второй, лежавший на спине, сказал:

– Я уже вас застал здесь.

Несколько человек ответили:

– Можешь поверить, подвал был хорош… Там кроватки были, как в лучших домах…

– Под Москвой тоже люди отчаивались. А оказалось, мы махнули до Волги.

Солдат, рубивший штыком доску, в это время открыл дверцу печки, чтобы сунуть в огонь несколько полешек. Пламя осветило его большое небритое лицо, и оно из серого, каменного стало медным, красным.

– Ну, знаешь, – сказал он, – радоваться тому, что из подмосковной ямы мы попали в более вонючую.

Из темного угла, где были сложены ранцы, раздался веселый голос:

– Теперь-то ясно, лучшего Рождества и не придумаешь:

конина!

Разговор коснулся еды, и все оживились. Заспорили о том, как лучше отбить запах пота у вареного лошадиного мяса. Одни говорили, что надо снимать с кипящего бульона черную пену. Другие советовали не доводить варево до бурного кипения, третьи советовали вырубать мясо из задней части туши и не класть мерзлое мясо в холодную воду, а кидать его сразу в кипяток.

— Живут хорошо разведчики, — сказал молодой солдат, — они захватывают продукты у русских и подкармливают ими своих русских баб в подвалах, а тут какой-то дурак удивлялся, почему разведчикам дают молодые и красивые.

— Вот уж о чем я теперь не думаю, — сказал топивший печь, — не то настроение, не то питание. Детей бы повидать перед смертью. Хоть на часок...

— Офицеры зато думают! Я встретил в подвале, где живет население, командира роты. Он там свой человек, семьянин.

— А сам что ты делал в этом подвале?

— Ну, я, я носил белье стирать.

— Я одно время охранял лагерь. Насмотрелся, как военнопленные подбирают картофельные очистки, дерутся из-за гнилых капустных листьев. Я думал, — ну, это, действительно, не люди. Но, оказывается, и мы такие же свиньи.

Голос из полутьмы, где были сложены ранцы, певуче произнес:

— Начали с кур!

Резко распахнулась дверь, и вместе с круглыми сырыми клубами пара возник одновременно густой и звонкий голос:

— Встать! Смирно!

Это слово прозвучало по-старому, — спокойно и неторопливо.

Смирно относилось к горечи, к страданиям, к тоске, к злым мыслям... Смирно.

В тумане мелькнуло лицо Баха, заскрипели по-чужому, непривычно чьи-то сапоги, и жители блиндажа увидели светло-голубую шинель командира дивизии, его близоруко сощуренные глаза, старческую белую руку с золотым обручальным кольцом, протиравшую замшевой тряпочкой монокль.

Голос, привыкший, не напрягаясь, доходить на военном плацу и до командиров полков, и до рядовых, стоявших на левом фланге, произнес:

– Здравствуйте. Вольно.

Нестройно ответили солдаты.

Генерал сел на деревянный ящик, и печной желтый свет пробежал по черному железному кресту на его груди.

– Поздравляю вас с наступающим Сочельником, – сказал старик.

Солдаты, сопровождавшие его, подтащили к печке ящик и, подняв штыками крышку, стали вынимать завернутые в целлофан рождественские, величиной с ладонь елочки. Каждая елочка была украшена золотистой канителью, бусинами, горошинами-леденцами.

Генерал наблюдал, как солдаты разбирали целлофановые пакетики, поманил обер-лейтенанта, сказал ему несколько невнятных слов, и Бах громко произнес:

– Генерал-лейтенант велел передать вам, что этот рождественский подарок из Германии доставил летчик, смертельно раненный над Сталинградом. Он приземлился в Питомнике, его вынули мертвым из кабины.

37

Люди держали на ладонях карликовые елочки. Елки, отогретые в теплом воздухе, покрылись мелкой росой, наполнили подвал запахом хвои, забившим тяжелый дух морга и кузницы – запах переднего края.

Казалось, от седой головы старика, сидевшего у печки, шел запах Рождества.

Чувствительное сердце Баха ощутило печаль и прелесть этой минуты. Люди, презиравшие силу русской тяжелой артиллерии, ожесточенные, грубые, измученные голодом, вшами, задерганные недостачей патронов, молча поняли все сразу, – не бинты, не хлеб, не толовые шашки, а эти еловые ветки, опутанные бесполезной паутинкой, бомбошки из сиротского дома нужны были им.

Солдаты окружили старика, сидевшего на ящике. Это он летом вел головную моторизованную дивизию к Волге. Всю жизнь, везде и всюду, он был актером. Он актерствовал не только перед строем и в разговорах с командующим. Он был актером и дома с женой, и когда гулял по саду, и с невесткой, и с внуком. Он был актером, когда ночью, один, лежал в постели, а рядом на кресле лежали его генеральские брюки. И, конечно, он был актером перед солдатами, он был актером, когда спрашивал их о матерях, когда хмурился, когда грубовато шутил по поводу солдатских любовных развлечений, и когда интересовался содержимым солдатского котла и преувеличенно серьезно снимал пробу с супа, и когда склонял суровую голову перед незасыпанными солдатскими могилами, и когда произносил преувеличенно сердечные, отеческие слова перед шеренгой новобранцев. Это актерство не приходило извне, оно являлось изнутри, оно было растворено в его мыслях, в нем. Он не знал о нем, актерство немыслимо было отделить от него, как нельзя отфильтровать соль из соленой воды. Это актерство вошло с ним в ротный блиндаж, оно было в том, как он распахнул шинель, сел на ящик перед печкой, в том, как спокойно, печально посмотрел на солдат и поздравил их. Старик никогда не чувствовал своей актерской игры, и вдруг он понял ее, и она ушла, выпала из его существа – вымороженная соль из замерзшей воды.

Пришла пресность, стариковская жалость к голодным, замученным людям. Беспомощный, слабый и старый человек сидел среди беспомощных и несчастных.

Один из солдат тихо затянул песенку:

O, Tannenbaum, o, Tannenbaum,
Wie grün sind deine Blätter…[1]

Два-три голоса подтянули. А запах хвои сводил с ума, и слова детской песенки звучали, как раскаты божественных труб:

O, Tannenbaum, o, Tannenbaum…

И со дна моря, из холодной тьмы поднимались на

---

[1]
О, елочка, о, елочка,
Как зелены твои иголочки… (нем.)

поверхность забытые, заброшенные чувства, высвобождались мысли, о которых давно не было воспоминаний…

Они не давали ни радости, ни легкости. Но сила их была человеческой силой, то есть самой большой силой в мире.

Тяжело ударили один за другим разрывы крупнокалиберных советских снарядов – иван был чем-то недоволен, видимо, догадывался, что окруженные справляют Рождество. Никто не обратил внимания на посыпавшуюся с потолка труху и на то, что печка дунула в блиндаж облачком красных искр.

Дробь железных барабанов дубасила по земле, и земля кричала, – иван заиграл на своих любимых реактивных минометах. И тотчас заскрежетали тяжелые станковые пулеметы.

Старик сидел, склонив голову, – поза обычная для людей, утомленных долгой жизнью. Потухли огни на сцене, и люди со смытым гримом вышли под серый дневной свет. Разные стали сейчас одинаковы, – и легендарный генерал, руководитель молниеносных мотомехпрорывов, и мелочный унтер-офицер, и солдат Шмидт, подозреваемый в нехороших антигосударственных мыслях… Бах подумал, что Ленард бы не поддался в эти минуты, в нем уж не могло произойти преображения немецкого, государственного, в человеческое.

Он повернул голову к двери и увидел Ленарда.

38

Штумпфе, лучший солдат в роте, вызывавший робкие и восхищенные взгляды новобранцев, преобразился. Его большое светлоглазое лицо осунулось. Мундир и шинель обратились в мятую и старенькую одежду, прикрывавшую тело от русского ветра и мороза. Он перестал говорить умно, его шутки не смешили.

Он страдал от голода сильней других, так как был огромен ростом и нуждался в большой пище.

Постоянный голод заставлял его с утра выходить на добычу: он рыл, шуровал среди развалин, он выпрашивал, подъедал крошки, дежурил около кухни. Бах привык видеть его внимательное, напряженное лицо. Штумпфе беспрерывно думал о еде, искал ее не только в свободное время, но и в бою.

Пробираясь к жилому подвалу, Бах увидел большую спину, большие плечи голодного солдата. Он копался на пустыре, где когда-то, до окружения, стояли кухни и находились склады продовольственного отдела полка. Он отдирал от земли листья капусты, выискивал крошечные, величиной с желудь, замерзшие картофелины, в свое время по мизерности размера не попавшие в котел.

Из-за каменной стены вышла высокая старуха в рваном мужском пальто, подпоясанном веревкой, в стоптанных мужских бутсах. Она шла навстречу солдату, пристально глядя в землю, крючком из толстой проволоки ворошила снег.

Они увидели друг друга, не поднимая головы, по теням, столкнувшимся на снегу.

Громадный немец поднял глаза на высокую старуху и, доверчиво держа перед ней дырявый, слюдянистый капустный лист, сказал медленно и потому торжественно:

– Здравствуйте, мадам.

Старуха, неторопливо отведя рукой шмотье, сползавшее ей на лоб, взглянула темными, полными доброты и ума глазами, величаво, медленно ответила:

– Здравствуй, пан.

Это была встреча на самом высоком уровне представителей двух великих народов. Никто, кроме Баха, не видел этой встречи, а солдат и старуха тотчас забыли о ней.

Потеплело, и крупный снег хлопьями ложился на землю, на красное кирпичное крошево, на плечи могильных крестов, на лбы мертвых танков, в ушные раковины незарытых мертвецов.

Теплый снеговой туман казался синевато-серым. Снег заполнил воздушное пространство, остановил ветер, приглушил пальбу, соединил, смешал землю и небо в неясное, колышущееся мягкое и серое единство.

Снег ложился на плечи Баха, и казалось, тишина хлопьями падает на затихшую Волгу, на мертвый город, на скелеты лошадей; снег шел всюду, не только на земле, но и на звездах, весь мир был полон снега. Все исчезало под снегом – тела убитых, оружие, гнойные тряпки, щебень, скрученное железо.

Это не снег, само время – мягкое, белое, ложилось, наслаивалось на человеческое городское побоище, и настоящее становилось прошлым, и не было будущего в медленном мохнатом мелькании снега.

39

Бах лежал на нарах за ситцевой занавеской в тесном закуте подвала. На плече его лежала голова спящей женщины. Лицо ее от худобы казалось одновременно детским и увядшим. Бах глядел на ее худую шею и грудь, белевшую из серой грязной сорочки. Тихо, медленно, чтобы не разбудить женщину, он поднес к губам ее растрепанную косу. Волосы пахли, они были живыми, упругими и теплыми, словно и в них текла кровь.

Женщина открыла глаза.

Практичная баба, иногда беспечная, ласковая, хитрая, терпеливая, расчетливая, покорная и вспыльчивая. Иногда она казалась дурой, подавленной, всегда угрюмой, иногда она напевала, и сквозь русские слова проступали мотивы «Кармен» и «Фауста».

Он не интересовался, кем была она до войны. Он приходил к ней когда ему хотелось к ней прийти, а когда ему не хотелось с ней спать, Бах не вспоминал ее, не тревожился, – сыта ли она, не убил ли ее русский снайпер. Однажды он вытащил из кармана случайно оказавшуюся у него галету и дал ей, – она обрадовалась, а потом подарила эту галету старухе, жившей рядом с ней. Это тронуло его, но он, идя к ней, почти всегда забывал захватить что-нибудь съестное.

Имя у нее было странное, не похожее на европейские имена, – Зина.

Старуху, жившую рядом с ней, Зина, видимо, не знала до войны. Это была неприятная бабушка, льстивая и злая, невероятно неискренняя, охваченная бешеной страстью питания. Вот и сейчас она методично стучала первобытным деревянным пестом в деревянной ступе, толкла горелые, облитые керосином, черные зерна пшеницы.

Солдаты после окружения стали лазить в подвалы к жителям, – раньше солдаты не замечали жителей, теперь же оказалось множество дел в подвалах – стирка без мыла с золой, кушанья из отбросов, починки, штопки. Главными людьми в подвалах оказались старухи. Но солдаты ходили не только к старухам.

Бах считал, что о его приходах в подвал никто не знает. Но однажды, сидя на нарах у Зины и держа ее руки в своих руках, он услышал за занавеской родную речь, и показавшийся ему знакомым голос сказал:

– Не лезь за эту занавеску, там фрейляйн обер-лейтенанта.

Сейчас они лежали рядом и молчали. Вся его жизнь – друзья, книги, его роман с Марией, его детство, все, что связывало его с городом, в котором он родился, со школой и университетом, грохот русского похода, все не значило... Все это оказалось дорогой к этим нарам, слаженным из полуобожженной двери... Ужас охватил его от мысли, что он может потерять эту женщину, он нашел ее, он пришел к ней, все, что творилось в Германии, в Европе, служило тому, чтобы он встретил ее... Раньше он не понимал этого, он забывал ее, она казалась ему милой именно потому, что ничего серьезного его с ней не связывало. Ничего не было в мире, кроме нее, все утонуло в снегу... было это чудное лицо, немного приподнятые ноздри, странные глаза и это, сводящее с ума, детское беспомощное выражение, соединенное с усталостью. Она в октябре нашла его в госпитале, пешком пришла к нему, и он не хотел видеть ее, не вышел к ней.

Она видела – он не был пьян. Он стал на колени, он целовал ее руки, он стал целовать ее ноги, потом приподнял голову, прижался лбом и щекой к ее коленям, он говорил быстро, страстно, но она не понимала его, и он знал, что она не понимает его, – ведь они знали лишь ужасный язык, которым говорили в Сталинграде солдаты.

Он знал, что движение, которое привело его к этой женщине, теперь оторвет ее от него, разлучит их навек. Он, стоя на коленях, обнимал ее ноги и смотрел ей в глаза, и она вслушивалась в его быстрые слова, хотела понять, угадать, что говорит он, что происходит с ним.

Она никогда не видела немца с таким выражением лица, думала, что только у русских могут быть такие страдающие, молящие, ласковые, безумные глаза.

Он говорил ей, что здесь, в подвале, целуя ее ноги, он впервые, не с чужих слов, а кровью сердца понял любовь. Она дороже ему его прошлого, дороже матери, дороже Германии, его будущей жизни с Марией... Он полюбил ее. Стены, воздвигнутые государствами, расовая ярость, огневой вал тяжелой артиллерии ничего не значат, бессильны перед силой любви… И он благодарен судьбе, которая накануне гибели дала ему это понимание.

Она не понимала его слов, она знала только: «Хальт, ком, бринг, шнеллер». Она слышала только: «Даешь, капут, цукер, брот, катись, проваливай».

Но она догадывалась о том, что происходит с ним, она видела его смятение. Голодная, легкомысленная любовница немецкого офицера со снисходительной нежностью видела его слабость. Она понимала, что судьба разлучит их, и она была спокойней его. Теперь, видя его отчаяние, она ощутила, что связь ее с этим человеком превращается во что-то, поразившее ее своей силой и глубиной. Она расслышала это в его голосе, ощутила в его поцелуях, в его глазах.

Она задумчиво гладила Баха по волосам, а в ее хитрой головке поднялось опасение, как бы эта неясная сила не захватила ее, не завертела, не погубила… А сердце билось, билось и не хотело слушать хитрый, предупреждавший ее, стращавший голос.

40

У Евгении Николаевны появились новые знакомые, люди из тюремных очередей. Они спрашивали у нее: «Что у вас, какие новости?» Она уже стала опытна и не только слушала советы, но и сама говорила: «Вы не волнуйтесь. Может быть, он в больнице. В больнице хорошо, все мечтают из камеры попасть в больницу».

Она узнала, что Крымов находится во внутренней тюрьме. Передачи у нее не приняли, но она не теряла надежды, – на Кузнецком, случалось, отказывались принять передачу и раз, и два, а потом вдруг сами предлагали: «Давайте передачу».

Она побывала на квартире Крымова, и соседка рассказала ей, что месяца два назад приходили двое военных с управдомом, открыли крымовскую комнату, забрали много бумаг, книг и ушли, опечатав дверь. Женя смотрела на сургучные печати с веревочными хвостиками, соседка, стоя рядом, говорила:

– Только, ради Бога, я вам ничего не рассказывала, – подведя Женю к двери, осмелев, соседка зашептала: – Такой был хороший человек, добровольцем на войну пошел.

Новикову она из Москвы не писала.

Какая смута в душе! И жалость, и любовь, и раскаяние, и радость от побед на фронте, и тревога за Новикова, и стыд перед ним, и страх навсегда потерять его, и тоскливое чувство бесправия…

Еще недавно она жила в Куйбышеве, собиралась ехать к Новикову на фронт, и связь с ним казалась ей обязательной, неминуемой, как судьба. Женя ужасалась тому, что навеки связана с ним, навеки рассталась с Крымовым. Все в Новикове минутами казалось ей чужим. Его волнения, надежды, круг знакомых были ей совершенно чужды. Нелепым представлялось ей разливать чай за его столом, принимать его друзей, разговаривать с генеральскими и полковничьими женами.

Она вспомнила равнодушие Новикова к чеховскому «Архиерею» и «Скучной истории». Они ему нравились меньше, чем тенденциозные романы Драйзера и Фейхтвангера. А теперь, когда она понимала, что ее разрыв с Новиковым решен, что она уж никогда не вернется к нему, Женя ощущала к нему нежность, часто вспоминала покорную торопливость, с которой он соглашался со всем, что она говорила. И Женю охватывало горе, – неужели его руки никогда не коснутся ее плеч, она не увидит его лица?

Никогда не встречала она такого необычного соединения силы, грубой простоты с человечностью, робостью. Ее так влекло к нему, ему так чужд был жестокий фанатизм, в нем была какая-то особая, разумная и простая мужичья доброта. И тут же неотступно тревожила мысль о чем-то темном и грязном, что вползло в ее отношения с близкими людьми. Откуда стали известны слова, сказанные ей Крымовым?.. Как безысходно серьезно все, что связывает ее с Крымовым, она не сумела зачеркнуть прожитую с ним жизнь.

Она поедет вслед за Крымовым. Пусть он ей не простит, она заслужила его вечный упрек, но она нужна ему, он в тюрьме все время думает о ней.

Новиков найдет в себе силу пережить разрыв с ней. Но она не могла понять, что нужно ей для душевного покоя. Знать, что он перестал любить ее, успокоился и простил? Или, наоборот, знать, что он любит, безутешен, не прощает? А ей самой – лучше ли знать, что разрыв их навеки, или в глубине сердца верить, что они еще будут вместе?

Сколько страданий она причинила близким. Неужели все это она натворила не ради блага других, а по своей прихоти, ради себя? Интеллектуальная психопатка!

Вечером, когда Штрум, Людмила, Надя сидели за столом. Женя вдруг спросила, глядя на сестру:

– Знаешь, кто я?

– Ты? – удивилась Людмила.

– Да-да, я, – сказала Женя и пояснила: – Я маленькая собачка женского пола.

– Сучка? – весело сказала Надя.

– Вот-вот, именно, – ответила Женя.

И вдруг все стали хохотать, хотя понимали, что Жене не до смеха.

– Знаете, – сказала Женя, – мой куйбышевский посетитель Лимонов объяснял мне, что такое не первая любовь. Он говорил – это душевный авитаминоз. Скажем, муж долго живет с женой, и у него развивается голод душевный, вот как у коровы, которая лишена соли, или у полярника, который годами не видит овощей. Жена – человек волевой, властный, сильный, вот супруг начинает тосковать по душе кроткой, мягкой, податливой, робкой.

– Дурак твой Лимонов, – сказала Людмила Николаевна.

– А если человеку нужны несколько витаминов – А, В, С, D? – спросила Надя.

А позже, когда уже собрались спать, Виктор Павлович сказал:

– Женевьева, у нас принято высмеивать интеллигентов за гамлетовскую раздвоенность, за сомнения, нерешительность. И я в молодости презирал в себе эти черты. А теперь я считаю по-иному: нерешительным и сомневающимся люди обязаны и великими открытиями, и великими книгами, сделали они не меньше, чем прямолинейные стоеросы. Они и на костер пойдут, когда надо, и под пули не хуже волевых и прямолинейных.

Евгения Николаевна сказала:

– Спасибо, Витенька, это вы насчет собачки женского

пола?

— Вот именно, — подтвердил Виктор Павлович.

Ему захотелось сказать Жене приятное.

— Смотрел снова вашу картину, Женечка, — проговорил он. — Мне нравится, что в картине есть чувство, а то ведь, знаете, у левых художников лишь смелость да новаторство, а Бога в них нет.

— Да уж, чувства, — сказала Людмила Николаевна, — зеленые мужчины, синие избы. Полный отход от действительности.

— Знаешь, Милка, — сказала Евгения Николаевна, — Матисс сказал: «Когда я кладу зеленую краску, это не означает, что я собрался рисовать траву, беру синюю, это еще не означает, что я рисую небо». Цвет выражает внутреннее состояние художника.

И хотя Штрум хотел говорить Жене лишь приятное, но он не удержался и насмешливо вставил:

— А вот Эккерман писал: «Если б Гете, подобно Богу, создавал мир, он бы сотворил траву зеленой, а небо голубым». Мне эти слова говорят много, я ведь имею кое-какое отношение к материалу, из которого Бог создал мир... Правда, поэтому я знаю, что нет ни цветов, ни красок, а лишь атомы и пространство между ними.

Но подобные разговоры происходили редко, — большей частью говорили о войне, прокуратуре...

Это были тяжелые дни. Женя собиралась уезжать в Куйбышев, — истекал срок ее отпуска.

Она боялась предстоящего объяснения с начальником. Ведь она самовольно отправилась в Москву и долгие дни околачивала пороги тюрем, писала заявления в прокуратуру и наркому внутренних дел.

Всю жизнь она боялась казенных учреждений, писания прошений, и перед тем как менять паспорт, плохо спала и волновалась. Но в последнее время судьба заставила ее, казалось, только и иметь дело с пропиской, паспортами, милицией, прокуратурой, с повестками и заявлениями.

В доме сестры стоял неживой покой.

Виктор Павлович на работу не ходил, сидел часами у себя в комнате. Людмила Николаевна приезжала из лимитного магазина расстроенная, злая, рассказывала, что жены знакомых не здороваются с ней.

Евгения Николаевна видела, как нервничает Штрум. При телефонном звонке он вздрагивал, стремительно хватал трубку. Часто за обедом или во время ужина он прерывал разговор, резко произносил: «Тише, тише, по-моему, кто-то звонит в дверь». Он шел в переднюю, возвращался, неловко усмехаясь. Сестры понимали, чем вызвано это постоянное напряженное ожидание звонка, – он боялся ареста.

– Вот так и развивается мания преследования, – сказала Людмила, – в тридцать седьмом году полно было таких людей в психиатрических лечебницах.

Евгению Николаевну, видевшую постоянную тревогу Штрума, особенно трогало его отношение к ней. Он как-то сказал: «Запомните, Женевьева, мне глубоко безразлично, что подумают по поводу того, что вы живете в моем доме и хлопочете за арестованного. Понимаете? Это ваш дом!»

Вечерами Евгения Николаевна любила разговаривать с Надей.

– Уж слишком ты умна, – сказала племяннице Евгения Николаевна, – не девочка, а какой-то член общества бывших политкаторжан.

– Не бывших, а будущих, – сказал Штрум. – Ты, вероятно, и со своим лейтенантом говоришь о политике.

– Ну и что? – сказала Надя.

– Уж лучше бы целовались, – сказала Евгения Николаевна.

– Вот об этом я и толкую, – сказал Штрум. – Все же безопасней.

Надя действительно затевала разговоры на острые темы, – то вдруг спрашивала о Бухарине, то, верно ли, что Ленин ценил Троцкого и не хотел видеть Сталина в последние месяцы жизни, написал завещание, которое Сталин скрыл от народа.

Евгения Николаевна, оставаясь наедине с Надей, не расспрашивала ее о лейтенанте Ломове. Но из того, что Надя говорила о политике, войне, о стихах Мандельштама и Ахматовой, о своих встречах и разговорах с товарищами, Евгения Николаевна узнала о Ломове и о Надиных отношениях с ним больше, чем знала Людмила.

Ломов, видимо, был парнишка острый, с трудным характером, ко всему признанному и установленному относился насмешливо. Он, видимо, сам писал стихи, и это от него Надя заимствовала насмешливое и презрительное отношение к Демьяну Бедному, Твардовскому, равнодушие к Шолохову и Николаю Островскому. Видимо, его слова произносила, пожимая плечами, Надя: «Революционеры или глупы, или нечестны – нельзя жертвовать жизнью целого поколения ради будущего выдуманного счастья...»

Однажды Надя сказала Евгении Николаевне:

– Знаешь, тетенька, старому поколению нужно обязательно во что-то верить: вот Крымову в Ленина и в коммунизм, папе в свободу, бабушке в народ и рабочих людей, а нам, новому поколению, все это кажется глупым. Вообще верить глупо. Надо жить, не веря.

Евгения Николаевна внезапно спросила:

– Философия лейтенанта?

Надин ответ поразил ее.

– Через три недели он попадет на фронт. Вот и вся философия: был – и нету.

Евгения Николаевна, разговаривая с Надей, вспоминала Сталинград. Вот так же Вера говорила с ней, вот так же Вера влюбилась. Но как отличалось простое, ясное чувство Веры от Надиной путаницы. Как отличалась тогдашняя жизнь Жени от ее сегодняшнего дня. Как отличались тогдашние мысли о войне от сегодняшних, в дни победы. Но война шла, и неизменным было то, что сказала Надя: «Был – и нету лейтенанта». И войне было безразлично, пел ли прежде лейтенант под гитару, уходил ли добровольцем на великие стройки, веря в грядущее царство коммунизма, почитывал ли стихи Иннокентия Анненского и не верил в выдуманное счастье будущих поколений.

Однажды Надя показала Евгении Николаевне записанную от руки лагерную песню.

В песне говорилось о холодных пароходных трюмах, о том, как ревел океан, и что «от качки страдали зека, обнявшись, как кровные братья», и как из тумана вставал Магадан – «столица Колымского края».

В первые дни после приезда в Москву, когда Надя заговаривала на подобные темы, Штрум сердился и обрывал ее.

Но в эти дни в нем многое изменилось. Он теперь не сдерживался и в присутствии Нади говорил, что невыносимо читать елейные письма-здравицы «великому учителю, лучшему другу физкультурников, мудрому отцу, могучему корифею, светлому гению»; кроме того, он и скромный, и чуткий, и добрый, и отзывчивый. Создается впечатление, будто Сталин и пашет, и выплавляет металл, и кормит в яслях с ложечки детей, и стреляет из пулемета, а рабочие, красноармейцы, студенты и ученые лишь молятся на него, и, не будь Сталина, весь великий народ погибнет, как беспомощное быдло.

Однажды Штрум подсчитал, что имя Сталина было названо в «Правде» 86 раз, на другой день он насчитал 18 упоминаний имени Сталина в одной лишь передовой статье.

Он жаловался на беззаконные аресты, на отсутствие свободы, на то, что любой не шибко грамотный начальник с партийным билетом считает своим правом командовать учеными, писателями, ставить им отметки, поучать их.

В нем появилось какое-то новое чувство. Нарастающий ужас перед истребительной силой государственного гнева, все растущее чувство одиночества, беспомощности, цыплячьего жалкого бессилия, обреченности, – все это порождало в нем минутами какую-то отчаянность, разухабистое безразличие к опасности, презрение к осторожности.

Утром Штрум вбежал к Людмиле в комнату, и она, увидя его возбужденное, радостное лицо, растерялась, настолько необычно было для него это выражение.

– Люда, Женя! Мы вновь вступаем на украинскую землю, только что передали по радио!

А днем Евгения Николаевна вернулась с Кузнецкого моста, и Штрум, посмотрев на ее лицо, спросил так же, как Людмила спросила у него утром:

– Что случилось?

– Приняли передачу, приняли передачу! – повторяла Женя.

Даже Людмила понимала, что будет значить для Крымова эта передача с Жениной запиской.

– Воскресение из мертвых, – сказала она и добавила: – Должно быть, ты его все же любишь, не помню у тебя таких глаз.

– Знаешь, я, наверное, сумасшедшая, – шепотом сказала сестре Евгения Николаевна, – я ведь счастлива и потому, что Николай получит передачу, и потому, что сегодня поняла: не мог, не мог Новиков, не мог сделать подлость. Понимаешь?

Людмила Николаевна рассердилась и сказала:

— Ты не сумасшедшая, ты – хуже.

— Витенька, милый, сыграйте нам что-нибудь, – попросила Евгения Николаевна.

Все это время он ни разу не садился за пианино. Но сейчас он не стал отговариваться, принес ноты, показал их Жене, спросил: «Не возражаете?» Людмила и Надя, не любившие музыку, ушли на кухню, а Штрум стал играть. Женя слушала. Играл он долго, закончив игру, молчал, не смотрел на Женю, потом начал играть новую вещь. Минутами ей казалось, что Виктор Павлович всхлипывает, она не видела его лица. Стремительно открылась дверь, Надя крикнула:

— Включите радио, приказ!

Музыка сменилась металлическим рокочущим голосом диктора Левитана, произносившего в этот момент: «…и штурмом овладели городом и важным железнодорожным узлом…» Потом перечислялись генералы и войска, особо отличившиеся в боях, перечисление началось с имени генерал-лейтенанта Толбухина, командовавшего армией; и вдруг ликующий голос Левитана произнес: «А также танковый корпус под командованием полковника Новикова».

Женя тихонько ахнула, а потом уж, когда сильный, мерный голос диктора проговорил: «Вечная слава героям, павшим за свободу и независимость нашей Родины», – она заплакала.

41

Женя уехала, и совсем печально стало в доме Штрумов.

Виктор Павлович часами сидел за письменным столом, по нескольку дней подряд не выходил из дому. В нем появился страх, казалось, на улице он встретит особо неприятных, враждебно относящихся к нему людей, увидит их безжалостные глаза.

Телефон совсем замолчал, если раз в два-три дня раздавался звонок, Людмила Николаевна говорила:

— Это Надю, – и действительно, просили к телефону Надю.

Не сразу стал понимать Штрум всю тяжесть происшедшего с ним. В первые дни он даже испытывал облегчение оттого, что сидит дома, в тишине, среди милых ему книг, не видит враждебных, хмурых лиц.

Но вскоре домашняя тишина стала угнетать его, она вызывала не только тоску, но и тревогу. Что происходит в лаборатории? Как идет работа? Что делает Марков? Мысль о том, что он нужен в лаборатории в то время, как сидит дома, вызывала лихорадочное беспокойство. Но так же невыносима была и противоположная мысль, что в лаборатории хорошо обходятся без него.

Людмила Николаевна встретила на улице свою приятельницу по эвакуации, Стойникову, работавшую в аппарате Академии. Стойникова подробно рассказала ей о заседании ученого совета, – она стенографировала его от начала до конца.

Главное – Соколов не выступал! Он не выступил, хотя Шишаков сказал ему: «Петр Лаврентьевич, мы хотим послушать вас. Вы много лет работали вместе со Штрумом». Соколов ответил, что ночью у него был сердечный приступ и ему трудно говорить.

Странно, но Штрума это известие не обрадовало.

От лаборатории говорил Марков, он говорил сдержанней других, без политических обвинений, главным образом нажимая на скверный характер Штрума, и даже упомянул о его таланте.

– Он не мог не выступить: партийный, его обязали, – сказал Штрум. – Его винить нельзя.

Но большинство выступлений было ужасно. Ковченко говорил о Штруме, словно он проходимец, жулик. Он сказал: «Сей Штрум не изволил явиться, совсем распоясался, мы с ним поговорим другим языком, он, видимо, хочет этого».

Седовласый Прасолов, тот, что сравнивал работу Штрума с работой Лебедева, сказал: «Определенного сорта люди организовали вокруг сомнительных теоретизирований Штрума непристойный шум».

Очень нехорошо выступал доктор физических наук Гуревич. Он признал, что грубо ошибся, переоценил работу Штрума, намекал на национальную нетерпимость Виктора Павловича, говорил, что путаник в политике окажется неминуемо путаником и в науке.

Свечин назвал Штрума «почтенный» и привел слова,

сказанные Виктором Павловичем о том, что нет американской, немецкой, советской физики, – физика едина.

– Было это, – сказал Штрум. – Но ведь приводить на собрании сказанное в частной беседе – это чистейший донос.

Штрума поразило, что на заседании выступил Пименов, хотя он уже не был связан с институтом, выступил никем не понуждаемый. Он каялся, что придавал работе Штрума чрезмерное значение, не видел ее пороков. Это было совершенно поразительно. Пименов не раз говорил, что работа Штрума вызывает в нем молитвенное чувство, что он счастлив, содействуя ее реализации.

Шишаков говорил немного. Резолюцию предложил секретарь парткома института Рамсков. Она была жестока, требовала, чтобы дирекция отсекла от здорового коллектива загнивающие части. Особенно обидно было, что в резолюции даже слова не было о научных заслугах Штрума.

– Все же Соколов вел себя абсолютно порядочно. Почему же исчезла Марья Ивановна, неужели он так боится? – сказала Людмила Николаевна.

Штрум ничего не ответил.

Странно! Но он ни на кого не сердился, хотя христианское всепрощение совершенно не было свойственно ему. Он и на Шишакова, и на Пименова не сердился. Он не испытывал злобы к Свечину, Гуревичу, Ковченко. Один лишь человек вызывал в нем бешенство, такое тяжелое, душное, что Штруму делалось жарко, трудно было дышать, едва он думал о нем. Казалось, все жестокое, несправедливое, что совершено было против Штрума, исходило от Соколова. Как мог Петр Лаврентьевич запретить Марье Ивановне бывать у Штрумов! Какая трусость, сколько в этом жестокости, подлости, низости!

Но он не мог сознаться себе в том, что злоба его питалась не только мыслью о вине Соколова против Штрума, но и тайным чувством своей вины перед Соколовым.

Теперь Людмила Николаевна часто заговаривала о материальных делах.

Излишки жилой площади, справка о заработной плате для домоуправления, продовольственные карточки, прикрепление к новому продмагу, лимитная книжка на новый квартал, просроченный паспорт и необходимость представить при обмене паспорта справку с места службы, – все это тревожило

Людмилу Николаевну днем и ночью. Где взять денег на жизнь?

Раньше Штрум, хорохорясь, шутил: «Буду работать над теоретическими вопросами дома, устрою себе хату-лабораторию».

Но теперь было не смешно. Денег, которые он получал как член-корреспондент Академии наук, едва хватило бы на оплату счетов за квартиру, дачу, коммунальные расходы. Одиночество угнетало его.

Ведь надо жить!

Педагогическая работа в вузе, оказывается, была заказана ему. С молодежью не мог иметь дело человек, политически запачканный.

Куда деваться?

Его видное научное положение мешало устроиться на маленькую работу. Любой кадровик ахнет и откажется оформить доктора наук техредом или преподавателем физики в техникуме.

И когда мысли о погибшей работе, о нужде, зависимости, унижениях становились особенно невыносимыми, он думал: «Хоть бы скорей посадили».

Но ведь Людмила и Надя остаются. Жить-то им надо.

Какая уж там дачная клубника! Ведь дачу отберут, – в мае нужно оформить продление аренды. Дача не академическая, а ведомственная. А он по неряшливости запустил оплату аренды, думал заплатить сразу и за прошлое, и внести аванс за первое полугодие. Теперь суммы, казавшиеся ему месяц назад пустяковыми, вызывали в нем ужас.

Где взять деньги? Наде нужно пальто.

Одалживать? Но ведь нельзя одалживать без надежды вернуть долг.

Продавать вещи? Но кто во время войны будет покупать фарфор, пианино? Да и жалко, – Людмила любит свою коллекцию, даже теперь, после гибели Толи, иногда любуется ею.

Он часто думал о том, что пойдет в военкомат, откажется от брони Академии и попросится красноармейцем на фронт.

Когда он думал об этом, ему становилось спокойно на душе.

А потом снова приходили тревожные, мучительные мысли. Как будут жить Людмила и Надя? Учительствовать?

Сдавать комнату? Но сразу же вмешаются домоуправление, милиция. Ночные облавы, штрафы, протоколы.

Какими могучими, грозными, мудрыми становятся для человека управдомы, участковые милицейские надзиратели, инспектора райжилотдела, секретарши отделов кадров.

В девчонке, сидящей в карточном бюро, ощущает потерявший опору человек огромную, бестрепетную силу.

Чувство страха, беспомощности, неуверенности владело Виктором Павловичем на протяжении всего дня. Но оно не было одинаково, неизменно. Разное время суток имело свой страх, свою тоску. Рано утром, после теплой постели, когда за окном стоял холодный мутный сумрак, он испытывал обычно чувство детской беспомощности перед огромной силой, навалившейся на него, хотелось залезть под одеяло, сжаться, зажмуриться, замереть.

В первой половине дня он тосковал по работе, его особенно сильно тянуло в институт. Он казался себе в эти часы никому не нужным, неумным, бездарным.

Казалось, что государство в своем гневе способно отнять у него не только свободу, покой, но и ум, талант, веру в себя, превратить его в тусклого, тупого, унылого обывателя.

Перед обедом он оживлялся, ему становилось весело. Сразу же после обеда наваливалась тоска, тупая, нудная, бездумная.

Начинали сгущаться сумерки, и приходил большой страх. Виктор Павлович боялся теперь темноты, как дикарь каменного века, застигнутый сумерками в лесу. Страх силился, густел... Штрум вспоминал, думал. Из тьмы за окном смотрела жестокая, неминуемая гибель. Вот зашумит на улице машина, вот раздастся звонок, вот заскрипят в комнате сапоги. Деться некуда. И вдруг врывалось злое, веселое безразличие!

Штрум сказал Людмиле:

— Хорошо было дворянским фрондерам при царе. Попал в немилость, сел в коляску, вон из столицы, в пензенское имение! Там охота, сельские радости, соседи, парк, писание мемуаров. А вы, господа вольтерианцы, попробуйте вот так, — двухнедельная компенсация и характеристика в запечатанном конверте, с которой тебя не примут в дворники.

— Витя, — сказала Людмила Николаевна, — мы проживем! Я буду шить, стану надомницей, буду раскрашивать платочки.

Пойду лаборантом. Прокормлю тебя.

Он целовал ей руки, и она не могла понять, почему на лице его появлялось виноватое, страдающее выражение и глаза становились жалобными, молящими…

Виктор Павлович ходил по комнате и вполголоса напевал слова старинного романса:

…а он забыт, один лежит…

Надя, узнав о желании Штрума пойти добровольцем на фронт, сказала:

– У нас есть одна девочка, Таня Коган, ее отец пошел добровольцем, он спец по каким-то древнегреческим наукам и попал в запасный полк в Пензу, там его заставили чистить уборные, подметать. А однажды зашел командир роты, а он сослепу мел на него мусор, и тот ударил его кулаком по уху так, что у него лопнула барабанная перепонка.

– Ну что ж, – сказал Штурм, – я не буду мести мусор на командира роты.

Теперь Штрум разговаривал с Надей, как со взрослой. Казалось, что никогда он так хорошо не относился к дочери, как теперь. Его трогало, что в последнее время она возвращалась домой сразу же после школы, он считал, что она не хочет его волновать. В насмешливых глазах ее, когда она разговаривала с отцом, было новое – серьезное и ласковое выражение.

Как-то вечером он оделся и пошел в сторону института, – ему захотелось заглянуть в окна своей лаборатории: светло ли там, работает ли вторая смена, может быть, Марков уж закончил монтаж установки? Но он не дошел до института, побоялся встретить знакомых, свернул в переулок, пошел обратно к дому. Переулок был пустынный, темный. И вдруг чувство счастья охватило Штрума. Снег, ночное небо, свежий морозный воздух, шум шагов, деревья с темными ветвями, узенькая полоска света, пробивавшаяся сквозь маскировочную штору в окне одноэтажного деревянного домика, – все было так прекрасно. Он вдыхал ночной воздух, он шел по тихому переулку, никто не смотрел на него. Он был жив, он был свободен. Чего же ему еще нужно, о чем еще мечтать? Виктор Павлович подошел к дому, и чувство счастья ушло.

Первые дни Штрум напряженно ждал появления Марьи Ивановны. Дни шли, а Марья Ивановна не звонила. Все у него отняли, – его работу, честь, спокойствие, веру в себя. Неужели у него забрали последнее его прибежище – любовь?

Минутами он приходил в отчаяние, хватался руками за голову, казалось, он не может жить, не видя ее. Иногда он бормотал: «Ну что ж, ну что ж, ну что ж». Иногда он говорил себе: «Кому я теперь нужен!»

А в глубине его отчаяния существовало светлое пятнышко, – ощущение чистоты души, которое сохраняли он и Марья Ивановна. Они страдали, но не мучили других. Но он понимал, что все его мысли – и философские, и примиренные, и злые, – не отвечают тому, что происходит в его душе. И обида на Марью Ивановну, и насмешка над собой, и печальное примирение с неизбежностью, и мысли о долге перед Людмилой Николаевной и о спокойной совести, – все это было лишь средством побороть свое отчаяние. Когда он вспоминал ее глаза, ее голос, невыносимая тоска охватывала его. Неужели он не увидит ее?

И когда неизбежность разлуки, чувство потери стали особенно невыносимы, Виктор Павлович, стыдясь себя, сказал Людмиле Николаевне:

– Знаешь, меня мучит мысль о Мадьярове, – в порядке ли он, есть ли какие-нибудь сведения о нем? Хоть бы об этом ты спросила по телефону Марью Ивановну, а?

Самым удивительным, пожалуй, было то, что он продолжал работать. Он работал, а тоска, беспокойство, горе продолжались.

Работа не помогала ему бороться с тоской и страхом, она не служила для него душевным лекарством, он не искал в ней забвения от тяжелых мыслей, от душевного отчаяния, она была больше, чем лекарство.

Он работал потому, что не мог не работать.

42

Людмила Николаевна сказала мужу, что ей встретился управдом и просил Штрума зайти в домоуправление.

Они стали гадать, с чем это связано. Излишки жилплощади? Обмен паспорта? Проверка военкомата? Может быть, кто-нибудь подал заявление о том, что Женя жила у Штрумов без прописки?

– Надо было спросить, – сказал Штрум. – Тогда бы мы не ломали головы.

– Конечно, надо было, – согласилась Людмила Николаевна, – но я растерялась, он сказал – пусть утром зайдет ваш муж, ведь на работу он теперь не ходит.

– О господи, им уже все известно.

– Да ведь все следят – дворники, лифтеры, соседские домработницы. Чему же удивляться?

– Да-да. Помнишь, как перед войной явился молодой человек с красной книжечкой и предложил тебе сообщать ему, кто ходит к соседям?

– Помню ли, – сказала Людмила Николаевна, – я так рявкнула, что он только в дверях успел сказать: «Я думал, вы сознательная».

Людмила Николаевна рассказывала Штруму эту историю много раз, и он обычно, слушая ее, вставлял слова, чтобы сократить рассказ, но теперь он выспрашивал у жены все новые подробности, не торопил ее.

– А знаешь, – сказала она, – может быть, это связано с тем, что я продала две скатерти на базаре?

– Не думаю, чего бы стали меня вызывать, тебя бы и вызвали.

– Может быть, какую-нибудь подписку хотят с тебя взять? – нерешительно произнесла она.

Пронзительно угрюмы были его мысли. Он беспрерывно вспоминал свои разговоры с Шишаковым и Ковченко, – чего он только не наговорил им. Он вспоминал свои студенческие споры, – чего только не болтал он. Он спорил с Дмитрием, он спорил с Крымовым, правда, иногда он соглашался с Крымовым. Но ведь он никогда в жизни, ни на минуту не был врагом партии, советской власти. И вдруг он вспоминал особенно резкое слово, где-то, когда-то произнесенное им, и весь холодел. А Крымов – жесткий, идейный коммунист, фанатик, уж этот-то не сомневался, а вот арестован. А тут эти чертовы симпозиумы с Мадьяровым, Каримовым.

Как странно!

Обычно к вечеру, в сумерках, начинала мучить мысль, что его арестуют, и чувство ужаса становилось все шире, больше, тяжелей. Но когда гибель казалась совершенно неизбежной, ему вдруг становилось весело, легко! Э, черт побери!

Казалось, он сойдет с ума, думая о несправедливости, проявленной к его работе. Но когда мысль о том, что он бездарен и глуп, что работа его представляет собой тусклое, топорное глумление над реальным миром, переставала быть мыслью, а становилась ощущением жизни, – ему делалось весело.

Теперь он даже не помышлял о признании своих ошибок, – он был жалок, невежествен, покаяние его ничего бы не изменило. Он никому не был нужен. Покаявшийся или нераскаянный, он был одинаково ничтожен пред гневавшимся государством.

Как изменилась за это время Людмила. Она уже не говорит по телефону управдому: «Немедленно пришлите мне слесаря», не ведет следствия по лестнице: «Кто это опять набросал очистки возле мусоропровода?» Она одевается нервно как-то, что ли. То надевает без нужды, идя за постным маслом в распределитель, дорогую обезьянью шубу, то повяжется серым старым платком и наденет пальто, которое еще до войны хотела подарить лифтерше.

Штрум поглядывал на Людмилу и думал о том, как они оба будут выглядеть через десять-пятнадцать лет.

– Помнишь, в чеховском «Архиерее»: мать пасла корову, рассказывала женщинам, что сын ее когда-то был архиереем, но ей мало кто верил.

– Я уже давно читала, девочкой, не помню, – сказала Людмила Николаевна.

– А ты перечти, – сказал он раздраженно.

Всю жизнь он сердился на Людмилу Николаевну за равнодушие к Чехову, подозревал, что многих чеховских рассказов она не читала.

Но странно, странно! Все беспомощней и слабей он, все ближе к состоянию полной духовной энтропии, и все ничтожней он в глазах управдома, девиц из карточного бюро, паспортистов, кадровиков, лаборантов, ученых, друзей, даже родных, может быть, даже Чепыжина, может быть, даже жены… а вот для Маши он все ближе, дороже. Они не виделись, но он знал, чувствовал это. При каждом новом ударе, новом унижении он мысленно спрашивал ее: «Видишь ты меня,

Маша?»

Так сидел он рядом с женой, говорил с ней, думал свои тайные от нее мысли.

Зазвонил телефон. Теперь телефонные звонки вызывали в них растерянность, какую вызывает ночная телеграмма, вестница несчастий.

– Ах, знаю, мне обещали позвонить насчет работы в артели, – проговорила Людмила Николаевна.

Она сняла трубку, брови ее приподнялись, и она сказала:

– Сейчас подойдет.

– Тебя, – сказала она.

Штрум глазами спросил: «Кто?»

Людмила Николаевна, прикрыв ладонью микрофон, сказала:

– Незнакомый голос, не вспомню.

Штрум взял трубку.

– Пожалуйста, я подожду, – сказал он и, глядя в спрашивающие глаза Людмилы, нащупал на столике карандаш, написал несколько кривых букв на клочке бумаги.

Людмила Николаевна, не замечая, что делает, медленно перекрестилась, потом перекрестила Виктора Павловича. Они молчали.

«…Говорят все радиостанции Советского Союза».

И вот голос, немыслимо похожий на тот, который 3 июля 1941 года обращался к народу, армии, всему миру, – «Товарищи, братья, друзья мои…», обращенный к одному лишь человеку, державшему в руке телефонную трубку, произнес:

– Здравствуйте, товарищ Штрум.

В эти секунды в смешении мыслей, отрывков мыслей, обрывков чувств в один ком соединились – торжество, слабость, страх перед чьей-то хулиганской мистификацией, исписанные страницы рукописи, анкетная страница, здание на Лубянской площади…

Возникло пронзительно ясное ощущение свершения судьбы, и с ним смешалась печаль о потере чего-то странно милого, трогательного, хорошего.

– Здравствуйте, Иосиф Виссарионович, – сказал Штрум и поразился, неужели это он произнес в телефон эти немыслимые слова. – Здравствуйте, Иосиф Виссарионович.

Разговор длился две или три минуты.

– Мне кажется, вы работаете в интересном направлении, – сказал Сталин.

Голос его, медленный, с горловым произношением, с значительностью звуковых подчеркиваний, казалось, звучал нарочито, настолько походил он на тот голос, который Штрум слушал по радио. Вот так, дурачась, Штрум иногда подражал этому голосу у себя дома. Вот так передавали его люди, слышавшие Сталина на съездах или вызванные к нему.

Неужели мистификация?

– Я верю в свою работу, – сказал Штрум.

Сталин помолчал, казалось, он обдумывал слова Штрума.

– Не испытываете ли вы недостатка в иностранной литературе в связи с военным временем, обеспечены ли вы аппаратурой? – спросил Сталин.

С поразившей его самого искренностью Штрум произнес:

– Большое спасибо, Иосиф Виссарионович, условия работы вполне нормальные, хорошие.

Людмила Николаевна, стоя, точно Сталин видел ее, слушала разговор.

Штрум махнул на нее рукой: «Сядь, как не стыдно…» А Сталин снова молчал, обдумывая слова Штрума, и произнес:

– До свидания, товарищ Штрум, желаю вам успеха в работе.

– До свидания, товарищ Сталин.

Штрум положил трубку.

Они сидели друг против друга так же, как несколько минут назад, когда говорили о скатертях, проданных Людмилой Николаевной на Тишинском рынке.

– Желаю вам успеха в работе, – вдруг произнес Штрум с сильным грузинским акцентом.

В этой неизменности буфета, пианино, стульев, в том, что две немытые тарелки стояли на столе так же, как при разговоре об управдоме, было что-то немыслимое, сводящее с ума. Ведь все изменилось, перевернулось, перед ними стояла иная судьба.

– Что он сказал тебе?

– Да ничего особенного, спросил, не мешает ли моей работе недостаток иностранной литературы, – сказал Штрум, стараясь казаться самому себе спокойным и безразличным.

Секундами ему становилось неловко за чувство счастья,

охватившее его.

— Люда, Люда, — сказал он, — ты подумай, ведь я не покаялся, не поклонился, не писал ему письма. Он сам, сам позвонил!

Невероятное совершилось! Мощь произошедшего была огромна. Неужели Виктор Павлович метался, не спал ночами, млел, заполняя анкеты, хватался за голову, думая о том, что говорили о нем на ученом совете, вспоминал свои грехи, мысленно каялся и просил прощения, ждал ареста, думал о нищете, замирал, предвкушая разговор с паспортисткой, с девицей из карточного бюро!

— Боже мой, Боже, — сказала Людмила Николаевна. — Толя никогда не узнает,

Она подошла к двери Толиной комнаты и раскрыла ее.

Штрум снял телефонную трубку с рычага, снова положил ее.

— А вдруг розыгрыш? — сказал он и подошел к окну.

Из окна была видна пустая улица, прошла женщина в ватной кофте.

Он снова подошел к телефону, постучал по трубке согнутым пальцем.

— Какой у меня был голос? — спросил он.

— Ты очень медленно говорил. Знаешь, я сама не понимаю, почему я вдруг встала.

— Сталин!

— А может быть, действительно розыгрыш?

— Ну что ты, кто решится? За такую шутку верных десять лет дадут.

Всего час назад он ходил по комнате и вспоминал романс Голенищева-Кутузова:

…а он забыт, один лежит…

Телефонные звонки Сталина! Раз в год или два по Москве проходил слух: Сталин позвонил по телефону кинорежиссеру Довженко, Сталин позвонил по телефону писателю Эренбургу.

Ему не нужно было приказывать, — дайте такому-то премию, дайте квартиру, постройте для него научный институт! Он был слишком велик, чтобы говорить об этом. Все это делали его помощники, они угадывали его желание в выражении его глаз, в интонации голоса. А ему достаточно было добродушно усмехнуться человеку, и судьба человека менялась, – из тьмы, из безвестности человек попадал под дождь славы, почета, силы. И десятки могущественных людей склоняли перед счастливцем головы, – ведь Сталин улыбнулся ему, пошутил, говоря по телефону.

Люди передавали подробности этих разговоров, каждое слово, сказанное Сталиным, удивляло их. Чем обыденней было слово, тем больше поражало оно, – Сталин, казалось, не мог произносить обиходные слова.

Говорили, что он позвонил знаменитому скульптору и, шутя, сказал ему:

– Здравствуй, старый пьяница.

Другого знаменитого и очень хорошего человека он спросил об арестованном товарище, и, когда тот растерялся и невнятно ответил, Сталин сказал:

– Плохо вы защищаете своих друзей.

Рассказывали, что он позвонил по телефону в редакцию молодежной газеты, и заместитель редактора сказал:

– Бубекин слушает.

Сталин спросил:

– А кто такой Бубекин?

Бубекин ответил:

– Надо знать, – и шваркнул трубку.

Сталин снова позвонил ему и сказал:

– Товарищ Бубекин, говорит Сталин, объясните, пожалуйста, кто вы такой?

Рассказывали, что Бубекин после этого случая пролежал две недели в больнице, лечился от нервного потрясения.

Одно его слово могло уничтожить тысячи, десятки тысяч людей. Маршал, нарком, член Центрального Комитета партии, секретарь обкома – люди, которые вчера командовали армиями, фронтами, властвовали над краями, республиками, огромными заводами, сегодня по одному гневному слову Сталина могли обратиться в ничто, в лагерную пыль, позванивая котелочком, ожидать баланды у лагерной кухни.

Рассказывали, что Сталин и Берия ночью приехали к старому большевику, грузину, недавно отпущенному с Лубянки, и просидели у него до утра. Жильцы квартиры ночью боялись выходить в уборную и утром не пошли на службу.

Рассказывали, что дверь гостям открыла акушерка, старшая по квартире, она вышла в ночной рубахе, держа в руках собачку-моську, очень сердитая, что ночные пришельцы позвонили не должное число раз. Потом она рассказывала: «Я открыла дверь и увидела портрет, и вот портрет стал двигаться на меня». Говорили, что Сталин вышел в коридор, долго рассматривал лист бумаги, повешенный возле телефона, на нем жильцы палочками помечали количество разговоров, чтобы знать, сколько кому платить.

Все эти рассказы поражали и смешили именно обыденностью слов и положений, они-то и были невероятны, – Сталин ходил по коридору коммунальной квартиры!

Ведь по одному его слову возникали огромные стройки, колонны лесорубов шли в тайгу, стотысячные людские массы рыли каналы, возводили города, прокладывали дороги в крае полярной ночи и вечной мерзлоты. Он выразил в себе великое государство! Солнце сталинской конституции… Партия Сталина… сталинские пятилетки… сталинские стройки… сталинская стратегия… сталинская авиация… Великое государство выразило себя в нем, в его характере, в его повадках.

Виктор Павлович все повторял: «Желаю вам успеха в работе… вы работаете в очень интересном направлении…»

Теперь ясно: Сталин знал о том, что за рубежом начали интересоваться физиками, разрабатывающими ядерные явления.

Штрум ощущал, что вокруг этих вопросов возникает странное напряжение, он нащупывал это напряжение между строк в статьях английских и американских физиков, в недомолвках, ломавших логическое развитие мысли. Он замечал, что имена исследователей, часто публиковавших свои работы, ушли со страниц физических журналов, что люди, работавшие над расщеплением тяжелого ядра, словно истаяли, никто не ссылался на их работы. Он ощущал нарастание напряжения, молчания, едва проблематика приближалась к вопросам распада уранового ядра.

Не раз Чепыжин, Соколов, Марков заводили разговоры на эти темы. Еще недавно Чепыжин говорил о близоруких людях, не видящих практических перспектив, связанных с воздействием нейтронов на тяжелое ядро. Сам-то Чепыжин не хотел работать в этой области...

В воздухе, полном топота солдатских сапог, военного огня, дыма, скрежета танков, возникло новое бесшумное напряжение, и самая сильная рука в этом мире сняла телефонную трубку, и теоретик-физик услышал медленный голос: «Желаю вам успеха в работе».

И новая, неуловимая, безгласная, легкая тень легла на сожженную войной землю, на седые и детские головы. Люди не ощущали ее, не знали о ней, не чуяли рождения силы, которой суждено было прийти.

Длинный путь лежал от письменных столов нескольких десятков физиков, от листочков бумаги, исписанных греческими бета, альфа, кси, гамма, сигма, от библиотечных шкафов и лабораторных комнат до сатанинской космической силы – будущего скипетра государственного могущества.

Путь начался, и немая тень, все сгущаясь, обращалась в тьму, готовую окутать громады Москвы и Нью-Йорка.

В этот день Штрум не радовался торжеству своей работы, которую, казалось, загнали навек в ящик его домашнего стола. Она уйдет из тюрьмы в лабораторию, в слова профессорских лекций и докладов. Он не думал о счастливом торжестве научной правды, о свой победе, – теперь он снова может двигать науку, иметь учеников, существовать на страницах журналов и учебников, волноваться, сольется ли его мысль с правдой счетчика и фотоэмульсии.

Совсем другое волнение захватило его – честолюбивое торжество над людьми, преследовавшими его. Ведь недавно, ему казалось, он не имел злобы против них. Он и сегодня не хотел им мстить, причинять зло, но его душа и ум были счастливы, когда он вспоминал все плохое, нечестное, жестокое, трусливое, что совершили они. Чем грубее, подлее были они к нему, тем слаще было сейчас вспоминать об этом.

Надя вернулась из школы, Людмила Николаевна крикнула:

– Надя, Сталин звонил папе по телефону!

И, видя волнение дочери, вбежавшей в комнату в наполовину снятом пальто, с волочащимся по полу кашне, Штрум еще ясней ощутил смятение, которое охватит десятки людей, когда они сегодня и завтра узнают о произошедшем.

Сели обедать, Штрум внезапно отложил ложку и сказал:

– Да я ведь совершенно есть не хочу.

Людмила Николаевна сказала:

– Полное посрамление для твоих ненавистников и мучителей. Представляю себе, что начнется в институте да и в Академии.

– Да-да-да, – сказал он.

– И дамы в лимитном будут тебе, мамочка, снова кланяться и улыбаться, – сказала Надя.

– Да-да, – сказала Людмила Николаевна и усмехнулась.

Всегда Штрум презирал подхалимов, но сейчас его радовала мысль о заискивающей улыбке Алексея Алексеевича Шишакова.

Странно, непонятно! В чувство радости и торжества, которое переживал он, все время вмешивалась идущая из подземной глубины грусть, сожаление о чем-то дорогом и сокровенном, что, казалось, уходило от него в эти часы. Казалось, он виноват в чем-то и перед кем-то, но в чем, перед кем, он не понимал.

Он ел свой любимый суп – гречневый кулеш с картошкой и вспомнил свои детские слезы, когда ходил весенней ночью в Киеве, а звезды проглядывали меж цветущих каштанов. Мир тогда казался ему прекрасным, будущее огромным, полным чудесного света и добра. И сегодня, когда совершалась его судьба, он словно прощался со своей чистой, детской, почти религиозной любовью к чудесной науке, прощался с чувством, пришедшим несколько недель назад, когда он, победив огромный страх, не солгал перед самим собой.

Был лишь один человек, которому он мог сказать об этом, но его не было рядом с Виктором Павловичем.

И странно. В душе было жадное, нетерпеливое чувство, – скорее бы все узнали о том, что произошло. В институте, в университетских аудиториях, в Центральном Комитете партии, в Академии, в домоуправлении, в комендатуре дачного поселка, на кафедрах, в научных обществах. Безразлично было Штруму, узнает ли об этой новости Соколов. И вот не умом, а в темноте сердца не хотелось, чтобы знала об этой новости Марья Ивановна. Он угадывал, что для его любви лучше, когда он гоним и несчастен. Так казалось ему.

Он рассказал жене и дочери случай, который они обе знали еще с довоенных времен, – Сталин ночью появился в метро, он был в легком подпитии, сел рядом с молодой женщиной, спросил ее:

— Чем бы я мог вам помочь?

Женщина сказала:

— Мне очень хочется осмотреть Кремль.

Сталин, прежде чем ответить, подумал и сказал:

— Это, пожалуй, мне удастся для вас сделать.

Надя сказала:

— Видишь, папа, сегодня ты так велик, что мама дала тебе досказать эту историю, не перебила, — ведь она ее слышала в сто одиннадцатый раз.

И они вновь, в сто одиннадцатый раз, посмеялись над простодушной женщиной.

Людмила Николаевна спросила:

— Витя, может быть, вина выпить по такому случаю?

Она принесла коробку конфет, ту, что дожидалась Надиного дня рождения.

— Кушайте, — сказала Людмила Николаевна, — только, Надя, не набрасывайся на них, как волк.

— Папа, послушай, — сказала Надя, — отчего мы смеемся над этой женщиной в метро? Почему ты не попросил его о дяде Мите и о Николае Григорьевиче?

— Да что ты говоришь, разве мыслимо! — проговорил он.

— А по-моему, мыслимо. Бабушка сразу бы сказала, я уверена, что сказала бы.

— Возможно, — сказал Штрум, — возможно.

— Ну, хватит о глупостях, — сказала Людмила Николаевна.

— Хороши глупости, судьба твоего брата, — сказала Надя.

— Витя, — сказала Людмила Николаевна, — надо позвонить Шишакову.

— Ты, видимо, недооцениваешь того, что произошло. Никому не нужно звонить.

— Позвони Шишакову, — упрямо сказала Людмила Николаевна.

— Вот Сталин тебе скажет: «Желаю успеха», — ты и звони Шишакову.

Странное, новое ощущение возникло в этот день у Штрума. Он постоянно возмущался тем, как обоготворяют Сталина. Газеты от первой до последней полосы были полны его именем. Портреты, бюсты, статуи, оратории, поэмы, гимны… Его называли отцом, гением…

Штрума возмущало, что имя Сталина затмевало Ленина, его военный гений противопоставлялся гражданскому складу ленинского ума. В одной из пьес Алексея Толстого Ленин услужливо зажигал спичку, чтобы Сталин мог раскурить свою трубку. Один художник нарисовал, как Сталин шествует по ступеням Смольного, а Ленин торопливо, петушком, поспевает за ним. Если на картине изображались Ленин и Сталин среди народа, то на Ленина ласково смотрели лишь старички, бабки и дети, а к Сталину тянулись вооруженные гиганты – рабочие, матросы, опутанные пулеметными лентами. Историки, описывая роковые моменты жизни Советской страны, изображали дело так, что Ленин постоянно спрашивал совета у Сталина – и во время Кронштадтского мятежа, и при обороне Царицына, и во время польского наступления. Бакинской стачке, в которой участвовал Сталин, газете «Брдзола», которую он когда-то редактировал, историки партии отводили больше места, чем всему революционному движению в России.

– Брдзола, Брдзола, – сердито повторял Виктор Павлович. – Был Желябов, был Плеханов, Кропоткин, были декабристы, а теперь одна Брдзола, Брдзола…

Тысячу лет Россия была страной неограниченного самодержавия и самовластия, страной царей и временщиков. Но не было за тысячу лет русской истории власти, подобной сталинской.

И вот сегодня Штрум не раздражался, не ужасался. Чем грандиозней была сталинская власть, чем оглушительней гимны и литавры, чем необъятней облака фимиама, дымившие у ног живого идола, тем сильней было счастливое волнение Штрума.

Начало темнеть, а страха не было.

Сталин говорил с ним! Сталин сказал ему: «Желаю успеха в работе».

Когда стемнело, он вышел на улицу.

В этот темный вечер он не испытывал чувства беспомощности и обреченности. Он был спокоен. Он знал, – там, где выписывают ордера, уже знают все. Странно было думать о Крымове, Дмитрии, Абарчуке, Мадьярове, о Четверикове… Их судьба не стала его судьбой. Он думал о них с грустью и отчужденностью.

Штрум радовался победе, – его душевная сила, его башка победили. Его не тревожило, почему сегодняшнее счастье так не похоже на то, что он пережил в день судилища, когда, казалось, мать стояла рядом с ним. Теперь ему было безразлично, – арестован ли Мадьяров, дает ли о нем показания Крымов. Впервые в жизни он не страшился своих крамольных шуток и неосторожных речей.

Поздно вечером, когда Людмила и Надя легли спать, раздался телефонный звонок.

– Здравствуйте, – сказал негромкий голос, и волнение, казалось, больше того волнения, которое Штрум пережил днем, охватило его.

– Здравствуйте, – сказал он.

– Я не могу не слышать вашего голоса. Скажите мне что-нибудь, – сказала она.

– Маша, Машенька, – проговорил он и замолчал.

– Виктор, милый мой, – сказала она, – я не могла лгать Петру Лаврентьевичу. Я сказала ему, что люблю вас. Я поклялась ему никогда не видеть вас.

Утром Людмила Николаевна вошла к нему в комнату, погладила его по волосам, поцеловала в лоб.

– Мне сквозь сон слышалось, что ты ночью с кем-то говорил по телефону.

– Нет, тебе показалось, – сказал он, спокойно глядя ей в глаза.

– Помни, тебе надо к управдому зайти.

43

Пиджак следователя казался странным для глаз, привыкших к миру гимнастерок и кителей. А лицо следователя было обычным, – таких желтовато-бледных лиц много среди канцелярских майоров и политработников.

Отвечать на первые вопросы было легко, даже приятно, казалось, что и остальное будет таким же ясным, как очевидны фамилия, имя и отчество.

В ответах арестованного чувствовалась торопливая готовность помочь следователю. Следователь ничего ведь не знал о нем. Учрежденческий стол, стоявший между ними, не разъединял их. Оба они платили партийные членские взносы, смотрели «Чапаева», слушали в МК инструктаж, их посылали в предмайские дни с докладами на предприятия.

Предварительных вопросов было много, и все спокойней становилось арестованному. Скоро дойдут они до сути, и он расскажет, как вел людей из окружения.

Вот, наконец, стало очевидно, что сидевшее у стола небритое существо с раскрытым воротом гимнастерки и со споротыми пуговицами имеет имя, отчество, фамилию, родилось в осенний день, русское по национальности, участвовало в двух мировых войнах и в одной гражданской, в бандах не было, по суду не привлекалось, в ВКП(б) состояло в течение двадцати пяти лет, избиралось делегатом конгресса Коминтерна, было делегатом Тихоокеанского конгресса профсоюзов, орденов и почетного оружия не имеет...

Напряжение души Крымова было связано с мыслями об окружении, с людьми, шедшими с ним по белорусским болотам и украинским полям.

Кто из них арестован, кто на допросе потерял волю и совесть? И внезапный вопрос, касавшийся совсем иных, далеких лет, поразил Крымова:

– Скажите, к какому времени относится ваше знакомство с Фрицем Гаккеном?

Он долго молчал, потом сказал:

– Если не ошибаюсь, это было в ВЦСПС, в кабинете Томского, если не ошибаюсь, весной двадцать седьмого года.

Следователь кивнул, точно ему известно это далекое обстоятельство.

Потом он вздохнул, раскрыл папку с надписью «Хранить вечно», неторопливо развязал белые тесемки, стал листать исписанные страницы. Крымов неясно видел разных цветов чернила, видел машинопись, то через два интервала, то через один, размашистые и скупо налепленные пометки красным, синим и обычным графитовым карандашом.

Следователь медленно листал страницы, – так студент-отличник листает учебник, заранее зная, что предмет проштудирован им от доски до доски.

Изредка он взглядывал на Крымова. И тут уж он был художником, проверял сходство рисунка с натурой: и внешние черты, и характер, и зеркало духа – глаза...

Каким плохим стал его взгляд... Его обыкновенное лицо –

такие лица часто встречались Крымову после 1937 года в райкомах, обкомах, в районной милиции, в библиотеках и издательствах – вдруг потеряло свою обычность. Весь он, показалось Крымову, как бы состоял из отдельных кубиков, но эти кубики не были соединены в единстве – человеке. На одном кубике глаза, на втором – медленные руки, на третьем – рот, задающий вопросы. Кубики смешались, потеряли пропорции, рот стал непомерно громаден, глаза были ниже рта, они сидели на наморщенном лбу, а лоб оказался там, где надо было сидеть подбородку.

– Ну вот, таким путем, – сказал следователь, и все в лице его вновь очеловечилось. Он закрыл папку, а вьющиеся шнурки на ней оставил незавязанными.

«Как развязанный ботинок», – подумало существо со споротыми со штанов и подштанников пуговицами.

– Коммунистический Интернационал, – медленно и торжественно произнес следователь и добавил обычным голосом: – Николай Крымов, работник Коминтерна, – и снова медленно, торжественно проговорил: – Третий Коммунистический Интернационал.

Потом он довольно долго молча размышлял.

– Ох, и бедовая бабенка Муська Гринберг, – внезапно с живостью и лукавством сказал следователь, сказал, как мужчина, говорящий с мужчиной, и Крымов смутился, растерялся, сильно покраснел.

Было! Но как давно это было, а стыд продолжался. Он, кажется, уже любил тогда Женю. Кажется, заехал с работы к своему старинному другу, хотел вернуть ему долг, кажется, брал деньги на путевку. А дальше он уж все помнил хорошо, без «кажется». Константина не было дома. И ведь она ему никогда не нравилась, – басовитая от беспрерывного курения, судила обо всем с апломбом, она в Институте философии была заместителем секретаря парткома, правда, красивая, как говорят, видная баба. Ох... это Костину жену он лапал на диване, и ведь еще два раза с ней встречался...

Час тому назад он думал, что следователь ничего не знает о нем, выдвиженец из сельского района...

И вот шло время, и следователь все спрашивал об иностранных коммунистах, товарищах Николая Григорьевича, – он знал их уменьшительные имена и шуточные клички, имена их жен, их любовниц. Что-то зловещее было в огромности его сведений.

Будь Николай Григорьевич величайшим человеком, каждое слово которого важно для истории, и то не стоило собирать в эту папку столько рухляди и пустяков.

Но пустяков не было.

Где бы он ни шел, оставался след его ног, свита шла за ним по пятам, запоминала его жизнь.

Насмешливое замечание о товарище, словцо о прочитанной книге, шуточный тост на дне рождения, трехминутный разговор по телефону, злая записка, написанная им в президиум собрания, – все собиралось в папку со шнурками.

Слова его, поступки были собраны, высушены, составляли обширный гербарий. Какие недобрые пальцы трудолюбиво собирали бурьян, крапиву, чертополох, лебеду…

Великое государство занималось его романом с Муськой Гринберг. Пустяковые словечки, мелочи сплетались с его верой, его любовь к Евгении Николаевне ничего не значила, а значили случайные, пустые связи, и он уже не мог отличить главного от пустяков. Сказанная им непочтительная фраза о философских знаниях Сталина, казалось, значила больше, чем десять лет его бессонной партийной работы. Действительно ли он в 1932 году сказал, беседуя в кабинете Лозовского с приехавшим из Германии товарищем, что в советском профдвижении слишком много государственного и слишком мало пролетарского? И товарищ стукнул.

Но, Боже мой, все ложь! Хрусткая и липкая паутина лезет в рот, ноздри.

– Поймите, товарищ следователь…

– Гражданин следователь.

– Да-да, гражданин. Ведь это мухлевка, предвзято. Я в партии на протяжении четверти века. Я поднимал солдат в семнадцатом году. Я четыре года был в Китае. Я работал дни и ночи. Меня знают сотни людей… Во время Отечественной войны я пошел добровольно на фронт, в самые тяжелые минуты люди верили мне, шли за мной… Я…

Следователь спросил:

– Вы что, почетную грамоту сюда пришли получать? Наградной лист заполняете?

В самом деле, не о почетной грамоте он хлопочет.

Следователь покачал головой:

– Еще жалуется, что жена ему передач не носит. Супруг!

Эти слова сказал он в камере Боголееву. Боже мой! Каценеленбоген шутя сказал ему: «Грек пророчил: все течет, а мы утверждаем: все стучат».

Вся его жизнь, войдя в папку со шнурками, теряла объем, протяженность, пропорции... все смешалось в какую-то серую, клейкую вермишель, и он, уж сам не знал, что значило больше: четыре года подпольной сверхработы в изнуряющей парной духоте Шанхая, сталинградская переправа, революционная вера или несколько раздраженных слов об убогости советских газет, сказанных в санатории «Сосны» малознакомому литературоведу.

Следователь спросил добродушно, негромко, ласково:

– А теперь расскажите мне, как фашист Гаккен вовлек вас в шпионскую и диверсионную работу.

– Да неужели вы серьезно...

– Крымов, не валяйте дурака. Вы сами видите – нам известен каждый шаг вашей жизни.

– Именно, именно поэтому...

– Бросьте, Крымов. Вы не обманете органы безопасности.

– Да, но ведь это ложь!

– Вот что, Крымов. У нас есть признание Гаккена. Раскаиваясь в своем преступлении, он рассказал о вашей с ним преступной связи.

– Предъявите мне хоть десять признаний Гаккена. Это фальшивка! Бред! Если есть у вас такое признание Гаккена, почему мне, диверсанту, шпиону, доверили быть военным комиссаром, вести людей в бой? Где вы были, куда смотрели?

– Вас, что ли, учить нас сюда позвали? Руководить работой органов, так, что ли?

– Да при чем тут – руководить, учить! Есть логика. Я Гаккена знаю. Не мог он сказать, что вербовал меня. Не мог!

– Почему такое – не мог?

– Он коммунист, революционный борец.

Следователь спросил:

– Вы всегда были уверены в этом?

– Да, – ответил Крымов, – всегда!

Следователь, кивая головой, перебирал листы дела и,

казалось, растерянно повторял:

– Раз всегда, то и дело меняется... и дело меняется...

Он протянул Крымову лист бумаги.

– Прочтите-ка, – проговорил он, прикрывая ладонью часть страницы.

Крымов, просматривая написанное, пожимал плечами.

– Дрянновато, – сказал он, отодвигаясь от страницы.

– Почему?

– У человека нет смелости прямо заявить, что Гаккен честный коммунист, и ему не хватает подлости обвинить его, вот он и выкручивается.

Следователь сдвинул ладонь и показал Крымову подпись Крымова и дату – февраль 1938 года.

Они молчали. Потом следователь строго спросил:

– Может быть, вас били и поэтому вы дали такие свидетельские показания?

– Нет, меня не били.

А лицо следователя вновь распалось на кубики, брезгливо смотрели раздраженные глаза, рот говорил:

– Вот так. А будучи в окружении, вы на два дня оставили свой отряд. Вас на военном самолете доставили в штаб группы немецких армий, и вы передали важные данные, получили новые инструкции.

– Бред сивой кобылы, – пробормотало существо с расстегнутым воротом гимнастерки.

А следователь повел дальше свое дело. Теперь Крымов не ощущал себя идейным, сильным, с ясной мыслью, готовым пойти на плаху ради революции.

Он ощущал себя слабым, нерешительным, он болтал лишнее, он повторял нелепые слухи, он позволял себе насмешливость по отношению к чувству, которое советский народ испытывал к товарищу Сталину. Он был неразборчив в знакомствах, среди его друзей многие были репрессированы. В его теоретических взглядах царила путаница. Он жил с женой своего друга. Он дал подлые, двурушнические показания о Гаккене.

Неужели это я здесь сижу, неужели это со мной все происходит? Это сон, прекрасный сон в летнюю ночь...

– А до войны вы передавали для заграничного троцкистского центра сведения о настроениях ведущих деятелей международного революционного движения.

Не надо было быть ни идиотом, ни мерзавцем, чтобы подозревать в измене жалкое, грязное существо. И Крымов на месте следователя не стал бы доверять подобному существу. Он знал новый тип партийных работников, пришедший на смену партийцам, ликвидированным либо отстраненным и оттесненным в 1937 году. Это были люди иного, чем он, склада. Они читали иные книги и по-иному читали их, – не читали, а «прорабатывали». Они любили и ценили материальные блага жизни, революционная жертвенность была им чужда либо не лежала в основе их характера. Они не знали иностранных языков, любили в себе свое русское нутро, но по-русски говорили неправильно, произносили: «процент», «пинжак», «Бе́рлин», «выдающий деятель». Среди них были умные люди, но, казалось, главная, трудовая сила их не в идее, не в разуме, а в деловых способностях и хитрости, в мещанской трезвости взглядов.

Крымов понимал, что и новые и старые кадры в партии объединены великой общностью, что не в различии дело, а в единстве, сходстве. Но он всегда чувствовал свое превосходство над новыми людьми, превосходство большевика-ленинца.

Он не замечал, что сейчас его связь со следователем уже не в том, что он готов был приблизить его к себе, признать в нем товарища по партии. Теперь желание единства со следователем состояло в жалкой надежде, что тот приблизит к себе Николая Крымова, хотя бы согласится, что не одно лишь плохое, ничтожное, нечистое было в нем.

Теперь уж, и Крымов не заметил, как это произошло, уверенность следователя была уверенностью коммуниста.

– Если вы действительно способны чистосердечно раскаяться, все еще хоть немного любите партию, то помогите ей своим признанием.

И вдруг, сдирая с коры своего мозга разъедавшую его слабость, Крымов закричал:

– Вы ничего не добьетесь от меня! Я не подпишу ложных показаний! Слышите, вы? Под пыткой не подпишу!

Следователь сказал ему:

– Подумайте.

Он стал листать бумаги и не смотрел на Крымова. А

время шло. Он отодвинул крымовскую папку в сторону и достал из стола лист бумаги. Казалось, он забыл о Крымове, писал он, не торопясь, прищурившись, собирая мысли. Потом он прочел написанное, опять подумал, достал из ящика конверт и стал надписывать на нем адрес. Возможно, это не было служебное письмо. Потом он перечел адрес и подчеркнул двумя чертами фамилию на конверте. Потом он наполнил чернилами автоматическую ручку, долго снимал с пера чернильные капли. Потом он стал чинить над пепельницей карандаши; грифельный стержень в одном из карандашей каждый раз ломался, но следователь не сердился на карандаш, терпеливо принимался наново затачивать его. Потом он пробовал на пальце острие карандаша.

А существо думало. Было о чем подумать.

Откуда столько стукачей! Необходимо вспомнить, распутать, кто доносил. Да к чему это? Муська Гринберг... Следователь еще доберется до Жени... Ведь странно, что ни слова о ней не спросил, не сказал... Неужели Вася давал обо мне сведения... Но в чем же, в чем же мне признаваться? Вот уж я здесь, а тайна остается тайной, – партия, зачем тебе все это? Иосиф, Коба, Сосо. Каких ради грех побил столько добрых и сильных? Надо опасаться не вопросов следователя, а молчания, того, о чем молчит, – Каценеленбоген прав. Ну, конечно, начнет о Жене, ясно, ее арестовали. Откуда все пошло, как все началось? Да неужели я тут сижу? Какая тоска, сколько дряни в моей жизни. Простите меня, товарищ Сталин! Одно ваше слово, Иосиф Виссарионович! Я виноват, я запутался, я болтал, я сомневался, партия все знает, все видит. Зачем, зачем я разговаривал с этим литератором? Да не все ли равно. Но при чем тут окружение? Это дико все, – клевета, ложь, провокация. Почему, почему я тогда не сказал о Гаккене, – брат мой, друг, я не сомневаюсь в твоей чистоте. И Гаккен отвел от него свои несчастные глаза...

Вдруг следователь спросил:

– Ну как, вспомнили?

Крымов развел руками, сказал:

– Мне нечего вспоминать.

Позвонил телефон.

– Слушаю, – сказал следователь, мельком взглянув на Крымова, проговорил: – Да, подготовь, скоро время заступать, – и Крымову показалось, что разговор шел о нем.

Потом следователь положил трубку и снова снял ее. Удивительный это был телефонный разговор, словно рядом не человек сидел, а четвероногое двуногое. Следователь болтал, по-видимому, с женой.

Сперва шли хозяйственные вопросы:

– В распределителе? Гуся, это хорошо… Почему по первому талону не дали? Серегина женка в отдел звонила, по первому отоварила баранью ногу, нас с тобой позвали. Я, между прочим, взял творог в буфете, нет, не кислый, восемьсот грамм… А газ как сегодня горит? Ты не забудь про костюм.

Потом он стал говорить:

– Ну, как вообще, не очень скучаешь, смотри у меня. Во сне видела?.. А в каком виде? Все же в трусах? Жалко… Ну, смотри у меня, когда приду, ты уже на курсы пойдешь… Уборку – это хорошо, только смотри, тяжелого не поднимай, тебе ни в коем случае нельзя.

В этой мещанской обыденности было что-то невероятное: чем более походил разговор на житейский, человеческий, тем меньше походил на человека тот, кто его вел. Чем-то ужасает вид обезьяны, копирующей повадку человека… И в то же время Крымов ясно ощущал и себя не человеком, ведь при постороннем человеке не ведут подобных разговоров… «В губки целую… не хочешь… ну, ладно, ладно…»

Конечно, если, по теории Боголеева, Крымов – ангорская кошка, лягушка, щегол или просто жук на палочке, ничего удивительного в этом разговоре нет.

Под конец следователь спросил:

– Подгорит? Ну, беги, беги, покедова.

Потом он вынул книгу и блокнот, стал читать, время от времени писал карандашиком, – может быть, готовился к занятиям в кружке, может быть, к докладу…

Со страшным раздражением он сказал:

– Что вы все время стучите ногами, как на физкультурном параде?

– Затекают ноги, гражданин следователь.

Но следователь снова ушел в чтение научной книги.

Минут через десять он рассеянно спросил:

– Ну как, вспомнил?

– Гражданин следователь, мне нужно в уборную.

Следователь вздохнул, подошел к двери, негромко позвал. Такие лица бывают у хозяев собак, когда собака в неурочное время просится гулять. Вошел красноармеец в полевой форме. Крымов наметанным взглядом осмотрел его: все было в порядке – поясной ремень заправлен, чистый подворотничок, пилотка сидела как надо. Только не солдатским делом занимался этот молодой солдат.

Крымов встал, ноги затекли от долгого сидения на стуле, при первых шагах подгибались. В уборной он торопливо думал, пока часовой наблюдал за ним, и на обратном пути он торопливо думал. Было о чем.

Когда Крымов вернулся из уборной, следователя не было, на его месте сидел молодой человек в форме с синими, окантованными красным шнуром капитанскими погонами. Капитан посмотрел на арестованного угрюмо, словно ненавидел его всю жизнь.

– Чего стоишь? – сказал капитан. – Садись, ну! Прямо сиди, хрен, чего спину гнешь? Дам в потрах, так распрямишься.

«Вот и познакомились», – подумал Крымов, и ему стало страшно, так страшно, как никогда не было страшно на войне.

«Сейчас начнется», – подумал он.

Капитан выпустил облако табачного дыма, и в сером дыму продолжался его голос:

– Вот бумага, ручка. Я, что ли, за тебя писать буду.

Капитану нравилось оскорблять Крымова. А может быть, в этом была его служба? Ведь приказывают иногда артиллеристам вести беспокоящий огонь по противнику, – они и стреляют день и ночь.

– Как ты сидишь? Ты спать сюда пришел?

А через несколько минут он снова окликнул арестованного:

– Эй, слушай, я, что ли, тебе говорил, тебе не касается?

Он подошел к окну, поднял светомаскировку, погасил свет, и утро угрюмо посмотрело в глаза Крымову. Впервые со дня прихода на Лубянку он увидел дневной свет.

«Скоротали ночку», – подумал Николай Григорьевич.

Было ли худшее утро в его жизни? Неужели, счастливый и свободный, несколько недель назад он беспечно лежал в бомбовой воронке и над головой его выло гуманное железо?

Но время смешалось: бесконечно давно вошел он в этот

кабинет, так недавно был он в Сталинграде.

Какой серый, каменный свет за окном, выходившим во внутреннюю шахту внутренней тюрьмы. Помои, не свет. Еще казенней, угрюмей, враждебней, чем при электричестве, казались предметы при этом зимнем утреннем свете.

Нет, не сапоги стали тесны, а ноги отекли.

Каким образом связали здесь его прошлую жизнь и работу с окружением 1941 года? Чьи пальцы соединили несоединимое? Для чего это? Кому нужно все это? Для чего?

Мысли жгут так сильно, что он минутами забывал о ломоте в спине и пояснице, не ощущал, как набрякшие ноги распирали голенища сапог.

Гаккен, Фриц... Как я мог забыть, что в 1938 году сидел в такой же комнате, так, да не так сидел: в кармане был пропуск... Теперь-то вспомнил самое подлое: желание всем нравиться – сотруднику в бюро пропусков, вахтерам, лифтеру в военной форме. Следователь говорил: «Товарищ Крымов, пожалуйста, помогите нам». Нет, самым подлым было не желание нравиться. Самым подлым было желание искренности! О, теперь-то он вспомнил! Здесь нужна одна лишь искренность! И он был искренним, он припоминал ошибки Гаккена в оценке спартаковского движения, недоброжелательство к Тельману, его желание получить гонорар за книгу, его развод с Эльзой, когда Эльза была беременна... Правда, он вспоминал и хорошее... Следователь записал его фразу: «На основе многолетнего знакомства считаю маловероятным участие в прямых диверсиях против партии, но не могу полностью исключить возможность двурушничества...»

Да ведь он донес... Все, что собрано о нем в этой вечной папке, рассказано его товарищами, тоже хотевшими быть искренними. Почему он хотел быть искренним? Партийный долг? Ложь! Ложь! Искренность была только в одном, – с бешенством стуча по столу кулаком, крикнуть: «Гаккен, брат, друг, невиновен!» А он нашаривал в памяти ерунду, ловил блох, он подыгрывал человеку, без чьей подписи его пропуск на выход из большого дома был недействителен. Он и это вспомнил – жадное, счастливое чувство, когда следователь сказал: «Минуточку, подпишу вам пропуск, товарищ Крымов». Он помог втрамбовать Гаккена в тюрьму. Куда поехал правдолюбец с подписанным пропуском? Не к Муське ли Гринберг, жене своего друга? Но ведь все, что он говорил о Гаккене, было Правдой. Но и все, что о нем тут сказано, тоже ведь правда. Он ведь сказал Феде Евсееву, что у Сталина комплекс неполноценности, связанный с философской необразованностью. Жуткий перечень людей, с которыми он встречался: Николай Иванович, Григорий Евсеевич, Ломов, Шацкий, Пятницкий, Ломинадзе, Рютин, рыжий Шляпников, у Льва Борисовича бывал в «Академии», Лашевич, Ян Гамарник, Луппол, бывал у старика Рязанова в институте, в Сибири дважды останавливался по старому знакомству у Эйхе, да в свое время и Скрыпник в Киеве, и Станислав Косиор в Харькове, ну, и Рут Фишер, ого... слава Богу, следователь не вспомнил главного, ведь в свое время Лев Давыдович к нему неплохо относился...

Насквозь прогнил, чего уж говорить. Почему, собственно? Да они виноваты не больше меня! Но я-то не подписал. Подожди, Николай, подпишешь. Еще как подпишешь, они-то подписали! Наверное, главная гнусность припасена на закуску. Продержат так без сна трое суток, потом бить начнут. Да, вообще-то на социализм не очень похоже все это. Для чего моей партии нужно меня уничтожить? А всех тех? Ведь революцию мы и совершали – не Маленков, не Жданов, не Щербаков. Все мы были беспощадны к врагам революции. Почему же революция беспощадна к нам? А может быть, потому и беспощадна... А может быть, не революция, какая же этот капитан революция, это – черная сотня, шпана.

Он толок воду в ступе, а время шло.

Боль в спине и боль в ногах, изнеможение подминали его. Главное – лечь на койку, пошевелить босыми пальцами ног, задрать кверху ноги, чесать икры.

– Не спать! – кричал капитан, точно отдавал боевую команду.

Казалось, закрой Крымов на минуту глаза, и рухнет советское государство, фронт будет прерван...

За всю свою жизнь Крымов не слышал такого количества матюгов.

Друзья, милые его помощники, секретари, участники задушевных бесед собирали его слова и поступки. Он вспоминал и ужасался: «Это я сказал Ивану, только лишь

Ивану»; «Был разговор с Гришкой, ведь с Гришкой мы знакомы с двадцатого года»; «Этот разговор у меня был с Машкой Мельцер, ах, Машка, Машка».

Внезапно он вспомнил слова следователя, что не следует ему ждать передач от Евгении Николаевны... Ведь это его недавний разговор в камере с Боголеевым. До последнего дня люди пополняли крымовский гербарий.

Днем ему принесли миску супа, рука у него так дрожала, что приходилось наклонять голову и подхлебывать суп у края миски, а ложка стучала, била дробь.

– Кушаешь ты, как свинья, – с грустью сказал капитан.

Потом было еще одно событие: Крымов снова попросился в уборную. Он уж ни о чем не думал, идя по коридору, но, стоя над унитазом, он все же подумал: хорошо, что спороли пуговицы, пальцы дрожат – ширинку не расстегнуть и не застегнуть.

Снова шло, работало время. Государство в капитанских погонах победило. Густой, серый туман стоял в голове, наверно, такой туман стоит в мозгу обезьяны. Не стало прошлого и будущего, не стало папки с вьющимися шнурками. Лишь одно – снять сапоги, чесаться, уснуть.

Снова пришел следователь.

– Поспали? – спросил капитан.

– Начальство не спит, а отдыхает, – наставительно сказал следователь, повторяя стародавнюю армейскую остроту.

– Правильно, – подтвердил капитан. – Зато подчиненные припухают.

Как рабочий, заступая на смену, оглядывает свой станок, деловито обменивается словцом со своим сменщиком, так следователь глянул на Крымова, на письменный стол, сказал:

– А ну-ка, товарищ капитан.

Он посмотрел на часы, достал из стола папку, развязал шнурки, полистал бумаги и, полный интереса, живой силы, сказал:

– Итак, Крымов, продолжим.

И они занялись.

Следователя сегодня интересовала война. И снова его знания оказались огромны: он знал про назначения Крымова, знал номера полков, армий, называл людей, воевавших вместе с Крымовым, напоминал ему слова, сказанные им в политотделе, его высказывания о неграмотной генеральской записке.

Вся фронтовая работа Крымова, речи под немецким огнем, его вера, которой делился он с красноармейцами в тяжелые дни отступления, лишения, мороз, – все враз перестало существовать.

Жалкий болтун, двурушник разлагал своих товарищей, заражал их неверием и чувством безнадежности. Можно ли сомневаться, что немецкая разведка помогла ему перейти линию фронта для продолжения шпионской и диверсионной деятельности?

В первые минуты нового допроса Крымову передалось рабочее оживление отдохнувшего следователя.

– Как хотите, – сказал он, – но я никогда не признаю себя шпионом!

Следователь поглядел в окно, – уже начинало темнеть, он плохо различал бумаги на столе.

Он зажег настольную лампу, опустил синюю светомаскировку.

Угрюмый, звериный вой донесся из-за двери и вдруг прервался, стих.

– Итак, Крымов, – сказал следователь, вновь усаживаясь за стол.

Он спросил Крымова, известно ли ему, почему его ни разу не повышали в звании, и выслушал невнятный ответ.

– Так-то, Крымов, болтались на фронте батальонным комиссаром, а надо бы вам быть членом Военного совета армии или даже фронта.

Он помолчал, в упор глядя на Крымова, пожалуй, впервые посмотрел по-следовательски, торжественно произнес:

– Сам Троцкий о ваших сочинениях говорил: «Мраморно». Захвати этот гад власть, высоко бы вы сидели! Шутка ли: «Мраморно»!

«Вот они, козыри, – подумал Крымов. – Выложил туза».

Ну, ладно, ладно, все он скажет – и когда, и где, но ведь и товарищу Сталину можно задать те же вопросы, к троцкизму Крымов не имел отношения, он всегда голосовал против троцкистских резолюций, ни разу – за.

А главное, снять сапоги, лечь, поднять разутые ноги, спать и одновременно чесаться во сне.

А следователь заговорил тихо и ласково:

– Почему вы не хотите нам помочь?.. Разве дело в том, что вы не совершили преступлений до войны, что вы в окружении не возобновили связи и не установили явки?.. Дело серьезнее, глубже. Дело в новом курсе партии. Помогите партии на новом этапе борьбы. Для этого нужно отречься от прошлых оценок. Такая задача по плечу лишь большевикам. Поэтому я и говорю с вами.

– Ну, ладно, хорошо, – медленно, сонно говорил Крымов, – могу допустить, что помимо своей воли стал выразителем враждебных партии взглядов. Пусть мой интернационализм пришел в противоречие с понятиями суверенного, социалистического государства. Ладно, по своему характеру я стал после тридцать седьмого года чужд новому курсу, новым людям. Я готов, могу признать. Но шпионаж, диверсии…

– Для чего же это «но»? Вот видите, вы уже стали на путь осознания своей враждебности делу партии. Неужели имеет значение форма? Для чего ваше «но», если вы признаете основное?

– Нет, я не признаю себя шпионом.

– Значит, вы ничем не хотите помочь партии. Разговор доходит до дела – и в кусты, так, что ли? Дерьмо вы, дерьмо собачье!

Крымов вскочил, рванул следователя за галстук, потом ударил кулаком по столу, и внутри телефона что-то звякнуло, екнуло. Он закричал пронзительным, воющим голосом:

– Ты, сукин сын, сволочь, где был, когда я вел людей с боями по Украине и по брянским лесам? Где ты был, когда я дрался зимой под Воронежем? Ты был, мерзавец, в Сталинграде? Это я ничего не делал для партии? Это ты, жандармская морда, защищал Советскую Родину вот тут, на Лубянке? А я в Сталинграде не защищал наше дело? А в Шанхае под петлей ты был? Это тебе, мразь, или мне колчаковец прострелил левое плечо?

Потом его били, но не по-простому, по морде, как во фронтовом Особом отделе, а продуманно, научно, со знанием физиологии и анатомии. Били его двое одетых в новую форму молодых людей, и он кричал им:

– Вас, мерзавцев, надо в штрафную роту… вам надо в расчете противотанкового ружья… дезертиры…

Они работали, не сердясь, без азарта. Казалось они били не сильно, без размаха, но удары их были какие-то ужасные, как ужасно бывает подлое, спокойно произнесенное слово.

У Крымова полилась изо рта кровь, хотя по зубам его ни разу не ударили, и кровь эта шла не из носа, не из челюстей, не из прикушенного языка, как в Ахтубе... Это шла глубинная кровь, из легких. Он уже не помнил, где он, не помнил, что с ним... Над ним вновь появилось лицо следователя, он показывал пальцем на портрет Горького, висевший над столом, и спрашивал:

— Что сказал великий пролетарский писатель Максим Горький?

И по-учительски вразумляюще ответил:

— Если враг не сдается, его уничтожают.

Потом он увидел лампочку на потолке, человека с узенькими погончиками.

— Что ж, раз медицина позволяет, — сказал следователь, — хватит отдыхать.

Вскоре Крымов снова сидел у стола, слушал толковые вразумления:

— Будем так сидеть неделю, месяц, год... Давайте по-простому: пусть вы ни в чем не виноваты, но вы подпишете все, что я вам скажу. Вас после этого не будут бить. Ясно? Может быть, Особое совещание осудит вас, но бить не будут, — это большое дело! Думаете, мне приятно, когда вас бьют? Дадим спать. Ясно?

Шли часы, беседа продолжалась. Казалось, уж ничем нельзя ошеломить Крымова, вывести его из сонной одури.

Но все же, слушая новую речь следователя, он удивленно полуоткрыл рот, приподнял голову.

— Все эти дела давние, о них и забыть можно, — говорил следователь и показывал на крымовскую папку, — но вот уж не забудешь вашей подлой измены Родине во время Сталинградской битвы. Свидетели, документы говорят! Вы вели работу, разлагающую политическое сознание бойцов в окруженном немцами доме «шесть дробь один». Вы толкали Грекова, патриота Родины, на измену, пытались уговорить его перейти на сторону противника. Вы обманули доверие командования, доверие партии, пославших вас в этот дом в качестве боевого комиссара. А вы, попав в этот дом, кем оказались? Агентом врага!

Под утро Николая Григорьевича снова били, и ему казалось, что он погружается в теплое черное молоко. Снова человек с узенькими погончиками кивнул, обтирая иглу шприца, и следователь говорил:

– Что ж, раз медицина позволяет.

Они сидели друг против друга. Крымов смотрел на утомленное лицо собеседника и удивлялся своему беззлобию, – неужели он хватал этого человека за галстук, хотел задушить его? Сейчас у Николая Григорьевича вновь возникло ощущение близости с ним. Стол уж не разделял их, сидели два товарища, два горестных человека.

Вдруг Крымову вспомнился недостреленный человек в окровавленном белье, вернувшийся из ночной, осенней степи во фронтовой Особый отдел.

«Вот и моя судьба, – подумал он, – мне тоже некуда идти. Поздно уж».

Потом он просился в уборную, потом появился вчерашний капитан, поднял светомаскировку, потушил свет, закурил.

И снова Николай Григорьевич увидел дневной хмурый свет, – казалось, он шел не от солнца, не с неба, свет шел от серого кирпича внутренней тюрьмы.

44

Кровати были пустыми, – то ли соседей перевели, то ли они парились на допросе.

Он лежал располосованный, потеряв себя, с заплеванной жизнью, с ужасной болью в пояснице, кажется, ему отшибли почки.

В горький час сокрушения жизни он понял силу женской любви. Жена! Только ей дорог человек, затоптанный чугунными ногами. Весь в харкотине, а она моет ему ноги, расчесывает его спутанные волосы, она глядит ему в закисшие глаза. Чем больше раскроили ему душу, чем отвратительней он и презренней для мира, тем ближе, дороже он ей. Она бежит за грузовиком, она стоит в очереди на Кузнецком мосту, у лагерной ограды, ей так хочется послать ему несколько конфет, луковку, она печет ему на керосинке коржики, годы жизни она отдает, чтобы увидеться хоть на полчаса…

Не всякая женщина, с которой ты спишь, – жена.

И от режущего отчаяния ему самому захотелось вызвать в другом человеке отчаяние.

Он сочинил несколько строк письма: «Узнав о случившемся, ты обрадована не тому, что я раздавлен, а тому, что ты успела бежать от меня, и ты благословляешь свой крысиный инстинкт, заставивший тебя покинуть тонущий корабль… один я…»

Мелькнул телефон на следовательском столе… здоровенный бугай, бивший его в бока, под ребра… капитан поднимает штору, тушит свет… шуршат, шуршат страницы дела, под их шуршание он стал засыпать…

И вдруг раскаленное кривое шило вошло в его череп, и показалось, что мозг смердит паленым: Евгения Николаевна донесла на него!

Мраморно! Мраморно! Слова, сказанные ему в утренний час на Знаменке, в кабинете председателя Реввоенсовета Республики… Человек с острой бородкой, со сверкающими стеклами пенсне прочел статью Крымова и говорил ласково, негромко. Он помнит: ночью он сказал Жене о том, что ЦК его отозвал из Коминтерна и поручил редактировать книжки в Политиздате. «А ведь когда-то был человеком», – и он рассказал ей, как Троцкий, прочитав его работу «Революция и реформа – Китай и Индия», сказал: «Мраморно».

Ни одному человеку он не повторил этих, сказанных с глазу на глаз слов, только Женя слышала их, значит, следователь услышал их от нее. Она донесла.

Он не чувствовал семидесятичасовой бессонницы, – он уже выспался. Заставили? Не все ли равно. Товарищи, Михаил Сидорович, я умер! Меня убили. Не пистолетной пулей, не кулаками, не бессонницей. Женя убила. Я дам показания, я все признаю. Одно условие: подтвердите, что она донесла.

Он сполз с кровати и стал стучать в дверь кулаком, закричал:

– Веди меня к следователю, я все подпишу.

Подошел дежурный, сказал:

– Прекратите шум, дадите показания, когда вызовут.

Он не мог оставаться один. Лучше, легче, когда бьют и теряешь сознание. Раз медицина позволяет…

Он проковылял к койке, и когда, казалось, уж не вынесет душевной муки, когда вот-вот, казалось, мозг его лопнет и тысячи осколков вонзятся в сердце, в горло, в глаза, он понял: Женечка не могла донести! И он закашлял, затрясся:

– Прости меня, прости. Мне не судьба быть счастливым с тобой, я в этом виноват, не ты.

И дивное чувство, может быть, впервые пришедшее к человеку в этом доме, с тех пор как ступил в него сапог Дзержинского, охватило его.

Он проснулся. Напротив него грузно сидел Каценеленбоген со спутанными бетховенскими седыми волосами.

Крымов улыбнулся ему, и низкий мясистый лоб соседа нахмурился, – Крымов понял, что Каценеленбоген принял его улыбку за проявление безумия.

– Вижу, дали вам сильно, – сказал Каценеленбоген, указывая на запачканную кровью гимнастерку Крымова.

– Да, дали сильно, – кривя рот, ответил Крымов. – А вы как?

– В больнице гулял. Соседи отбыли – Дрелингу Особое совещание дало еще десять лет, значит, тридцать имеет, а Боголеев переведен в другую камеру.

– А... – сказал Крымов.

– Ну, выкладывайте.

– Я думаю, при коммунизме, – сказал Крымов, – МГБ будет тайно собирать все хорошее о людях, каждое доброе слово. Все, связанное с верностью, честностью, добротой, агенты будут подслушивать по телефону, выискивать в письмах, извлекать из откровенных бесед и доносить о них на Лубянку, собирать в досье. Только хорошее! Здесь будут крепить веру в человека, а не разрушать ее, как сейчас. Первый камень положил я... Я верю, я победил вопреки доносам, лжи, верю, верю...

Каценеленбоген, рассеянно слушая его, сказал:

– Это все верно, так и будет. Нужно только добавить, что, собрав такое лучезарное досье, вас доставят сюда, в большой дом, и все же шлепнут.

Он пытливо поглядел на Крымова, никак не мог понять, почему землисто-желтое лицо Крымова с запавшими, затекшими глазами, с черными следами крови на подбородке улыбается счастливо и спокойно.

45

Адъютант Паулюса, полковник Адамс, стоял перед раскрытым чемоданом.

Денщик командующего Риттер, сидя на корточках, перебирал бельё, разложенное на газетах, расстеленных на полу.

Ночью Адамс и Риттер жгли бумаги в кабинете фельдмаршала, сожгли большую личную карту командующего, которую Адамс считал священной реликвией войны.

Паулюс всю ночь не спал. Он отказался от утреннего кофе и безучастно наблюдал за хлопотами Адамса. Время от времени он вставал и ходил по комнате, переступая через сложенные на полу пачки бумаг, ожидавших кремации. Карты, наклеенные на холст, горели неохотно, забивали колосники, и Риттеру приходилось прочищать печь кочергой.

Каждый раз, когда Риттер приоткрывал дверцу печки, фельдмаршал протягивал к огню руки. Адамс накинул шинель на плечи фельдмаршала. Но Паулюс нетерпеливо повел плечом, и Адамс снова отнес шинель на вешалку.

Может быть, фельдмаршал видит себя сейчас в сибирском плену, – он стоит с солдатами перед костром и греет руки, а позади него пустыня и впереди пустыня.

Адамс сказал фельдмаршалу:

– Я велел Риттеру уложить в ваш чемодан побольше теплого белья, – Страшный Суд мы себе неправильно представляли в детстве: это не связано с огнем и горячими углями.

За ночь дважды заходил генерал Шмидт. Телефоны с перерезанными шнурами молчали.

Начиная с момента окружения, Паулюс ясно понимал, что руководимые им войска не смогут продолжать борьбу на Волге.

Он видел, что все условия, определявшие его летний успех, – тактические, психологические, метеорологические, технические, – отсутствуют, плюсы превратились в минусы. Он обратился к Гитлеру: 6-я армия должна согласованно с Манштейном прорвать кольцо окружения в юго-западном направлении, образовать коридор и вывести свои дивизии, заранее примирившись с тем, что большую часть тяжелого оружия придется оставить.

Когда Еременко 24 декабря успешно ударил по Манштейну в районе речушки Мышковка, любому командиру пехотного батальона стало ясно, что сопротивление в Сталинграде невозможно. Это было не ясно одному лишь человеку. Он переименовал 6-ю армию в форпост фронта, протянувшегося от Белого моря до Терека, 6-я армия была объявлена им «Крепостью Сталинград». А в штабе 6-й армии говорили, что Сталинград превратился в лагерь вооруженных военнопленных. Паулюс снова передал радиошифром, что есть некоторые шансы на прорыв. Он ждал, что последует страшный взрыв ярости, никто не осмеливался дважды противоречить Верховному Главнокомандующему. Ему рассказывали, как Гитлер сорвал с груди фельдмаршала Рундштедта рыцарский крест и что у присутствовавшего при этом Браухича случился сердечный припадок. С фюрером не следовало шутить.

Тридцать первого января Паулюс наконец получил ответ на свою шифровку, – ему было присвоено звание фельдмаршала. Он сделал еще одну попытку доказать свою правоту и получил высший орден Империи – Рыцарский крест с дубовыми листьями.

Постепенно он осознал, что Гитлер стал обращаться с ним, как с мертвецом, – это было посмертное присвоение звания фельдмаршала, посмертное награждение Рыцарским крестом с дубовыми листьями. Он был нужен теперь для одного лишь – для создания трагического образа руководителя героической обороны. Сотни тысяч людей, находившихся под его командованием, государственная пропаганда объявила святыми и мучениками. Они были живы, варили конину, охотились на последних сталинградских собак, ловили в степи сорок, давили вшей, курили сигареты, в которых бумага была завернута в бумагу, а в это время государственные радиостанции передавали в честь подземных героев торжественную траурную музыку.

Они были живы, дули на красные пальцы, сопли текли из их носов, в их головах сверкали мысли о возможности пожрать, украсть, притвориться больным, сдаться в плен, погреться в подвале с русской бабой, а в это время государственные хоры мальчиков и хоры девочек звучали в эфире: «Они умерли, чтобы жила Германия». Воскреснуть для грешной и чудной жизни они могли лишь при условии гибели государства.

Все совершалось так, как предсказывал Паулюс.

Он жил с трудным чувством своей правоты, подтвержденной полной, без изъятия, гибелью его армии. В гибели своей армии он, против воли, находил томительно-странное удовлетворение, основу для высокой самооценки.

Подавленные, стертые в дни высшего успеха мысли вновь полезли в голову.

Кейтель и Иодль называли Гитлера – божественный фюрер. Геббельс вещал, что трагедия Гитлера в том, что он не может встретить в войне равного полководческого гения. А Цейцлер рассказывал, что Гитлер просил его выпрямить линию фронта, так как она шокирует его эстетическое чувство. А безумный неврастеничный отказ от наступления на Москву? А внезапное безволие и приказ прекратить наступление на Ленинград? Его фанатическая стратегия жесткой обороны основана на страхе потерять престиж.

Теперь все окончательно ясно.

Но именно окончательная ясность и страшна. Он мог не подчиниться приказу! Конечно, фюрер казнил бы его. Но он бы спас людей. Он видел упрек во многих глазах.

Мог, мог спасти армию!

Он боялся Гитлера, он боялся за свою шкуру!

Хальб, высший представитель Управления безопасности при штабе армии, на днях, улетая в Берлин, сказал ему в неясных выражениях, что фюрер оказался слишком велик даже для такого народа, как немецкий. Да-да, ну, конечно.

Все декламация, все демагогия.

Адамс включил радиоприемник. Из треска разрядов родилась музыка – Германия отпевала сталинградских покойников. В музыке таилась особая сила… Может быть, для народа, для будущих битв созданный фюрером миф значит больше, чем спасение обмороженных и вшивых дистрофиков. Может быть, логику фюрера не поймешь, читая уставы, составляя боевые расписания и разглядывая оперативные карты.

А может быть, в ореоле мученичества, которому обрек

6-ю армию Гитлер, формировалось новое бытие Паулюса и его солдат, их новое участие в будущем Германии.

Здесь не помогали карандашу логарифмическая линейка и счетные машины. Здесь действовал странный генерал-квартирмейстер, у него был другой подсчет, другие резервы.

Адамс, милый, верный Адамс, ведь человеку высшей духовной породы всегда и неизменно присуще сомнение. Властвуют над миром лишь ограниченные люди, наделенные непоколебимым чувством своей правоты. Люди высшей породы не властвуют над государствами, не принимают великих решений.

– Идут! – вскрикнул Адамс. Он приказал Риттеру: «Убрать!» И тот оттащил в сторону раскрытый чемодан, одернул мундир.

У фельдмаршальских носков, второпях положенных в чемодан, имелись на пятках дыры, и Риттер затомился, заволновался, не потому, что неразумный и беспомощный Паулюс наденет рваные носки, а потому, что эти дыры на носках увидят недобрые русские глаза.

Адамс стоял, положив руки на спинку стула, отвернувшись от двери, которая сейчас распахнется, спокойно, заботливо и любовно глядя на Паулюса, – так, подумалось ему, должен вести себя адъютант фельдмаршала.

Паулюс немного откинулся от стола, сжал губы. И в эти минуты фюрер хотел от него игры, и он готовился играть.

Вот откроется дверь, комната в темном подземелье станет видна людям, живущим на земле. Прошли боль и горечь, остался страх, что распахнут дверь не представители советского командования, которые тоже подготовились играть торжественную сцену, а лихие, привыкшие легко нажимать на спусковой крючок автомата советские солдаты. И томила тревога перед неизвестным, – вот кончится сцена и начнется человеческая жизнь – какая, где, – в Сибири, в московской тюрьме, в лагерном бараке?

46

Ночью из Заволжья люди увидели, как небо над Сталинградом осветилось разноцветными огнями. Немецкая армия капитулировала.

Тут же ночью из Заволжья в Сталинград пошли люди. Распространился слух, что оставшееся в Сталинграде население терпело в последнее время жестокий голод, и солдаты, офицеры, моряки Волжской военной флотилии несли с собой узелки с хлебом и консервами. Некоторые прихватили водку, гармошки.

Но странно, эти самые первые, пришедшие ночью в Сталинград без оружия солдаты, отдавая хлеб защитникам города, обнимая и целуя их, словно были печальны, не веселились и не пели.

Утро 2 февраля 1943 года было туманным. Над волжскими полыньями и прорубями дымил пар. Солнце всходило над верблюжьей степью, одинаково суровой в знойные августовские дни и в пору низового зимнего ветра. Сухой снег носился над плоским простором, свивался в столбы, крутился молочными колесами и вдруг терял волю, оседал. Ступни восточного ветра оставляли за собой следы: снеговые воротники вокруг скрипучих стеблей колючки, застывшую рябь по склонам оврагов, глинистые плеши и лобастые кочки...

Со сталинградского обрыва казалось, что люди, идущие через Волгу, возникают из степного тумана, что их лепит мороз и ветер.

У них не было дела в Сталинграде, начальство их не посылало сюда, – война здесь кончилась. Они сами шли – красноармейцы, дорожники, паховские пекари, штабные, ездовые, артиллеристы, портные из фронтовой пошивочной, электрики и механики из ремонтных мастерских. Вместе с ними шли через Волгу, карабкались по обрыву обмотанные платками старики, бабы в солдатских ватных штанах, мальчишки и девчонки тащили за собой салазки, груженные узлами, подушками.

Странная вещь происходила с городом. Слышались автомобильные гудки, шумели тракторные моторы; шли галдящие люди с гармошкой, танцоры утаптывали снег валенками, ухали и гоготали красноармейцы. Но город от этого не ожил, он казался мертвым.

Несколько месяцев назад Сталинград перестал жить своей обычной жизнью – в нем умерли школы, заводские цехи, ателье дамского платья, самодеятельные ансамбли, городская милиция, ясли, кинотеатры...

В огне, охватившем городские кварталы, вырос новый город – Сталинград войны – со своей планировкой улиц и площадей, со своей подземной архитектурой, со своими правилами уличного движения, со своей торговой сетью, со своим заводским цеховым гулом, со своими кустарями, со своими кладбищами, выпивками, концертами.

Каждая эпоха имеет свой мировой город – он ее душа, ее воля.

Вторая всемирная война была эпохой человечества, и на некоторое время ее мировым городом стал Сталинград. Он стал мыслью и страстью человеческого рода. На него работали заводы и фабрики, ротации и линотипы, он вел на трибуну парламентских лидеров. Но когда из степи пошли в Сталинград тысячные толпы, и пустынные улицы заполнились людьми, и зашумели первые автомобильные моторы, мировой город войны перестал жить.

Газеты в этот день сообщили подробности немецкой капитуляции, и люди в Европе, в Америке, в Индии узнали, как вышел из подвала фельдмаршал Паулюс, как снимался первый допрос с немецких генералов в штабе 64-й армии генерала Шумилова и как был одет генерал Шмидт – начальник паулюсовского штаба.

В этот час столица мировой войны уже не существовала. Глаза Гитлера, Рузвельта, Черчилля искали новые центры мировых военных напряжений. Сталин, постукивая пальцем по столу, спрашивал начальника Генерального штаба, обеспечены ли средства для переброски сталинградских войск из тыла, в котором они очутились, в район нового сосредоточения. Мировой город войны, еще полный боевых генералов и мастеров уличного боя, еще полный оружия, с живыми оперативными картами, налаженными ходами сообщений, перестал существовать, – начал свое новое существование, такое, какое ведут нынешние Афины и Рим. Историки, музейные экскурсоводы, учителя и всегда скучающие школьники уже незримо становились хозяевами его.

Рождался новый город – город труда и быта, с заводами, школами, родильными домами, милицией, оперным театром, тюрьмой.

Легкий снег припорошил дорожки, по которым

подносили на огневые позиции снаряды и булки хлеба, перетаскивали пулеметы и термосы с кашей, извилистые, хитрые тропочки, по которым пробирались в свои тайные каменные шалаши снайперы, наблюдатели, слухачи.

Снег припорошил дороги, по которым связные бежали из роты в батальон, дороги от Батюка к Банному оврагу, мясокомбинату и водонапорным бакам…

Снег припорошил дороги, по которым жители великого города ходили позычить табак, выпить двести грамм на именинах у товарища, помыться в подземной баньке, забить козла, попробовать у соседа квашеную капусту; дороги, по которым ходили к знакомой Мане и к знакомой Вере, дороги к часовщикам, мастерам зажигалок, портным, гармонистам, кладовщикам.

Толпы людей прокладывали новые дороги, они шли, не прижимаясь к развалинам, не петляли.

А сеть боевых тропинок и дорожек покрывалась первым снегом, и на всем миллионе километров этих заснеженных тропинок не возникло ни одного свежего следа.

А на первый снег вскоре лег второй, и тропинки под ним замутились, расплылись, не стали видны…

Непередаваемое чувство счастья и пустоты испытывали старожилы мирового города. Странная тоска возникала в людях, оборонявших Сталинград.

Город опустел, и командующий армией, и командиры стрелковых дивизий, и старик ополченец Поляков, и автоматчик Глушков, – все почувствовали эту пустоту. Это чувство было бессмысленным, разве может возникнуть тоска оттого, что побоище кончилось победой и смерти нет?

Но так было. Молчал телефон в желтом кожаном футляре на столе у командующего; снежный воротничок вырос на кожухе пулемета, ослепли стереотрубы и боевые амбразуры; истертые, залапанные планы и карты перебрались из планшетов в полевые сумки, а из некоторых полевых сумок в чемоданы и вещевые мешки командиров взводов, рот, батальонов… А среди умерших домов ходили толпы людей, обнимались, кричали «ура»… Люди глядели друг на друга. «Какие все ребята хорошие, русские, простые, славные, вот и ходим – ватники, ушанки, все в вас такое же, как и в нас. А дело мы сделали, даже подумать страшно, какое мы дело сделали.

подняли, подняли самый тяжелый груз, какой есть на земле, правду подняли над неправдой, пойди-ка попробуй, подними... То в сказке, а здесь не в сказке».

Все земляки: одни с Купоросной балки, другие из Банного оврага, третьи из-под водонапорных баков, четвертые с «Красного Октября», пятые с Мамаева кургана, а к ним подходили жители центра, жившие у реки Царицы, в районе пристаней, под откосами у нефтебаков... Они были и хозяева и гости, они сами себя поздравляли, и холодный ветер гремел старой жестью. Иногда они стреляли в воздух из автоматов, а иногда ухала граната. Они хлопали, знакомясь, друг друга по спине, иногда они обнимались, целовались холодными губами, потом смущенно и весело ругались... Они вывалили из-под земли, слесари, токари, пахари, плотники, землекопы, они отбились от врага, перепахали камень, железо и глину.

Мировой город отличается от других городов не только тем, что люди чувствуют его связь с заводами и полями всего мира.

Мировой город отличается тем, что у него есть душа.

И в Сталинграде войны была заключена душа. Его душой была свобода.

Столица антифашистской войны обратилась в онемевшие, холодные развалины довоенного промышленного и портового советского областного города.

Здесь, через десять лет, тысячные полчища заключенных воздвигли мощную плотину, построили, одну из величайших в мире, государственную гидроэлектрическую станцию.

47

Этот случай произошел оттого, что проснувшийся в блиндаже немецкий унтер-офицер не знал о капитуляции. Его выстрел ранил сержанта Заднепрука. Это вызвало злобу среди русских, наблюдавших, как из-под массивных сводов бункеров выходят немецкие солдаты, бросают в гремящую и все растущую кучу автоматы и винтовки.

Пленные шли, стараясь не глядеть по сторонам, показывая, что и глаза их в плену. И только солдат Шмидт, заросший черно-белой щетиной, выйдя на Божий свет, улыбаясь, оглядывал русских солдат, словно уверенный, что ему должно встретиться знакомое лицо.

Слегка выпивший полковник Филимонов, накануне прибывший из Москвы в штаб Сталинградского фронта, стоял вместе с прикомандированным к нему переводчиком на пункте сдачи частей дивизии генерала Веллера.

Его шинель с новыми золотыми погонами, с красными нашивками и черными кантами выделялась среди грязных, прожженных ватников и мятых шапок сталинградских комротов и комбатов и такой же мятой, жженой и грязной одежды пленных немцев.

Вчера в столовой Военного совета он рассказывал, что на московском главном интендантском складе сохранилась золотая канитель, шедшая на погоны в старой русской армии, и что среди его приятелей считается удачей добыть погоны из этого доброго старого материала.

Когда раздался выстрел и вскрикнул легко раненный Заднепрук, полковник громко спросил:

– Кто стрелял, в чем дело?

Несколько голосов ему ответили:

– Да тут дурак один, немец. Его уж новели... вроде не знал...

– Как не знал? – крикнул полковник. – Мало ему крови нашей, мерзавцу? – он обратился к длинному еврею-политруку, переводчику: – Обнаружьте мне офицера. Он головой, мерзавец, ответит за этот выстрел.

Вот тут полковник заметил большое улыбающееся лицо солдата Шмидта, закричал:

– Смеешься, мерзавец, еще одного покалечили?

Шмидт не понял, почему улыбка, которой он так много хотел выразить хорошего, вызвала крик русского старшего офицера, а когда, казалось, без всякой связи с этим криком треснул пистолетный выстрел, он, уже совсем ничего не понимая, споткнулся и упал под ноги шедших сзади солдат. Тело его оттащили в сторону, и он лежал на боку, и все, знавшие его и не знавшие, проходили мимо. Потом, когда прошли пленные, мальчишки, не боясь мертвого, залезли в опустевшие бункеры и блиндажи, шуровали по дощатым нарам.

Полковник Филимонов в это время осматривал подземную квартиру командира батальона и восхищался, как прочно и удобно все устроено. Автоматчик подвел к нему молодого немецкого офицера со спокойными светлыми глазами, переводчик сказал:

– Товарищ полковник, вот этот, обер-лейтенант Ленард, которого вы велели привести.

– Какой? – удивился полковник. И так как лицо немецкого офицера показалось ему симпатичным, и так как он был расстроен тем, что впервые в жизни он оказался причастен к убийству, Филимонов сказал:

– Ведите его на сборный пункт, только без глупостей, под вашу личную ответственность, – чтобы живым дошел.

Судный день подходил к концу, и уже нельзя было различить улыбки на лице застреленного солдата.

48

Подполковник Михайлов, старший военный переводчик седьмого отдела политуправления штаба фронта, сопровождал пленного фельдмаршала в штаб 64-й армии.

Паулюс вышел из подвала и, не обращая внимания на советских офицеров и солдат, с жадным любопытством разглядывавших его и оценивавших качество его фельдмаршальской шинели с полоской зеленой кожи от плеча до талии и серой кроличьей шапки. Он прошел широким шагом с вскинутой головой, глядя поверх сталинградских развалин, к ожидавшему штабному вездеходу.

Михайлову до войны часто приходилось присутствовать на дипломатических приемах, и он вел себя с Паулюсом уверенно, легко отделяя холодную почтительность от ненужной суетливости.

Сидя рядом с Паулюсом и следя за выражением его лица, Михайлов выжидал, пока фельдмаршал нарушит молчанке. Его поведение не походило на поведение генералов, в предварительном опросе которых участвовал Михайлов.

Начальник штаба 6-й армии ленивым, медленным голосом сказал, что катастрофу вызвали румыны и итальянцы. Генерал-лейтенант Зикст фон Арним с крючковатым носом, угрюмо позванивая медалями, добавил:

– Не только Гарибальди со своей восьмой, но и русский холод, отсутствие продовольствия и боеприпасов.

Седой Шлеммер, командир танкового корпуса, с рыцарским железным крестом и с медалью за пятикратное ранение, перебив этот разговор, стал просить сохранить его чемодан. Тут уж заговорили все – и начальник санитарной службы, мягко улыбающийся генерал Ринальдо, и мрачный полковник Людвиг, командир танковой дивизии, с лицом, изуродованным сабельным ударом. Особенно волновался адъютант Паулюса, полковник Адамс, потерявший несессер, – он разводил руками, тряс головой, и уши его шапки из леопардовой шкуры тряслись, как у породистой собаки, вышедшей из воды.

Они очеловечились, но как-то по-плохому.

Водитель машины в нарядном белом полушубке негромко ответил на приказание Михайлова ехать помедленней:

– Слушаю, товарищ подполковник.

Ему хотелось рассказать товарищам-шоферам о Паулюсе, вернувшись домой после войны, похвастать: «Вот когда я вез фельдмаршала Паулюса…» Ему, кроме того, хотелось как-то по-особому вести машину, чтобы Паулюс подумал: «Вот он, советский водитель, видно механика первого класса».

Невероятным казалось фронтовому глазу тесное смешение русских и немцев. Команды веселых автоматчиков обыскивали подвалы, залезали в водопроводные колодцы, выгоняли немцев на морозную поверхность.

На пустырях, на улицах с помощью толчков, крика автоматчики переформировывали немецкое войско по-новому – соединяли солдат разных боевых специальностей в походные колонны.

Немцы, озираясь на руки, державшие оружие, шли, стараясь не спотыкаться. В их покорности был не только страх перед легкостью, с которой палец русского мог нажать на спусковой крючок автомата. Власть исходила от победителей, какая-то гипнотическая тоскливая страсть заставляла подчиняться им.

Машина с фельдмаршалом шла на юг, а навстречу ей двигались пленные. Мощная громкоговорительная установка ревела:

> Я уходил вчера в поход в
> далекие края,

Платком махнула у ворот моя
любимая…

Двое несут третьего, он обнял их за шеи бледными, грязными руками, и головы носильщиков сблизились, и между ними глядит мертвое лицо с горячими глазами.

Четыре солдата вытаскивают из бункера на одеяле раненого.

Синевато-черные кучи оружейной стали лежат на снегу. Словно стога обмолоченной стальной соломы.

Звучит салют – в могилу опускают убитого красноармейца, а тут же рядом лежат вповалку мертвые немцы, вытащенные из госпитального подвала. Идут в боярских белых и черных шапках румынские солдаты, гогочут, машут руками, смеются над живыми и мертвыми немцами.

Пленных гонят со стороны Питомника, от Царицы, из Дома специалистов. Они шагают особой походкой, которой ходят потерявшие свободу люди и животные. Легко раненные и обмороженные опираются на палки, на обгоревшие куски досок. Идут, идут. Кажется, одно синевато-серое лицо на всех, – одни глаза, одно на всех выражение страдания и тоски.

Удивительно! Сколько оказалось среди них маленьких, носатых, низколобых, со смешными заячьими ротиками, с воробьиными головками. Сколько черномазых арийцев, много прыщавых, в нарывах, в веснушках.

Это шли некрасивые, слабые люди, рожденные своими мамами и любимые ими. И словно исчезли те, не люди, нация, шагавшие с тяжелыми подбородками, с надменными ртами, белоголовые и светлолицые, с гранитной грудью.

Как чудно, братски похожа эта толпа рожденных мамами некрасивых людей на те печальные и горестные толпы несчастных, рожденных русскими матерями, которых немцы гнали хворостинами и палками в лагеря, на запад, осенью 1941 года. Изредка раздавался со стороны бункеров и подвалов хлопок пистолетного выстрела, и плывущая к скованной Волге толпа, вся, как один человек, понимала значение этих выстрелов.

Подполковник Михайлов поглядывал на сидевшего рядом фельдмаршала. Водитель заглядывал в зеркальце. Михайлов видел длинную, худую щеку Паулюса, водитель видел его лоб, глаза, сложенные для молчания губы.

Они проезжали мимо орудий с поднятыми к небу хоботами, мимо танков с крестами на лбу, мимо грузовых автомобилей с хлопающими на ветру брезентами, мимо бронетранспортеров и самоходных орудий.

Железное тело 6-й армии, ее мышцы вмерзли в землю. А мимо медленно двигались люди, и казалось, и они остановятся, застынут, вмерзнут в грунт.

Михайлов, и водитель, и автоматчик-конвоир ждали, что Паулюс заговорит, позовет, отвернется. Но он молчал, и нельзя было понять, куда смотрят его глаза, что приносят они в ту глубину, где сердце человека.

Боялся ли Паулюс, что его солдаты увидят его, или хотел, чтобы они видели его? Вдруг Паулюс спросил Михайлова:

– Sagen Sie bitte, was ist es, Machorka?[2]

И по этому неожиданному вопросу Михайлов не понял мыслей Паулюса. Фельдмаршал тревожился о том, чтобы кушать каждый день суп, спать в тепле, покурить.

49

Из подвала двухэтажного дома, где размещалось полевое управление гестапо, военнопленные немцы выносили трупы советских людей.

Несколько женщин, старики и мальчишки стояли, несмотря на холод, возле часового и наблюдали, как немцы укладывают на мерзлую землю трупы.

У большинства немцев было безразличное выражение, они тягуче шагали, покорно вдыхали трупный запах.

Лишь один из них, молодой человек в офицерской шинели, повязавший нос и рот грязным носовым платком, судорожно, по-лошадиному мотал головой, словно ее обжигали слепни. Глаза его выражали муку, которая сродни безумию.

Военнопленные ставили на землю носилки и, прежде чем начать снимать трупы, раздумывая, стояли над ними, – у некоторых тел отделились руки, ноги, и немцы соображали, к какому трупу принадлежит та или другая конечность, прикладывали ее к телу. Большинство мертвецов были

---

[2] Скажите, пожалуйста, что такое махорка? (нем.)

полураздеты, в белье, некоторые в брюках военного образца. Один был совершенно голый, с кричащим открытым ртом, с запавшим, соединившимся с позвоночником животом, с рыжеватыми волосами на половых частях, с тонкими и худыми ногами.

Невозможно было представить себе, что эти трупы, с прорубленными яминами ртов и глазниц, были недавно живыми людьми с именами, с местожительством, говорившими: «милая ты, славная, поцелуй, смотри, не забывай», мечтавшими о кружке пива, курившими цигарки.

Видимо, только офицер с повязанным ртом ощущал это.

Но именно он особо раздражал женщин, стоявших у входа в подвал, и они живо следили за ним и безразлично смотрели на остальных военнопленных, из которых двое были одеты в шинели со светлыми пятнами от споротых эсэсовских эмблем.

— А, отворачиваешься, — бормотала приземистая женщина, державшая за руку мальчишку, следя за офицером.

Немец в офицерской шинели ощутил на себе давление медленного, жадного взгляда, которым следила за ним русская женщина. Чувство ненависти, возникнув, искало и не могло не найти своего приложения, как не может не найти приложения электрическая сила, собранная в грозовой туче, остановившейся над лесом, слепо выбирающая ствол дерева для испепеляющего удара.

Напарником немца в офицерской шинели был маленький солдат с шеей, обмотанной вафельным полотенцем, с ногами, завернутыми в мешки, обвязанные телефонным проводом.

Такими недобрыми были взгляды людей, молча стоявших возле подвала, что немцы с облегчением шли в темный подвал и не спешили выходить из него, предпочитали тьму и зловоние наружному воздуху и дневному свету.

Когда немцы шли к подвалу с пустыми носилками, послышалась знакомая им матерная русская брань.

Пленные шли к подвалу, не ускоряя шага, животным инстинктом чувствуя, что стоит им сделать торопливое движение, и толпа кинется на них.

Немец в офицерской шинели вскрикнул, и часовой недовольно сказал:

— Пацан, зачем камень кидаешь, ты, что ли, будешь за фрица носить, если он свалится?

В подвале солдаты переговаривались:

– Достается пока одному обер-лейтенанту.

– Ты заметил бабу, все смотрит на него.

Из темноты подвала чей-то голос сказал:

– Обер-лейтенант, вы бы разок остались в подвале, начнут с вас, а кончат нами.

Офицер сонным голосом забормотал:

– Нет-нет, нельзя прятаться, это Страшный Суд, – и, обращаясь к своему напарнику, добавил: – Пошли, пошли, пошли.

В очередной выход из подвала офицер и его напарник шагали несколько быстрей обычного – груз был легче. На носилках лежал труп девушки-подростка. Мертвое тело съежилось, ссохлось, и только светлые растрепанные волосы сохранили молочную, пшеничную прелесть, рассыпались вокруг ужасного, черно-коричневого лица умерщвленной птицы. Толпа негромко ахнула.

Пронзительно взвыл голос приземистой женщины, и словно сверкнувший нож вспорол холодное пространство.

– Деточка! Деточка! Деточка ты моя золотая!

Этот крик по чужому ребенку потряс людей. Женщина стала расправлять еще сохранившие следы завивки волосы на голове трупа. Она всматривалась в лицо с кривым, окаменевшим ртом и видела, как только мать могла одновременно видеть, и эти ужасные черты, и то живое и милое лицо, которое улыбалось ей когда-то из пеленочки.

Женщина поднялась на ноги. Она шагнула к немцу, и все заметили это, – глаза ее смотрели на него и одновременно искали на земле кирпич, не намертво смерзшийся с другими кирпичами, такой, который могла бы отодрать ее большая, исковерканная страшным трудом, ледяной водой, кипятком и щелоком рука.

Неизбежность того, что произойдет, чувствовал часовой и не мог остановить женщину, потому что она была сильней, чем он и его автомат. Немцы не могли отвести от нее глаз, и дети жадно и нетерпеливо глядели на нее.

А женщина уже ничего не видела, кроме лица немца с повязанным ртом. Не понимая, что делается с ней, неся ту силу, которая подчиняла себе все вокруг, и сама подчиняясь этой силе, она нащупала в кармане своего ватника кусок подаренного ей накануне красноармейцем хлеба, протянула его немцу и сказала:

– На, получай, на, жри.

Потом она сама не могла понять, как это случилось, почему она так сделала. В тяжелые часы обиды, беспомощности, злобы, а всего этого было много в ее жизни, – подравшись с соседкой, обвинившей ее в краже пузырька с постным маслом, выгнанная из кабинета председателем райсовета, не желавшим слушать ее квартирных жалоб, переживая горе и обиду, когда сын, женившись, стал выживать ее из комнаты и когда беременная невестка обозвала ее старой курвой, – она сильно расстраивалась и не могла спать. Как-то, лежа ночью на койке, расстроенная и злая, она вспомнила про это зимнее утро, подумала: «Была я дура и есть дура».

50

В штаб танкового корпуса Новикова стали поступать тревожные сведения от командиров бригад. Разведка обнаружила новые, не участвовавшие в боях танковые и артиллерийские части немцев, видимо, противник выдвигал резервы из глубины.

Эти сведения беспокоили Новикова: передовые части двигались, не обеспечивая флангов, и, если бы противнику удалось перерезать немногочисленные зимние дороги, танки остались бы без поддержки пехоты, без горючего.

Новиков обсуждал положение с Гетмановым, он считал, что необходимо срочно подтянуть отставшие тылы и на короткое время задержать движение танков. Гетманову очень хотелось, чтобы корпус положил начало освобождению Украины. Они решили, что Новиков выедет в части – на месте проверит положение, а Гетманов подгонит отставшие тылы.

Новиков перед выездом в бригады позвонил заместителю командующего фронтом, доложил о положении. Он заранее знал ответ замкомандующего, который, конечно, не возьмет на себя ответственность: не остановит корпус и не предложит Новикову продолжать движение.

И действительно, замкомандующего велел срочно запросить данные о противнике во фронтовом разведывательном отделе, обещал доложить о разговоре с

Новиковым командующему.

После этого Новиков связался с соседом, командиром стрелкового корпуса Молоковым. Молоков был человек грубый, раздражительный и всегда подозревал соседей в том, что они дают о нем командующему фронтом неблагоприятную информацию. Они поругались и даже обменялись матюками, правда, не обращенными непосредственно к личностям, а к возрастающему разрыву между танками и пехотой. Новиков позвонил соседу слева, командиру артиллерийской дивизии.

Командир артиллерийской дивизии сказал, что без приказа фронта он дальше двигаться не будет.

Новиков понимал его соображения, – артиллерист не хотел ограничиваться вспомогательной ролью, обеспечивать бросок танков, сам желал осуществлять бросок.

Как только кончился разговор с артиллеристом, к Новикову вошел начальник штаба. Никогда Новиков не видел Неудобнова таким торопливым и встревоженным.

– Товарищ полковник, – сказал он, – мне звонил начальник штаба авиационной армии, они собираются перебазировать поддерживающие нас самолеты на левый фланг фронта.

– Это как же, обалдели они, что ли? – крикнул Новиков.

– Да очень просто, – сказал Неудобнов, – кое-кто не заинтересован, чтобы мы первыми вступили на Украину. Получить «Суворова» и «Богдана Хмельницкого» за это дело желающих много. Без авиационного прикрытия корпус придется остановить.

– Сейчас буду звонить командующему, – сказал Новиков.

Но с командующим его не соединили, – Еременко выехал в армию Толбухина. Заместитель командующего, которому снова позвонил Новиков, никакого решения принять не хотел. Он лишь удивился, почему Новиков не выехал в части.

Новиков сказал замкомандующему:

– Товарищ генерал-лейтенант, что же это, вот так, без согласования, лишить авиационного прикрытия корпус, вырвавшийся на запад дальше всех частей фронта?

Замкомандующего раздраженно сказал ему:

– Командование лучше видит, как использовать авиацию, не один ваш корпус участвует в наступлении.

Новиков грубо сказал:

– Что я танкистам скажу, когда их начнут долбать с воздуха? Чем я их прикрою – директивой фронта?

Замкомандующего не вскипел, а примирительно сказал:

– Езжайте в части, я доложу положение командующему.

Едва Новиков положил трубку, вошел Гетманов, – он был уже в шинели и папахе. Увидя Новикова, он сокрушенно развел руками.

– Петр Павлович, я думал, ты уже уехал.

Он мягко, ласково проговорил:

– Вот тылы отстали, а зам по тылу мне говорит, – не надо было под раненых и больных немцев машины давать, жечь дефицитный бензин.

Он лукаво поглядел на Новикова:

– И в самом деле, мы не секция Коминтерна, а танковый корпус.

– При чем тут Коминтерн? – спросил Новиков.

– Поезжайте, поезжайте, товарищ полковник, – с мольбой сказал Неудобнов, – дорога минута. Я тут обеспечу все возможное в переговорах со штабом фронта.

После ночного рассказа Даренского Новиков все вглядывался в лицо начальника штаба, следил за его движениями, голосом. «Неужели вот этой самой рукой?» – думал он, когда Неудобнов брал ложку, вилку с насаженным на нее соленым огурцом, телефонную трубку, красный карандаш, спички.

Но сейчас Новиков не смотрел на руку Неудобнова.

Никогда Новиков не видел Неудобнова таким ласковым, растревоженным, даже милым.

Неудобнов и Гетманов душу готовы были положить, чтобы корпус первым пересек границу Украины, чтобы бригады безостановочно продолжали двигаться на запад.

Они ради этого готовы были пойти на любой риск, но одним лишь не хотели рисковать – принять на себя ответственность в случае неудачи.

Новикова невольно захватила лихорадка, – и ему хотелось радировать во фронт, что передовые подразделения корпуса первыми пересекли границу Украины. Это событие не имело никакого военного значения, не причинило бы противнику особого ущерба. Но Новиков хотел этого, хотел ради военной славы, благодарности командующего, ордена, похвалы

Василевского, ради приказа Сталина, который прочтут по радио, ради генеральского звания и зависти соседей. Никогда подобные чувства и мысли не определяли его действий, но, может быть, потому именно сейчас они оказались так сильны.

В этом желании не было ничего дурного… Как и в Сталинграде, как и в 1941 году, беспощадны были морозы, по-прежнему усталость ломала солдатские кости, по-прежнему страшна была смерть. Но уже другим воздухом начинала дышать война.

И Новиков, не понимая этого, удивлялся тому, что впервые он так легко, с полуслова, понимал Гетманова и Неудобнова, не раздражался, не обижался, так естественно хотел того же, чего хотели они.

Ускоренное боевое движение его танков действительно привело бы к тому, что оккупантов на несколько часов раньше изгнали бы из десятков украинских деревень, и он бы радовался, видя взволнованные лица стариков и детей, и слезы выступали бы на его глазах, когда старая крестьянка обняла бы его и поцеловала, как сына. И в то же время зрели новые страсти, новое главное направление определялось в духовном движении войны, и то направление, что было главным в 1941 году и в боях на Сталинградском обрыве, сохраняясь и существуя, становилось незаметно вспомогательным.

Тайну перевоплощения войны первым понял человек, 3 июля 1941 года произнесший: «Братья и сестры, друзья мои…»

Странно, разделяя волнение Гетманова и Неудобнова, торопивших его, Новиков, сам не зная почему, оттягивал свой отъезд. Уже сидя в машине, он понял причину этого – он ждал Женю.

Больше трех недель не получал он писем от Евгении Николаевны. Возвращаясь из поездки в части, он поглядывал, не встречает ли его на штабном крыльце Женя. Она стала участницей его жизни. Она была с ним, когда он говорил с командирами бригад, и когда его вызывал на провод штаб фронта, и когда он в танке вырвался на переднюю линию и танк, как молодая лошадь, дрожал от немецких разрывов. Он рассказывал Гетманову о своем детстве, а казалось, что рассказывает он ей. Он думал: «Ох, и пахнет от меня винищем, Женя бы сразу унюхала». Иногда он думал, – вот бы она посмотрела. Он с тревогой задумывался, – а что она скажет, узнав, что я отдал под трибунал майора?

Он входил в землянку на передовой НП, и среди табачного дыма, голосов телефонистов, пальбы и бомбовых разрывов его вдруг обжигала мысль о ней...

Иногда его охватывала ревность к ее прежней жизни, и он становился мрачен. Иногда она снилась ему, и он просыпался и не мог уснуть.

То ему казалось, что любовь их будет до гроба, то накатывала тревога: он останется снова один.

Садясь в машину, он оглянулся на дорогу, ведущую к Волге. Дорога была пустынна. Потом он озлился, – пора было ей давно быть здесь. А может быть, она заболела? И он снова вспомнил, как собрался в тридцать девятом году стреляться, узнав, что она вышла замуж. Отчего он ее любит? Да ведь были у него бабы не хуже. То ли это счастье, то ли вроде болезни – безотступно думать о человеке. Хорошо, что он ни с кем не связался из штабных девушек. Приедет, а у него все чисто. Правда, был и с ним грех, недели три назад. Вот она по дороге остановится, заночует в той грешной избе, и молодая хозяйка разговорится с Женей, опишет его, скажет: «Славный этот полковник». Что за чушь в голову лезет, конца нет...

51

На следующий день, к полудню Новиков возвращался из поездки в части. От беспрерывной тряски по разбитой танковыми гусеницами дороге, от мерзлых ухабов у него болела поясница, спина, затылок, казалось, что танкисты заразили его изнеможением, бессонной многосуточной одурью.

Подъезжая к штабу, он вглядывался в людей, стоявших на крыльце. Он увидел: Евгения Николаевна стояла с Гетмановым и смотрела на подъезжавшую машину. Ожгло огнем, безумие ударило в голову, он задохнулся от почти равной страданию радости, рванулся, чтоб на ходу выпрыгнуть из машины.

А Вершков, сидевший на заднем сиденье, сказал:

– Комиссар со своей докторшей воздухом дышут, хорошо бы фото домой послать, то-то радость будет жене.

Новиков вошел в штаб, взял протянутое Гетмановым письмо, повертел, узнал почерк Евгении Николаевны, сунул письмо в карман.

— Ну вот, слушай, докладываю, – сказал он Гетманову.

— А письма не читаешь, разлюбил?

— Ладно, успею.

Вошел Неудобнов, и Новиков сказал:

— Все дело в людях. В танках во время боя засыпают. Валятся совсем. И командиры бригад в том числе. Карпов еще кое-как, а Белов разговаривал со мной и заснул, – пятые сутки на ходу. Механики-водители на ходу спят, от усталости есть перестали.

— А как ты, Петр Павлович, оцениваешь обстановку? – спросил Гетманов.

— Немец не активен. Ждать на нашем участке контрудара не приходится. У них тут пшик, пусто. Фреттер Пико. Фик.

Он говорил, а пальцы его ощупывали конверт. На мгновение он отпускал конверт и снова быстро прихватывал его, казалось, письмо уйдет из кармана.

— Ну вот, понятно, ясно, – сказал Гетманов, – теперь я тебе докладываю: мы тут с генералом до самого неба дотянулись. Говорил я с Никитой Сергеевичем, обещал авиацию с нашего участка не снимать.

— Он оперативное руководство не осуществляет, – сказал Новиков и стал расклеивать в кармане письмо.

— Ну, это как сказать, – проговорил Гетманов, – только что генерал получил подтверждение из штаба воздушной: авиация с нами остается.

— Тылы пройдут, – торопливо сказал Неудобнов, – дороги неплохие. Главное – это ваше решение, товарищ подполковник.

«В подполковники меня разжаловал, волнуется», – подумал Новиков.

— Да, панове, – сказал Гетманов, – сдается, что мы первыми начнем освобождать неньку Украину. Я сказал Никите Сергеевичу: танкисты осаждают командование, мечтают ребята называться Украинским корпусом.

Раздражаясь от фальшивых слов Гетманова, Новиков сказал:

— Мечтают они об одном: поспать. Пятые сутки, понимаете, не спят.

— Значит, решено, продолжаем движение, рвем вперед, Петр Павлович? – сказал Гетманов.

Новиков наполовину раскрыл конверт, просунул в него

два пальца, ощупал письмо, все заныло внутри от желания увидеть знакомый почерк.

— Я думаю такое принять решение, — сказал он, — дать людям десять часов отдохнуть, пусть хоть немножко силенки подберут.

— Ого, — сказал Неудобнов, — проспим мы за эти десять часов все на свете.

— Постой, постой, давай разберемся, — сказал Гетманов, и его щеки, уши, шея стали понемногу краснеть.

— Вот так, уже разобрался, — сказал, посмеиваясь, Новиков.

И вдруг Гетманов взорвался.

— Да мать их... дело какое — не выспались! — крикнул он. — Успеют выспаться! Черт их не возьмет. Из-за этого остановить всю махину на десять часов? Я против этого слюнтяйства, Петр Павлович! То ты задержал ввод корпуса в прорыв, то спать людей укладываешь! Это уж превращается в систему порочную! Я буду докладывать Военному совету фронта. Не яслями заведуешь!

— Постой, постой, — сказал Новиков, — ведь ты меня целовал за то, что я не ввел танки в прорыв, пока не подавил артиллерии противника. Ты напиши об этом в докладной.

— Я тебя за это целовал? — сказал пораженный Гетманов. — Да ты бредишь просто!

Неожиданно он произнес:

— Я тебе прямо скажу, меня как коммуниста тревожит, что ты, человек чистых пролетарских кровей, все время находишься под чуждым влиянием.

— Ах вот как, — с раскатом сказал Новиков, — ладно, понятно.

И, встав, расправив плечи, злобно сказал:

— Я корпусом командую. Как я сказал, так и будет. А доклады, повести и романы обо мне пишите, товарищ Гетманов, хоть самому Сталину.

Он вышел в соседнюю комнату.

Новиков отложил прочитанное письмо и засвистел, как, бывало, свистел мальчиком, когда, стоя под соседским окном, вызывал товарища гулять... Наверное, лет тридцать он не помнил об этом свисте и вдруг присвистнул...

Потом он с любопытством поглядел в окно: нет, светло, ночи не было. Потом он истерично, радостно проговорил: спасибо, спасибо, за все спасибо.

Потом ему показалось, что он сейчас упадет мертвым, но он не упал, прошелся по комнате. Потом он посмотрел на письмо, белевшее на столе, показалось – это пустой чехол, шкурка, из которой выползла злая гадючка, и он провел рукой по бокам, по груди. Он не нащупал ее, уже вползла, залезла, крапивила сердце огнем.

Потом он стоял у окна – шоферы смеялись в сторону связистки Маруси, шедшей в отхожее место. Механик-водитель штабного танка нес ведро от колодца, воробьи занимались своим воробьиным делом в соломе, лежавшей у входа в хозяйский коровник. Женя говорила ему, что ее любимая птица воробей... А он горел, как дом горит: рушились балки, проваливались потолки, падала посуда, опрокидывались шкафы, книги, подушки, как голуби, кувыркаясь, летели в искрах, в дыму... Что ж это: «Я всю жизнь буду тебе благодарна за все чистое, высокое, но что я могу сделать с собой, прошлая жизнь сильнее меня, ее нельзя убить, забыть... не обвиняй меня, не потому, что я не виновата, а потому, что ни я, ни ты не знаем, в чем моя вина... Прости меня, прости, я плачу над нами обоими».

Плачет! Бешенство охватило его. Сыпнотифозная вошь! Гадина! Бить ее по зубам, по глазам, проломить рукояткой револьвера сучью переносицу...

И с совершенно невыносимой внезапностью, тут же, вмиг, пришла беспомощность, – никто, никакая сила в мире не могут помочь, только Женя, но она-то, она-то и погубила.

И он, повернувшись лицом в ту сторону, откуда она должна была приехать к нему, говорил:

– Женечка, что ж это ты со мной делаешь? Женечка, ты слышишь, Женечка, посмотри ты на меня, посмотри, что со мной делается.

Он протянул к ней руки.

Потом он думал: для чего же, ведь столько безнадежных лет ждал, но раз уж решилась, ведь не девочка, если годы тянула, а потом решилась, – надо было понимать, ведь решилась...

А через несколько секунд он вновь искал себе спасение в

ненависти: «Конечно, конечно, не хотела, пока был зауряд-майором, болтался на сопках, в Никольске-Уссурийском, а решилась, когда пошел в начальство, в генеральши захотела, все вы, бабы, одинаковы». И тут же он видел нелепость этих мыслей, нет-нет, хорошо бы так. Ведь ушла, вернулась к человеку, который в лагерь, на Колыму пойдет, какая тут выгода… Русские женщины, стихи Некрасова; не любит меня, любит его… нет, не любит его, жалеет его, просто жалеет. А меня не жалеет? Да мне сейчас хуже, чем всем вместе взятым, что на Лубянке сидят и во всех лагерях, во всех госпиталях с оторванными ногами и руками, да я не задумаюсь, хоть сейчас в лагерь, тогда кого выберешь? Его! Одной породы, а я чужой, она так и звала меня: чужой, чужой. Конечно, хоть маршал, а все равно мужик, шахтер, неинтеллигентный человек, в ее хреновой живописи не понимаю… Он громко, с ненавистью спросил:

– Так зачем же, зачем же?

Он вынул из заднего кармана револьвер, взвесил на ладони.

– И не потому застрелюсь, что жить не могу, а чтобы ты всю жизнь мучилась, чтобы тебя, блядину, совесть заела.

Потом он спрятал револьвер.

– Забудет меня через неделю.

Самому надо забыть, не вспомнить, не оглянуться!

Он подошел к столу, стал перечитывать письмо: «Бедный мой, милый, хороший…» Ужасными были не жестокие слова, а ласковые, жалостливые, унижающие. От них делалось совершенно невыносимо, даже дышать невозможно становилось.

Он увидел ее груди, плечи, колени. Вот едет она к этому жалкому Крымову. «Ничего не могу с собой поделать». Едет в тесноте, в духоте, ее спрашивают. «К мужу», – говорит. И глаза кроткие, покорные, собачьи, грустные.

Из этого окна он смотрел, не едет ли к нему она. Плечи затряслись, он засопел, залаял, давясь, вдавливая в себя прущие наружу рыдания. Вспомнил, что велел привезти для нее из фронтового интендантства шоколадных конфет, шутя сказал Вершкову: «Голову оторву, если тронешь».

И снова бормотал:

– Видишь, миленькая моя, Женечка моя, что ты со мной

делаешь, да пожалей ты меня хоть трошечки.

Он быстро вытащил из-под койки чемодан, достал письма и фотографии Евгении Николаевны, и те, что возил с собой много лет, и ту фотографию, что она прислала ему в последнем письме, и ту, самую первую, маленькую, для паспорта, завернутую в целлофановую бумагу, и стал рвать их сильными, большими пальцами. Он раздирал в клочья написанные ею письма и в мелькании строчек, по отдельному кусочку фразы на бумажном клочке узнавал десятки раз читанные и перечитанные, сводившие с ума слова, смотрел, как исчезало лицо, гибли губы, глаза, шея на разодранных фотографиях. Он торопился, спешил. От этого становилось ему все легче, казалось, он враз вырвал, выдрал ее из себя, затаптывал ее целиком, освобождался от ведьмы.

Жил же он без нее. Осилит! Через год пройдет мимо нее, сердце не дрогнет. Ну вот, все! «Нужна ты мне, как пьянице пробка!» И едва он подумал это, как ощутил нелепость своей надежды. Из сердца ничего не вырвешь, сердце не бумажное, не чернилами в нем жизнь записана, не порвешь его в клочки, не выдерешь из себя долгих лет, впечатавшихся в мозг, душу.

Он сделал ее участницей своей работы, своей беды, мыслей, свидетельницей дней своей слабости, силы…

И порванные письма не исчезли, десятки раз читанные слова остались в памяти, и глаза ее по-прежнему смотрели на него с порванных фотографий.

Он открыл шкаф, налил до краев стакан водки, выпил, закурил папиросу, вновь прикурил, хотя папироса горела. Горе зашумело в голове, обожгло внутренности.

И он снова громко спросил:

– Женечка, маленькая, миленькая, что ты наделала, что ты наделала, как ты могла?

Потом он сунул клочья бумаги в чемодан, поставил в шкаф бутылку, подумал: «От водки чуток легче».

Вот скоро танки войдут в Донбасс, он приедет в родной поселок, найдет место, где похоронены старики; пусть отец погордится Петькой, пусть мать пожалеет своего горького сынка. Война кончится, он приедет к брату, будет жить в его семье, племянница скажет: «Дядя Петя, что ты молчишь?»

Вдруг ему вспомнилось детство, – живший у них мохнатый пес ходил на собачью свадьбу и вернулся искусанный, с вырванной шерстью, со сжеванным ухом, с отеком головы, от которого у него заплыл глаз и покривило губу, стоял у крыльца, печально опустив хвост, и отец, поглядев на него, добродушно спросил:

– Что, пошаферовал?

Да, пошаферовал…

В комнату вошел Вершков.

– Отдыхаете, товарищ полковник?

– Да, немного.

Он посмотрел на часы, подумал: «До семи часов завтрашнего дня приостановить движение. Шифровкой передать по радио».

– Я снова в бригады поеду, – сказал он Вершкову.

Быстрая езда немного отвлекла сердце. Шофер гнал «виллис» со скоростью восемьдесят километров в час, а дорога была совсем плохой, машину подбрасывало, швыряло, заносило.

Каждый раз водитель пугался, жалобно взглядом просил у Новикова разрешения снизить скорость.

Он вошел в штаб танковой бригады. Как все изменилось за короткие часы! Как изменился Макаров – словно несколько лет с ним не виделись.

Макаров, забыв об уставных правилах, недоуменно развел руками, сказал:

– Товарищ полковник, только что Гетманов передал приказ командующего фронтом: распоряжение о дневке отменить, продолжать наступление.

52

Через три недели танковый корпус Новикова был выведен во фронтовой резерв – корпусу предстояло пополнить личный состав, отремонтировать машины. Люди и машины устали, пройдя с боями четыреста километров.

Одновременно с приказом о выходе в резерв было получено распоряжение о вызове полковника Новикова в Москву, в Генштаб и в Главное управление высших командных кадров, и не совсем было ясно, вернется ли он в корпус.

На время его отсутствия командование временно было возложено на генерал-майора Неудобнова. За несколько дней до этого бригадный комиссар Гетманов был извещен о том, что Центральный Комитет партии решил в ближайшем будущем отозвать его из кадров – ему предстояло работать секретарем обкома в одной из освобожденных областей Донбасса; работе этой Центральный Комитет придавал особое значение.

Приказ о вызове Новикова в Москву вызвал толки в штабе фронта и в Управлении бронетанковых сил.

Одни говорили, что вызов этот ничего не означает и что Новиков, побыв недолгое время в Москве, вернется обратно и примет командование корпусом.

Вторые говорили, что дело связано с ошибочным распоряжением о десятичасовом отдыхе, отданным Новиковым в разгар наступления, и с заминкой, допущенной им при вводе корпуса в прорыв. Другие считали, что он не сработался с комиссаром корпуса и начальником штаба, имевшими большие заслуги.

Секретарь Военного совета фронта, человек информированный, сказал, что кое-кем Новикову вменялись в вину компрометирующие личные связи. Одно время секретарь Военного совета считал, что беды Новикова связаны с неладами, возникшими между ним и комиссаром корпуса. Но, видимо, это оказалось не так. Секретарь Военного совета своими глазами читал письмо Гетманова, написанное в самые высшие инстанции. В этом письме Гетманов возражал против отстранения Новикова от командования корпусом, писал, что Новиков замечательный командир, обладающий выдающимся военным дарованием, человек безупречный в политическом и моральном отношении.

Но особо удивительно, что в ночь получения приказа об отзыве в Москву Новиков впервые спокойно спал до утра, после многих мучительных бессонных ночей.

53

Казалось, грохочущий поезд нес Штрума, и странно человеку в поезде было думать и вспоминать о домашней тишине. Время стало плотным, наполнилось событиями, людьми, телефонными звонками. День, когда Шишаков приехал к Штруму домой, внимательный, любезный, с расспросами о здоровье, с шутливыми и дружескими объяснениями, предающими забвению все происшедшее, казалось, ушел в десятилетнюю давность.

Штрум думал, что люди, старавшиеся погубить его, будут стыдиться смотреть в его сторону, но они в день его прихода в институт радостно здоровались с ним, заглядывали ему в глаза взором, полным преданности и дружбы. Особенно удивительно было то, что эти люди были действительно искренни, они действительно желали теперь Штруму одного лишь добра.

Он теперь снова слышал много хороших слов о своей работе. Маленков вызвал его и, уставившись на него пристальными, умными черными глазами, проговорил с ним сорок минут. Штрума поразило, что Маленков был в курсе его работы и довольно свободно пользовался специальными терминами.

Штрума удивили слова, сказанные на прощанье Маленковым: «Мы будем огорчены, если в какой-либо мере помешаем вашей работе в области физической теории. Мы отлично понимаем – без теории нет практики».

Он совсем не ожидал услышать подобные слова.

Странно было на следующий день, после встречи с Маленковым, видеть беспокойный, спрашивающий взгляд Алексея Алексеевича и вспоминать чувство обиды и унижения, пережитое, когда Шишаков, устроив дома совещание, не позвал Штрума.

Снова был мил и сердечен Марков, острил и посмеивался Савостьянов. Гуревич пришел в лабораторию, обнял Штрума, сказал: «Как я рад, как я рад, вы Веньямин Счастливый».

А поезд все нес его.

Штрума запросили, не находит ли он нужным создать на базе своей лаборатории самостоятельное исследовательское учреждение. Он на специальном самолете летал на Урал, вместе с ним летел заместитель наркома. За ним закрепили автомашину, и Людмила Николаевна ездила в лимитный магазин на машине, подвозила тех самых женщин, которые старались ее не узнавать несколько недель назад.

Все то, что казалось раньше сложным, запутанным, совершалось легко, само собой.

Молодой Ландесман был растроган: Ковченко позвонил ему домой по телефону, Дубенков в течение часа оформил его поступление в лабораторию Штрума.

Анна Наумовна Вайспапир, приехав из Казани, рассказала Штруму, что ее вызов и пропуск были оформлены в течение двух дней, а в Москве Ковченко прислал за ней машину на вокзал. Анну Степановну Дубенков письменно известил о восстановлении на работе и о том, что вынужденный прогул, по договоренности с заместителем директора, ей оплатят полностью.

Новых работников беспрерывно кормили. Они, смеясь, говорили, что вся их работа сводится к тому, что их с утра до вечера возят по «закрытым» столовым и кормят. Но их работа, конечно, была не только в этом.

Установка, смонтированная в лаборатории Штрума, уже не казалась ему такой совершенной, он думал, что через год она будет вызывать улыбку, как стеффенсоновский паровозик.

Все, что происходило в жизни Штрума, казалось естественным и в то же время казалось совершенно противоестественно. В самом деле – работа Штрума действительно была значительна и интересна, – почему бы не похвалить ее? И Ландесман был талантливым ученым, – почему бы ему не работать в институте? И Анна Наумовна была незаменимым человеком, зачем же ей было торчать в Казани?

И в то же время Штрум понимал, что не будь сталинского телефонного звонка, никто бы в институте не хвалил выдающиеся труды Виктора Павловича и Ландесман со всеми своими талантами болтался бы без дела.

Но ведь звонок Сталина не был случайностью, не был прихотью, капризом. Ведь Сталин это государство, а у государства не бывает прихотей и капризов.

Штруму казалось, что организационные дела – прием новых сотрудников, планы, размещение заказов на аппаратуру, совещания – займут все его время. Но автомобили катили быстро, заседания были короткими, и на них никто не опаздывал, его пожелания реализовывались легко, и самые ценные утренние часы Штрум постоянно проводил в лаборатории. В эти самые важные рабочие часы он был свободен. Никто не стеснял его, он думал о том, что интересовало его. Его наука оставалась его наукой. Это совсем не походило на то, что произошло с художником в гоголевской повести «Портрет».

На его научные интересы никто не покушался, а он опасался этого больше всего. «Я действительно свободен», — удивлялся он.

Виктор Павлович как-то вспомнил казанские рассуждения инженера Артелева об обеспеченности военных заводов сырьем, энергией, станками, о том, что там отсутствует волокита...

«Ясно, — подумал Виктор Павлович, — в стиле „ковер-самолет", в отсутствии бюрократизма как раз и проявляется бюрократизм. То, что служит главным целям государства, мчится экспрессом, сила бюрократизма имеет в себе две противоположности, — она способна остановить любое движение, но она же может придать движению невиданное ускорение, хоть вылетай за пределы земного тяготения».

Но о вечерних разговорах в маленькой казанской комнатке он теперь вспоминал нечасто, равнодушно, и Мадьяров не казался ему таким замечательным, умным человеком. Теперь его не тревожила неотступно мысль о судьбе Мадьярова, не вспоминался так часто и упорно страх Каримова перед Мадьяровым, страх Мадьярова перед Каримовым.

Все происходившее невольно стало казаться естественным и законным. Правилом стала жизнь, которой жил Штрум. Штрум стал привыкать к ней. Исключением стала казаться жизнь, которая была раньше, и Штрум стал отвыкать от нее. Так ли уж верны были рассуждения Артелева?

Раньше, едва входя в отдел кадров, он раздражался, нервничал, ощущая на себе взгляд Дубенкова. Но Дубенков оказался услужливым и добродушным человеком.

Он звонил Штруму по телефону и говорил:

— Беспокоит Дубенков. Я не помешал, Виктор Павлович?

Ковченко представлялся ему вероломным и зловещим интриганом, способным погубить всякого, кто станет на его пути, демагогом, равнодушным к живой сути работы, пришедшим из мира таинственных, неписаных инструкций. Но оказалось, Ковченко обладал и совершенно иными чертами. Он заходил ежедневно в лабораторию Штрума, вел себя запросто, шутил с Анной Наумовной и оказался заправским демократом, — здоровался со всеми за руку, беседовал со слесарями, механиками, он сам в молодости работал токарем в цехе.

Шишакова Штрум не любил много лет. Он приехал обедать к Алексею Алексеевичу, и тот оказался хлебосолом и гастрономом, острословом, анекдотистом, любителем хорошего коньяка и коллекционером гравюр. А главное – он оказался поклонником теории Штрума.

«Я победил», – думал Штрум. Но он понимал, конечно, что одержал не высшую победу, что люди, с которыми он имел дело, изменили свое отношение к нему, стали помогать, а не мешать ему вовсе не потому, что он очаровал их силой ума, таланта либо еще какой-то там своей силой.

И все же он радовался. Он победил!

Почти каждый вечер по радио передавались сообщения «В последний час». Наступление советских войск все ширилось. И Виктору Павловичу казалось теперь так просто и легко связать закономерность своей жизни с закономерным ходом войны, с победой народа, армии, государства.

Но он понимал, что не так уж все просто, посмеивался над своим собственным желанием увидеть лишь одно азбучно простое: «И тут Сталин, и там Сталин. Да здравствует Сталин».

Администраторы и партийные деятели, казалось ему, и в кругу семьи говорят о чистоте кадров, подписывают красным карандашом бумаги, читают женам вслух «Краткий курс» истории партии, а во сне видят временные правила и обязательные инструкции.

Неожиданно эти люди открылись Штруму с другой, человеческой стороны.

Секретарь парткома Рамсков оказался рыболовом, – до войны он с женой и сыновьями путешествовал в лодке по уральским рекам.

– Эх, Виктор Павлович, – сказал он, – есть ли что-нибудь лучше в жизни: выйдешь на рассвете, роса блестит, песочек на берегу холодный, разматываешь удочки, и вода, темная еще, замкнутая, что-то она тебе сулит… Вот война кончится, я вас втяну в рыболовное братство…

Ковченко как-то разговаривал со Штрумом о детских болезнях. Штрум удивился его познаниям в способах лечения рахита, ангины. Оказалось, что у Касьяна Терентьевича, кроме двух родных детей, живет усыновленный мальчик-испанец. Маленький испанец часто болел, и Касьян Терентьевич сам занимался его лечением.

И даже сухой Свечин рассказывал Штруму о своей коллекции кактусов, которую ему удалось спасти в холодную зиму 1941 года.

«А, ей-Богу, не такие уж плохие люди, – думал Штрум. – В каждом человеке есть человеческое».

Конечно, Штрум в глубине души понимал, что все эти изменения, в общем-то, ничего не меняют. Он не был дураком, он не был циником, он умел думать.

В эти дни ему вспомнился рассказ Крымова о своем старом товарище, старшем следователе военной прокуратуры, Багрянове. Багрянов был арестован в 1937 году, а в 1939 году, в короткую пору бериевского либерализма, выпущен из лагеря и возвращен в Москву.

Крымов рассказывал, как Багрянов пришел к нему ночью прямо с вокзала в рваной рубахе и в рваных брюках, с лагерной справкой в кармане.

В эту первую ночь он произносил свободолюбивые речи, сострадал всем лагерникам, собирался стать пчеловодом и садовником.

Но постепенно, по мере возвращения к прежней жизни, его речи менялись.

Крымов со смехом рассказывал, как постепенно, по ступеням, менялась идеология Багрянова. Ему вернули военные штаны и китель, и этой фазе соответствовали все еще либеральные взгляды. Но все же он уж не обличал, подобно Дантону, зло.

Но вот ему взамен лагерной справки выдали московский паспорт. И сразу же в нем ощутилось желание стать на гегелевские позиции: «Все действительное разумно». Потом ему вернули квартиру, и он заговорил по-новому, сказал, что в лагерях немало осужденных за дело врагов советского государства. Потом ему вернули ордена. Потом его восстановили в партии и восстановили его партийный стаж.

Как раз в эту пору у Крымова начались партийные неприятности. Багрянов перестал звонить ему по телефону. Однажды Крымов встретился с ним, – Багрянов с двумя ромбами на вороте гимнастерки выходил из машины, остановившейся у подъезда союзной прокуратуры. Это было через восемь месяцев после того, как человек в рваной сорочке, с лагерной справкой в кармане, ночью, сидя у Крымова, произносил речи о невинно осужденных и о слепом насилии.

– А я-то думал, послушав его в ту ночь, что он навсегда потерян для прокуратуры, – с недоброй усмешкой говорил Крымов.

Конечно, Виктор Павлович не напрасно вспомнил эту историю и рассказал ее Наде и Людмиле Николаевне.

Ничто не изменилось в его отношении к людям, погибшим в 1937 году. Он по-прежнему ужасался жестокости Сталина.

Жизнь людей не меняется от того, стал ли некто Штрум пасынком удачи или баловнем ее, люди, погибшие в пору коллективизации, расстрелянные в 1937 году, не воскреснут от того, дадут ли некоему Штруму ордена и лауреатскую медаль или не дадут, приглашают ли его к Маленкову или не включают в список приглашенных пить чай у Шишакова.

Все это Виктор Павлович отлично помнил и понимал. И все же что-то новое появилось в этой памяти и понимании. То ли не было в нем прежнего смятения, прежней тоски по свободе слова и печати, то ли не жгли теперь с прежней силой душу мысли о невинно загубленных людях. Может быть, это было связано с тем, что он теперь не испытывал постоянного острого утреннего, вечернего, ночного страха?

Виктор Павлович понимал, что Ковченко, и Дубенков, и Свечин, и Прасолов, и Шишаков, и Гуревич, и еще многие не стали лучше оттого, что изменили свое отношение к нему. Гавронов, продолжавший с фанатической упорностью охаивать Штрума и его работу, был честен.

Штрум так и сказал Наде:

– Понимаешь, мне кажется, что во вред себе отстаивать свои черносотенные убеждения все же лучше, чем из карьеристских соображений защищать Герцена и Добролюбова.

Он гордился перед дочерью тем, что контролирует себя, следит за своими мыслями. С ним не случится то, что случилось со многими: успех не повлияет на его взгляды, на его привязанности, на выбор друзей... Напрасно Надя его заподозрила когда-то в подобном грехе.

Старый стреляный воробей. Все менялось в его жизни, но он-то не менялся. Он не менял заношенного костюма, мятых галстуков, туфель со стоптанными каблуками. Он ходил по-прежнему нестриженый, со спутанными волосами, он по-прежнему на самые ответственные заседания приходил небритым.

Он по-прежнему любил беседовать с дворниками и лифтерами. Он по-прежнему свысока, презрительно относился к человеческим слабостям, осуждал робость многих людей. Его утехой была мысль: «Вот я-то не сдался, не пошел на поклон, выстоял, не покаялся. Ко мне пришли».

Часто говорил он жене: «Сколько ничтожеств вокруг! Как люди боятся защищать свое право быть честными, как легко уступают, сколько соглашательства, сколько жалких поступков».

Он даже о Чепыжине как-то подумал с осуждением: «В его чрезмерном увлечении туризмом да альпинизмом бессознательный страх перед сложностью жизни, а в его уходе из института – сознательный страх перед главным вопросом нашей жизни».

Конечно, что-то все же менялось в нем, он чувствовал это, но он не мог понять, что же именно.

54

Вернувшись на работу, Штрум не застал в лаборатории Соколова. За два дня до прихода Штрума в институт Петр Лаврентьевич заболел воспалением легких.

Штрум узнал, что перед своей болезнью Соколов договорился с Шишаковым о новой работе. Соколова утвердили заведующим вновь организуемой лаборатории. Вообще дела Петра Лаврентьевича шли в гору.

Даже всеведущий Марков не знал истинных причин, заставивших Соколова просить дирекцию о переводе из лаборатории Штрума.

Узнав об уходе Соколова, Виктор Павлович не почувствовал горечи и сожаления, – мысль о встрече с ним, о совместной работе была тяжела.

Чего только не прочел бы Соколов в глазах Виктора Павловича. Конечно, он не имел права думать о жене своего друга так, как думал о ней. Он не имел права тосковать о ней. Он не имел права тайно встречаться с ней.

Расскажи ему кто-либо подобную историю, он был бы

возмущен. Обманывать жену! Обманывать друга! Но он тосковал по ней, мечтал о встречах с ней.

У Людмилы отношения с Марьей Ивановной восстановились. Они имели долгое телефонное объяснение, потом встретились, плакали, каясь одна перед другой в дурных мыслях, подозрениях, неверии в дружбу.

Боже, как сложна и запутанна жизнь! Марья Ивановна, правдивая и чистая Марья Ивановна, не была искренна с Людмилой, покривила душой! Но ведь сделала она это ради своей любви к нему.

Теперь Штрум редко видел Марью Ивановну. Почти все, что он узнавал о ней, шло от Людмилы.

Он узнал, что Соколова выдвигают на Сталинскую премию за работы, опубликованные до войны. Он узнал, что Соколов получил восторженное письмо от молодых английских физиков. Он узнал, что Соколов на ближайших выборах в Академии будет баллотироваться в члены-корреспонденты. Обо всем этом Марья Ивановна рассказала Людмиле. Сам он при коротких встречах с Марьей Ивановной теперь не говорил о Петре Лаврентьевиче.

Деловые волнения, заседания, поездки не могли заглушить его постоянной тоски, ему все время хотелось ее видеть.

Людмила Николаевна несколько раз говорила ему: «Не могу я понять, почему Соколов так восстановлен против тебя. И Маша мне ничего не может толком объяснить».

Объяснение имелось простое, но, конечно, Марья Ивановна ничего толком не могла объяснить Людмиле. Достаточно, что она рассказала мужу о своем чувстве к Штруму.

Это признание навсегда погубило отношения Штрума и Соколова. Она обещала мужу не видеться больше со Штрумом. Скажи Марья Ивановна хоть слово Людмиле, и он подолгу ничего не будет знать о ней, – где она, что с ней. Ведь они виделись так редко! И ведь встречи их были так коротки! Во время этих встреч они мало разговаривали, ходили по улице, взявшись за руки, либо сидели в скверике на скамейке и молчали.

В пору его горестей и несчастий она с совершенно необычайной чуткостью понимала все, что он переживает. Она угадывала его мысли, она угадывала его поступки, казалось, что она даже заранее знала все, что произойдет с ним. Чем тяжелей на душе было ему, тем мучительней и сильней становилось желание видеть ее. Ему казалось, что в этом полном, совершенном понимании и есть его нынешнее счастье. Казалось, будь эта женщина рядом с ним, он бы легко перенес все свои страдания. Он был бы с ней счастлив.

Как-то они разговаривали ночью в Казани, в Москве прошли вдвоем по Нескучному саду, однажды посидели несколько минут на скамейке в скверике на Калужской, вот, собственно, и все. Это было прежде. Да вот еще то, что сейчас: несколько раз они говорили по телефону, несколько раз виделись на улице, и об этих коротких свиданиях он не говорил Людмиле.

Но он понимал, что его грех и ее грех не мерился минутами, которые они тайно просидели на скамейке. Грех был немалый: он любил ее. Почему такое огромное место в его жизни заняла она?

Каждое его слово, сказанное жене, было полуправдой. Каждое движение, каждый взгляд, помимо его воли, нес в себе ложь.

Он с деланным безразличием спрашивал у Людмилы Николаевны: «Ну как, звонила тебе твоя подружка, что она, как здоровье Петра Лаврентьевича?»

Он радовался успехам Соколова. Но радовался он не от хорошего чувства к Соколову. Ему почему-то казалось, что успехи Соколова дают право Марье Ивановне не испытывать угрызений.

Невыносимо было узнавать о Соколове и Марье Ивановне от Людмилы. Это было унизительно для Людмилы, для Марьи Ивановны, для него.

Но ложь смешивалась с правдой и тогда, когда он говорил с Людмилой о Толе, о Наде, об Александре Владимировне, ложь была во всем. Почему, отчего? Ведь его чувство к Марье Ивановне было действительной правдой его души, его мыслей, его желаний. Почему же эта правда порождала столько лжи? Он знал, что, отрекшись от своего чувства, он освободил бы от лжи и Людмилу, и Марью Ивановну, и себя. Но в те минуты, когда ему казалось, что надо отказаться от любви, на которую он не имел права, лукавое чувство, пугаясь страдания, заморочивая мысль, отговаривало его: «Ведь не так уж страшна эта ложь, никому нет вреда от нее. Страдания страшнее, чем ложь».

Когда минутами ему казалось, он найдет в себе силу и жестокость порвать с Людмилой, разрушить жизнь Соколова, его чувство подталкивало его, обманывало мысль прямо противоположным способом: «Ложь ведь хуже всего, лучше пойти на разрыв с Людмилой, лишь бы не лгать ей, не заставлять лгать Марью Ивановну. Ложь ужасней страданий!»

Он не замечал, что мысль его стала покорной служанкой его чувства, чувство водило за собой мысль и что из этого кругового верчения был один лишь выход – рубить по живому, жертвовать собой, а не другими.

Чем больше он думал обо всем этом, тем меньше он во всем этом разбирался. Как понять это, как распутать – его любовь к Марье Ивановне была правдой его жизни и ложью его жизни! Вот был у него летом роман с красивой Ниной, это не был гимназический роман. С Ниной они не только гуляли в скверике. Но ощущение измены, семейной беды, вины перед Людмилой пришло к нему теперь.

Он тратил очень много душевных сил, мыслей, волнений на эти дела, вероятно, Планк затратил не меньше сил на создание квантовой теории.

Одно время он считал, что эта любовь рождена лишь его горестями, бедами… Не будь их, он не испытывал бы такого чувства…

Но жизнь подняла его, а желание видеть Марью Ивановну не ослаблялось.

Она была особой натурой, – не богатство, не слава, не сила привлекали ее. Ведь ей хотелось делить с ним беду, горе, лишения… И он тревожился: вдруг она отвернется от него теперь?

Он понимал, что Марья Ивановна боготворила Петра Лаврентьевича. Вот это-то и сводило его с ума.

Наверное, Женя была права. Вот эта вторая любовь, приходящая после долгих лет женатой жизни, она действительно есть следствие душевного авитаминоза. Вот так корову тянет лизать соль, которую она годами ищет и не находит в траве, в сене, в листьях деревьев. Этот голод души развивается постепенно, он достигает огромной силы. Вот так оно было, вот так оно есть. О, он-то знал свой душевный голод... Марья Ивановна разительно не похожа на Людмилу...

Были ли мысли его верны, были ли они ложны? Штрум не замечал того, что не разум рождал их, их правильность, их ложность не определяли его поступков. Разум не был его хозяином. Он страдал, не видя Марьи Ивановны, был счастлив при мысли, что увидит ее. Когда же он представлял себе, что они будут всегда неразлучно вместе, он становился счастлив.

Почему он не испытывал угрызений совести, думая о Соколове? Почему не становилось ему стыдно?

Правда, чего стыдиться? Ведь только и было, что прошли по Нескучному саду да посидели на скамейке.

Ах, да при чем тут сидение на скамейке! Он готов порвать с Людмилой, он готов сказать своему другу, что любит его жену, что хочет забрать ее у него.

Он вспоминал все плохое, что было в его жизни с Людмилой. Он вспоминал, как нехорошо относилась Людмила к его матери. Он вспомнил, как Людмила не пустила ночевать его двоюродного брата, вернувшегося из лагеря. Он вспоминал ее черствость, ее грубость, упрямство, жестокость.

Воспоминания о плохом ожесточали его. А ожесточиться нужно было, чтобы свершить жестокость. Но ведь Людмила прожила жизнь с ним, разделила с ним все тяжелое, трудное. Ведь у Людмилы седеют волосы. Сколько горя легло на нее. Только ли плохое в ней? Ведь сколько лет он гордился ею, радовался ее прямоте, правдивости. Да-да, он готовился совершить жестокость.

Утром, собираясь на работу, Виктор Павлович вспомнил недавний приезд Евгении Николаевны и подумал:

«Все же хорошо, что Женевьева уехала в Куйбышев».

Ему стало стыдно от этой мысли, и именно в этот момент Людмила Николаевна сказала:

— Ко всем нашим сидящим добавился еще Николай. Хорошо еще, что Жени сейчас нет в Москве.

Он хотел ее упрекнуть за эти слова, но спохватился, промолчал, — уж очень фальшив был бы его упрек.

— Чепыжин тебе звонил, — сказала Людмила Николаевна.

Он посмотрел на часы.

— Вечером вернусь пораньше и позвоню ему. Между прочим, вероятно, я опять полечу на Урал.

– Надолго?

– Нет. Дня на три.

Он спешил, впереди был большой день.

Работа была большая, дела большие, государственные дела, а собственные мысли, словно в голове действовал закон обратной пропорциональности, были маленькие, жалкие, мелкие.

Женя, уезжая, просила сестру сходить на Кузнецкий мост, передать Крымову 200 рублей.

– Людмила, – сказал он, – надо передать деньги, о которых просила Женя, ты, кажется, срок пропустила.

Он сказал это не потому, что тревожился о Крымове и о Жене. Он сказал это, подумав, что небрежность Людмилы может ускорить Женин приезд в Москву. Женя, находясь в Москве, начнет писать заявления, письма, звонить по телефону, превратит квартиру Штрума в базу для тюремно-прокурорских хлопот.

Штрум понимал, что мысли эти не только мелкие и жалкие, но и подлые. Стыдясь их, он торопливо сказал:

– Напиши Жене. Пригласи ее от своего и моего имени. Может быть, ей нужно быть в Москве, а ехать без приглашения неловко. Слышишь, Люда? Немедленно напиши ей!

После таких слов ему стало хорошо, но он опять знал, – говорил он все это для самоуспокоения… Странно все же. Сидел в своей комнате, выгнанный отовсюду, и боялся управдома и девицы из карточного бюро, а голова была занята мыслями о жизни, о правде, о свободе, о Боге… И никому он не был нужен, и телефон молчал неделями, и знакомые предпочитали не здороваться с ним, встречаясь на улице. А теперь, когда десятки людей ждут его, звонят ему, пишут ему, когда ЗИС-101 деликатно сигналит под окном, – он не может освободиться от пустых, как подсолнечная шелуха, мыслей, жалкой досады, ничтожных опасений. То не так сказал, то неосторожно усмехнулся, какие-то микроскопические житейские соображения сопутствуют ему.

Одно время после сталинского телефонного звонка ему казалось, что страх полностью ушел из его жизни. Но оказалось, страх все же продолжался, он только стал иным, не плебейским, а барским, – страх ездил в машине, звонил по кремлевской вертушке, но он остался.

То, что казалось невозможным, – завистливое, спортивное отношение к чужим научным решениям и достижениям, стало естественно. Он тревожился, не обскачут, не обштопают ли?

Ему не очень хотелось говорить с Чепыжиным, казалось, что не хватит сил для долгого, трудного разговора. Они все же слишком просто представляли себе зависимость науки от государства. Ведь он действительно свободен. Его теоретические построения теперь никому не кажутся талмудической бессмыслицей. Никто теперь не покушается на них. Государству нужна физическая теория. Теперь это ясно и Шишакову, и Бадьину. Для того, чтобы Марков проявил свою силу в эксперименте, Кочкуров в практике, нужны халдеи-теоретики. Все вдруг поняли это после сталинского звонка. Как объяснить Дмитрию Петровичу, что звонок этот принес Штруму свободу в работе? Но почему он стал нетерпим к недостаткам Людмилы Николаевны? Но почему он так добродушен к Алексею Алексеевичу?

Очень приятен стал ему Марков. Личные дела начальства, тайные и полутайные обстоятельства, невинные хитрости и нешуточное коварство, обиды и уязвления, связанные с приглашениями и отсутствием приглашений на президиумы, попадание в какие-то особые списки и роковые слова: «Вас в списке нет», – все это стало ему интересно, действительно занимало его.

Он, пожалуй, предпочел бы сейчас провести свободный вечер в болтовне с Марковым, нежели рассуждать с Мадьяровым на казанских ассамблеях. Марков удивительно точно подмечал все смешное в людях, беззлобно и в то же время ядовито осмеивал человеческие слабости. Он обладал изящным умом, да к тому же Марков был первоклассным ученым. Быть может, самый талантливый физик-экспериментатор в стране.

Штрум уже надел пальто, когда Людмила Николаевна сказала:

– Марья Ивановна вчера звонила.

Он быстро спросил:

– Что же?

Видимо, лицо его изменилось.

– Что с тобой? – спросила Людмила Николаевна.

– Ничего, ничего, – сказал он и из коридора вернулся в

комнату.

– Собственно, я не совсем поняла, какая-то неприятная история. Им звонил, кажется, Ковченко. В общем, она, как всегда, волнуется за тебя, боится, что ты навредишь себе опять.

– В чем же? – нетерпеливо спросил он. – Я не понял.

– Да вот, говорю, и я не поняла. Ей, видимо, было неудобно по телефону.

– Ну, повтори еще раз, – сказал он и, раскрыв пальто, сел на стул возле двери.

Людмила смотрела на него, покачивая головой. Ему показалось, что глаза ее укоризненно и печально смотрят на него.

А она, подтверждая эту его догадку, сказала:

– Вот, Витя, позвонить утром Чепыжину у тебя нет времени, а слушать про Машеньку ты всегда готов… даже вернулся, а уже опоздал.

Он как-то криво, снизу поглядел на нее, сказал:

– Да, я опоздал.

Он подошел к жене, поднес ее руку к губам.

Она погладила его по затылку, слегка потрепала волосы.

– Вот видишь, как стало важно и интересно с Машенькой, – тихо сказала Людмила и жалко улыбнулась, добавила: – С той самой, которая не может отличить Бальзака от Флобера.

Он посмотрел: ее глаза стали влажными, ее губы, ему показалось, дрожали. Он беспомощно развел руками, в дверях оглянулся.

Выражение ее лица поразило его. Он спускался по лестнице и думал, что, если расстанется с Людмилой и никогда не встретится с ней, это выражение ее лица – беспомощное, трогательное, измученное, стыдящееся за него и за себя, – никогда, до последнего дня жизни не уйдет из его памяти. Он понимал, что в эти минуты произошло очень важное: жена дала понять ему, что видит его любовь к Марье Ивановне, а он подтвердил это…

Он знал лишь одно. Он видел Машу, и он был счастлив, если же он думал, что не увидит ее больше, – ему нечем было дышать.

Когда машина Штрума подходила к институту, с ней поравнялся ЗИС Шишакова, и оба автомобиля почти одновременно остановились у подъезда.

Они шли рядом по коридору так же, как недавно шли рядом их ЗИСы. Алексей Алексеевич взял Штрума под руку, спросил:

– Значит, летите?

Штрум ответил:

– Видимо, да.

– Скоро мы с вами и вовсе расстанемся. Будете как некий равный государь, – шутливо сказал Алексей Алексеевич.

Штрум вдруг подумал: «Что он скажет, если я спрошу, а случалось ли вам влюбляться в чужую жену?»

– Виктор Павлович, – сказал Шишаков, – удобно ли вам зайти ко мне часика в два?

– К двум я буду свободен, с удовольствием.

Ему плохо работалось в этот день.

В лабораторном зале Марков, без пиджака, с засученными рукавами, подошел к Штруму, оживленно сказал:

– Если разрешите, Виктор Павлович, я несколько попозже зайду к вам. Есть интересный разговор, каляк.

– В два я должен быть у Шишакова, – сказал Штрум. – Давайте попозже. Мне тоже хочется вам кое-что рассказать.

– К двум к Алексею Алексеевичу? – переспросил Марков и на мгновенье задумался. – Кажется, догадываюсь, о чем будут вас просить.

55

Шишаков, увидев Штрума, сказал:

– А я уж собирался вам позвонить, напомнить о встрече.

Штрум посмотрел на часы.

– По-моему, я не опоздал.

Алексей Алексеевич стоял перед ним, огромный, закованный в серый нарядный костюм, с массивной серебряной головой. Но Штруму глаза Алексея Алексеевича теперь не казались холодными и надменными, это были глаза мальчика, начитавшегося Дюма и Майн Рида.

– У меня к вам сегодня особое дело, дорогой Виктор Павлович, – сказал, улыбаясь, Алексей Алексеевич и, взяв Штрума под руку, повел его к креслу. – Дело серьезное, не очень приятное.

– Что ж, не привыкать стать, – сказал Штрум и скучающе оглядел кабинет огромного академика. – Давайте займемся делом.

– Так вот, – сказал Шишаков, – за границей, главным образом в Англии, поднята подлая кампания. Мы несем на себе главную тяжесть войны, а английские ученые, вместо того чтобы требовать скорейшего открытия второго фронта, открыли более чем странную кампанию, разжигают враждебные настроения к нашему государству.

Он посмотрел Штруму в глаза, Виктор Павлович знал этот открытый, честный взгляд, каким смотрят люди, совершая плохие дела.

– Да-да-да, – сказал Штрум, – в чем же, однако, эта кампания?

– Кампания клеветническая, – сказал Шишаков. – Опубликован список якобы расстрелянных у нас ученых и писателей, говорится о каких-то фантастических количествах репрессированных за политические преступления. С непонятной, я бы даже сказал, подозрительной горячностью они опровергают установленные следствием и судом преступления врачей Плетнева и Левина, убивших Алексея Максимовича Горького. Все это публикуется в газете, близкой к правительственным кругам.

– Да-да-да, – трижды сказал Штрум, – что же еще?

– В основном вот это. Пишут о генетике Четверикове, создали комитет его защиты.

– Дорогой Алексей Алексеевич, – сказал Штрум, – но ведь Четвериков действительно арестован.

Шишаков пожал плечами.

– Как известно, Виктор Павлович, я не имею отношения к работе органов безопасности. Но если он действительно арестован, то, очевидно, за совершенные им преступления. Нас с вами ведь не арестовывают.

В это время в кабинет вошли Бадьин и Ковченко. Штрум понял, что Шишаков ожидал их, заранее, видимо, договорился с ними. Алексей Алексеевич даже не стал объяснять вновь пришедшим, о чем шел разговор, сказал:

– Прошу, прошу, товарищи, садитесь, – и продолжал, обращаясь к Штруму: – Виктор Павлович, сие безобразие перекочевало в Америку и было опубликовано на страницах

«Нью-Йорк таймс'а», естественно, вызвав чувство возмущения среди советской интеллигенции.

– Конечно, иначе и быть не могло, – сказал Ковченко, глядя Штруму в глаза пронзительно ласковым взглядом.

И взгляд его карих глаз был так дружествен, что Виктор Павлович не высказал естественно возникшей у него мысли: «Как же возмутилась советская интеллигенция, если она „Нью-Йорк таймс'а" отродясь не видела?»

Штрум повел плечами, помычал, и эти действия могли, конечно, означать его согласие с Шишаковым и Ковченко.

– Естественно, – сказал Шишаков, – в нашей среде возникло желание дать достойную отповедь всей этой мерзости. Мы составили документ.

«Да ничего ты не составлял, без тебя написали», – подумал Штрум.

Шишаков проговорил:

– Документ в форме письма.

Тогда Бадьин негромко произнес:

– Я читал его, хорошо написано, то, что нужно. Подписать его должны немногие, наиболее крупные ученые нашей страны, люди, обладающие европейской, мировой известностью.

Штрум с первых слов Шишакова понял, к чему сведется разговор. Он не знал лишь, чего будет просить Алексей Алексеевич – выступления ли на ученом совете, статьи, участия ли в голосовании... Теперь он понял: нужна его подпись под письмом.

Тошное чувство охватило его. Снова, как перед собранием, где требовали его покаянного выступления, он ощутил свою хлипкую, мотыльковую субтильность.

Миллионы тонн скального гранитного камня снова готовы были лечь на его плечи... Профессор Плетнев! Штрум сразу вспомнил статью в «Правде» о какой-то истеричке, обвинившей старого медика в грязных поступках. Как всегда, напечатанное показалось правдой. Видимо, чтение Гоголя, Толстого, Чехова и Короленко приучило к почти молитвенному отношению к русскому печатному слову. Но пришел час, день, и Штруму уж было очевидно, что газета лгала, что профессор Плетнев оклеветан.

А вскоре Плетнев и знаменитый терапевт из Кремлевской

больницы доктор Левин были арестованы и признались, что убили Алексея Максимовича Горького.

Три человека смотрели на Штрума. Глаза их были дружественны, ласковы, уверенны. Свои среди своих. Шишаков по-братски признал огромное значение работы Штрума. Ковченко смотрел на него снизу вверх. Глаза Бадьина выражали: «Да, то, что ты делал, казалось чуждо мне. Но я ошибся. Я не понял. Партия меня поправила».

Ковченко раскрыл красную папку и протянул Штруму отпечатанное на пишущей машинке письмо.

– Виктор Павлович, – сказал он, – надо вам сказать, что эта кампания англо-американцев прямо играет на руку фашистам. Вероятно, ее инспирировали мерзавцы из пятой колонны.

Бадьин, перебивая, сказал:

– К чему агитировать Виктора Павловича? У него сердце русского советского патриота, как и у всех нас.

– Конечно, – сказал Шишаков, – именно так.

– Да кто ж в этом сомневается? – сказал Ковченко.

– Да-да-да, – сказал Штрум.

Самым удивительным было то, что люди, еще недавно полные к нему презрения и подозрительности, сейчас были совершенно естественны в своем доверии и дружестве к нему и что он, все время помня их жестокость к себе, сейчас естественно воспринимал их дружеские чувства.

Вот эти дружественность и доверчивость сковывали его, лишали силы. Если бы на него кричали, топали ногами, били, он, быть может, остервенился бы, оказался сильней…

Сталин говорил с ним. Люди, сидевшие сейчас рядом с ним, помнили это.

Но Боже мой, как было ужасно письмо, которое товарищи просили его подписать. Каких ужасных вещей касалось оно.

Да не мог он поверить в то, что профессор Плетнев и доктор Левин – убийцы великого писателя. Его мать, приезжая в Москву, бывала на приеме у Левина, Людмила Николаевна лечилась у него, он умный, тонкий, мягкий человек. Каким чудовищем надо быть, чтобы так страшно оклеветать двух врачей?

Средневековой тьмой дышали эти обвинения. Врачи-убийцы! Врачи убили великого писателя, последнего русского классика. Кому нужна эта кровавая клевета? Процессы ведьм, костры инквизиции, казни еретиков, дым, смрад, кипящая смола. Как связать все это с Лениным, со строительством социализма, с великой войной против фашизма?

Он взялся за первую страницу письма.

Удобно ли ему, достаточно ли света, спросил Алексей Алексеевич. Не пересесть ли ему в кресло? Нет-нет, ему удобно, спасибо большое.

Он читал медленно. Буквы вдавливались в мозг, но не впитывались им, словно песок в яблоко.

Он прочел: «Беря под защиту выродков и извергов рода человеческого, Плетнева и Левина, запятнавших высокое звание врачей, вы льете воду на мельницу человеконенавистнической идеологии фашизма».

Вот он прочел: «Советский народ один на один ведет борьбу с германским фашизмом, возродившим средневековые процессы ведьм и еврейские погромы, костры инквизиции, застенки и пытки».

Боже мой, как не сойти с ума.

Вот дальше: «Кровь наших сыновей, пролитая под Сталинградом, ознаменовала перелом в войне с гитлеризмом, вы же, беря под защиту отщепенцев из пятой колонны, сами того не желая…»

Да-да-да. «У нас, как нигде в мире, люди науки окружены любовью народа и заботой государства».

– Виктор Павлович, мы не мешаем вам своими разговорами?

– Нет-нет, что вы, – сказал Штрум и подумал: «Вот есть же счастливые люди, которые умеют отшутиться, либо оказываются на даче, либо больны, либо…»

Ковченко сказал:

– Мне говорили, что Иосиф Виссарионович знает об этом письме и одобрил инициативу наших ученых.

– Вот поэтому и подпись Виктора Павловича… – сказал Бадьин.

Тоска, отвращение, предчувствие своей покорности охватили его. Он ощущал ласковое дыхание великого государства, и у него не было силы броситься в ледяную тьму… Не было, не было сегодня в нем силы. Не страх сковывал его, совсем другое, томящее, покорное чувство.

Как странно, удивительно устроен человек! Он нашел в себе силу отказаться от жизни, и вдруг тяжело отказаться от пряников и леденцов.

Попробуй отбрось всесильную руку, которая гладит тебя по голове, похлопывает по плечу.

Глупости, зачем клеветать на самого себя. При чем тут пряники и леденцы? Он всегда безразличен к бытовым удобствам, материальным благам. Его мысли, его работа, самое дорогое в жизни оказались нужны, ценны в пору борьбы с фашизмом. Ведь это счастье!

Да, собственно, как же это? Ведь они признались на предварительном следствии. Они признались на суде. Возможно ли верить в их невиновность после того, как они признались в убийстве великого писателя?

Отказаться подписать письмо? Значит, сочувствовать убийцам Горького! Нет, невозможно. Сомневаться в подлинности их признаний? Значит, заставили! А заставить честного и доброго интеллигентного человека признать себя наемным убийцей и тем заслужить смертную казнь и позорную память можно лишь пытками. Но ведь безумно высказать хоть малую тень такого подозрения.

Но тошно, тошно подписывать это подлое письмо. В голове возникли слова и ответы на них… «Товарищи, я болен, у меня спазм коронарных сосудов». «Чепуха: бегство в болезнь, у вас отличный цвет лица». «Товарищи, для чего вам моя подпись, я ведь известен узкому кругу специалистов, меня мало кто знает за пределами страны». «Чепуха! (И приятно слышать, что чепуха.) Знают вас, да еще как знают! Да и о чем говорить, немыслимо показать без вашей подписи письмо товарищу Сталину, он ведь может спросить: а почему нет подписи Штрума?»

«Товарищи, скажу вам совершенно откровенно, мне некоторые формулировки кажутся не совсем удачными, они как бы накладывают тень на всю нашу научную интеллигенцию».

«Пожалуйста, пожалуйста, Виктор Павлович, давайте ваши предложения, мы с удовольствием изменим кажущиеся вам неудачными формулировки».

«Товарищи, да поймите вы меня, вот тут вы пишете: враг

народа писатель Бабель, враг народа писатель Пильняк, враг народа академик Вавилов, враг народа артист Мейерхольд... Но я ведь физик, математик, теоретик, меня некоторые считают шизофреником, настолько абстрактны области, где я действую. Право же, я неполноценный, таких людей лучше всего оставить в покое, я ничего не понимаю во всех этих делах».

«Виктор Павлович, да бросьте вы. Вы превосходно разбираетесь в политических вопросах, у вас отличная логика, вспомните, сколько раз и как остро вы говорили на политические темы».

«Ну Боже мой! Поймите, у меня есть совесть, мне больно, мне тяжело, да не обязан я, почему я должен подписывать, я так измучен, дайте мне право на спокойную совесть».

И тут же – бессилие, замагниченность, послушное чувство закормленной и забалованной скотины, страх перед новым разорением жизни, страх перед новым страхом.

Что ж это? Снова противопоставить себя коллективу? Снова одиночество? Пора ведь всерьез относиться к жизни. Он получил то, о чем не смел мечтать. Он свободно занимается своей работой, окруженный вниманием и заботой. Ведь он ни о чем не просил, не каялся. Он победитель! Чего же он хочет еще? Сталин ему звонил по телефону!

«Товарищи, все это настолько серьезно, что я хотел бы подумать, разрешите отложить решение хотя бы до завтра».

И тут он представил себе бессонную, мучительную ночь, колебания, нерешительность, внезапную решимость и страх перед решимостью, опять нерешительность, опять решение. Все это выматывает подобно злой, безжалостной малярии. И самому растянуть эту пытку на часы. Нет у него силы. Скорей, скорей, скорей.

Он вынул автоматическую ручку.

И тут же он увидел, что Шишаков опешил оттого, что самый непокладистый оказался сегодня покладистым.

Весь день Штрум не работал. Никто не отвлекал его, телефон не звонил. Он не мог работать. Он не работал потому, что работа в этот день казалась скучной, пустой, неинтересной.

Кто поставил подпись под письмом? Чепыжин? Иоффе подписывал? А Крылов? А Мандельштам? Хотелось спрятаться за чью-то спину. Но ведь отказаться невозможно. Равносильно самоубийству. Да ничего подобного. Мог и отказаться. Нет,

нет, все правильно. Ведь никто не грозил ему. Было бы легче, если б он подписал из чувства животного страха. Но ведь не из страха подписал. Какое-то томное, тошное чувство покорности.

Штрум позвал к себе в кабинет Анну Степановну, попросил ее проявить к завтрашнему дню пленку – контрольную серию опытов, проведенных на новой установке.

Она все записала и продолжала сидеть.

Он вопросительно посмотрел на нее.

– Виктор Павлович, – сказала она, – я раньше думала, что словами не скажешь, но сейчас я хочу сказать: понимаете ли вы, что вы сделали для меня и других? Это для людей важней великих открытий. Вот оттого, что вы живете на свете, от одной мысли об этом хорошо на душе. Знаете, что о вас говорят слесари, уборщицы, сторожа? Говорят, – правильный человек. Я много раз хотела к вам домой пойти, но боялась. Понимаете, когда я в самые трудные дни думала о вас, у меня на душе легко, хорошо делалось. Спасибо вам за то, что вы живете. Человек вы!

Он ничего не успел сказать ей, она быстро вышла из кабинета.

Хотелось бежать по улице и кричать… только бы не эта мука, не этот могучий стыд. Но это было не все, только начало.

В конце дня раздался телефонный звонок.

– Вы узнаете?

Боже мой, узнал ли он. Казалось, не только слухом, похолодевшими пальцами, державшими телефонную трубку, он узнал этот голос. Вот Марья Ивановна снова пришла в тяжелую минуту его жизни.

– Я говорю из автомата, очень плохо слышно, – сказала Маша. – Петру Лаврентьевичу стало лучше, у меня теперь больше времени. Приезжайте, если можете, завтра в восемь в тот скверик, – и вдруг произнесла: – Любимый мой, милый мой, свет мой. Я боюсь за вас. К нам приходили по поводу письма, вы понимаете, о чем я говорю? Я уверена, что это вы, ваша сила помогла Петру Лаврентьевичу выстоять, у нас все обошлось благополучно. И тут же я представила, как вы при этом навредили себе. Вы такой угловатый, где другой ушибется, вы разобьетесь в кровь.

Он повесил трубку, закрыл лицо руками.

Он уже понимал ужас своего положения: не враги

казнили сегодня его. Казнили близкие, своей верой в него.

Придя домой, он сразу же, не сняв пальто, стал звонить Чепыжину. Людмила Николаевна стояла перед ним, а он набирал чепыжинский телефонный номер, уверенный, убежденный в том, что и его друг, учитель сейчас нанесет ему, любя его, жестокую рану. Он спешил, он даже не успел сказать Людмиле о том, что подписал письмо. Боже мой, как быстро седеет Людмила. Да-да, молодец, бей седых!

– Хорошего много, читали сводку, – сказал Чепыжин, – а у меня никаких событий. Да вот я поругался сегодня с несколькими почтенными людьми. Вы слышали что-нибудь о некоем письме?

Штрум облизнул пересохшие губы и сказал:

– Да, кое-что.

– Ладно, ладно, понимаю, это не для телефона, поговорим об этом при встрече, после вашего приезда, – сказал Чепыжин.

Ну, ничего, ничего, вот еще Надя придет. Боже, Боже, что он сделал…

56

Ночью Штрум не спал. У него болело сердце. Откуда эта ужасная тоска? Тяжесть, тяжесть. Победитель!

Робея перед делопроизводительницей в домоуправлении, он был сильней и свободней, чем сейчас. Сегодня он не посмел даже поспорить, высказать сомнение. Он потерял внутреннюю свободу, ставши сильным. Как посмотреть в глаза Чепыжину? А быть может, он сделает это так же спокойно, как делали это те, что весело и добродушно встретили Штрума в день возвращения в институт?

Все, что он вспоминал в эту ночь, ранило, мучило его, ничто не давало покоя. Его улыбки, жесты, поступки были и чужды, и враждебны ему самому. В Надиных глазах сегодня вечером было жалостливое гадливое выражение.

Одна лишь Людмила, всегда раздражавшая его, всегда перечившая ему, выслушав его рассказ, вдруг сказала: «Витенька, не надо мучиться. Ты для меня самый умный, самый честный. Раз ты так сделал, значит, так нужно».

Откуда в нем появилось желание все оправдывать, утверждать? Почему он стал терпим к тому, к чему недавно был нетерпим? О чем бы ни говорили с ним, он оказывался оптимистом.

Военные победы совпали с переломом в его личной судьбе. Он видит мощь армии, величие государства, свет впереди. Почему такими плоскими кажутся ему сегодня мысли Мадьярова?

В день, когда его вышвыривали из института, он отказался покаяться, и как светло и легко стало у него на душе. Каким счастьем были для него в эти дни близкие – Людмила, Надя, Чепыжин, Женя... А встреча с Марьей Ивановной, что он скажет ей? Всегда он так надменно относился к покорности и послушанию робкого Петра Лаврентьевича. А сегодня! Он боится думать о матери, он согрешил перед ней. Ему страшно взять в руки ее последнее письмо. С ужасом, с тоской он понимал, что бессилен сохранить свою душу, не может оградить ее. В нем самом росла сила, превращающая его в раба.

Он совершил подлость! Он, человек, бросил камень в жалких, окровавленных, упавших в бессилии людей.

И от боли, сжавшей его сердце, от мучительного чувства пот выступал у него на лбу.

Откуда бралась в нем душевная самоуверенность, кто дал ему право кичиться перед другими людьми своей чистотой, мужеством, быть судьей над людьми, не прощать им слабостей? Не в надменности правда сильных.

Бывают слабыми и грешные, и праведные. Различие их в том, что ничтожный человек, совершив хороший поступок, всю жизнь кичится им, а праведник, совершая хорошие дела, не замечает их, но годами помнит совершенный им грех.

А он-то все гордился своим мужеством, своей прямотой, высмеивал тех, кто проявлял слабость, робость. Но вот и он, человек, изменил людям. Он презирал себя, он стыдился себя. Дом, в котором он жил, свет его, тепло, которое его согревало, – все превратилось в щепу, в сыпучий сухой песок.

Дружба с Чепыжиным, любовь к дочери, привязанность к жене, его безнадежная любовь к Марье Ивановне – его человеческий грех и человеческое счастье, его труд, его прекрасная наука, его любовь к матери и плач о ней, – все ушло из его души.

Ради чего совершил он страшный грех? Все в мире ничтожно по сравнению с тем, что он потерял. Все ничтожно по сравнению с правдой, чистотой маленького человека, – и царство, раскинувшееся от Тихого океана до Черного моря, и наука.

С ясностью он увидел, что еще не поздно, есть в нем еще сила поднять голову, остаться сыном своей матери.

Он не будет искать себе утешений, оправданий. Пусть то плохое, жалкое, подлое, что он сделал, всегда будет ему укором, всю жизнь: день и ночь напоминает ему о себе. Нет, нет, нет! Не к подвигу надо стремиться, не к тому, чтобы гордиться и кичиться этим подвигом.

Каждый день, каждый час, из года в год, нужно вести борьбу за свое право быть человеком, быть добрым и чистым. И в этой борьбе не должно быть ни гордости, ни тщеславия, одно лишь смирение. А если в страшное время придет безвыходный час, человек не должен бояться смерти, не должен бояться, если хочет остаться человеком.

– Ну что ж, посмотрим, – сказал он, – может быть, и хватит у меня силы. Мама, мама, твоей силы.

57

Вечера на хуторе близ Лубянки…

После допросов Крымов лежал на койке, стонал, думал, говорил с Каценеленбогеном.

Теперь Крымову уже не казались невероятными сводившие с ума признания Бухарина и Рыкова, Каменева и Зиновьева, процесс троцкистов, право-левацких центров, судьба Бубнова, Муралова, Шляпникова. С живого тела революции сдиралась кожа, в нее хотело рядиться новое время, а кровавое живое мясо, дымящиеся внутренности пролетарской революции шли на свалку, новое время не нуждалось в них. Нужна была шкура революции, эту шкуру и сдирали с живых людей. Те, кто натягивали на себя шкуру революции, говорили ее словами, повторяли ее жесты, но имели другой мозг, другие легкие, печень, глаза.

Сталин! Великий Сталин! Возможно, человек железной воли – самый безвольный из всех. Раб времени и обстоятельств, смирившийся покорный слуга сегодняшнего дня, распахивающий двери перед новым временем.

Да, да, да… А те, кто не кланялся перед новым временем,

шли на свалку.

Теперь он знал, как раскалывали человека. Обыск, споротые пуговицы, снятые очки создавали в человеке ощущение физического ничтожества. В следовательском кабинете человек осознает, что его участие в революции, гражданской войне – ничего не значит, его знания, его работа, – все чепуха! И вот, значит, второе: человек не только физическое ничтожество.

Тех, которые продолжали упорствовать в своем праве быть людьми, начинали расшатывать и разрушать, раскалывать, обламывать, размывать и расклеивать, чтобы довести их до той степени рассыпчатости, рыхлости, пластичности и слабости, когда люди не хотят уже ни справедливости, ни свободы, ни даже покоя, а хотят лишь, чтобы их избавили от ставшей ненавистной жизни.

В единстве физического и духовного человека заключался почти всегда беспроигрышный ход следовательской работы. Душа и тело – сообщающиеся сосуды, и, разрушая, подавляя оборону физической природы человека, нападающая сторона всегда успешно вводила в прорыв свои подвижные средства, овладевала душой и вынуждала человека к безоговорочной капитуляции.

Думать обо всем этом не было сил, не думать об этом тоже не было сил.

А кто же выдал его? Кто донес? Кто оклеветал? И он чувствовал, что ему теперь неинтересен этот вопрос.

Он всегда гордился тем, что умеет подчинять свою жизнь логике. Но теперь было не так. Логика говорила, что сведения о его разговоре с Троцким дала Евгения Николаевна. А вся его нынешняя жизнь, его борьба со следователем, его способность дышать, оставаться товарищем Крымовым основывались на вере в то, что Женя не могла это сделать. Он удивлялся, как мог на несколько минут потерять уверенность в этом. Не было силы, которая могла его заставить не верить Жене. Он верил, хотя знал, что никто, кроме Евгении Николаевны, не знал о его разговоре с Троцким, знал, что женщины изменяют, женщины слабы, знал, что Женя бросила его, ушла от него в тяжелую пору его жизни.

Он рассказал Каценеленбогену о допросе, но об этом случае не сказал ни слова.

Каценеленбоген теперь не пошучивал, не балагурил.

Действительно, Крымов не ошибся в нем. Он был умен. Но страшно и странно было все то, что говорил он. Иногда Крымову казалось, что нет ничего несправедливого в том, что старый чекист сидит в камере внутренней тюрьмы. Не могло быть иначе. Иногда он казался Крымову безумным.

Это был поэт, певец органов государственной безопасности.

Он с восхищением рассказал Крымову, как Сталин на последнем съезде партии во время перерыва спросил у Ежова, почему он допустил перегибы в карательной политике, и, когда растерявшийся Ежов ответил, что он выполнял прямые указания Сталина, вождь, обращаясь к окружавшим его делегатам, грустно проговорил: «И это говорит член партии».

Он рассказал об ужасе, который испытывал Ягода…

Он вспоминал великих чекистов, ценителей Вольтера, знатоков Рабле, поклонников Верлена, когда-то руководивших работой в большом, бессонном доме.

Он рассказал о многолетнем московском палаче, милом и тихом старичке-латыше, который, совершая казни, просил разрешения передать одежду казненного в детский дом. И тут же рассказал о другом исполнителе приговоров – тот пил дни и ночи, тосковал без дела, а когда его отчислили с работы, стал ездить в подмосковные совхозы и колол там свиней, привозил с собой бутыли свиной крови, – говорил, что врач прописал ему пить свиную кровь от малокровия.

Он рассказывал, как в 1937 году приводились еженощно в исполнение сотни приговоров над осужденными без права переписки, как дымили ночные трубы московского крематория, как мобилизованные для исполнения приговоров и вывоза трупов комсомольцы сходили с ума.

Он рассказывал о допросе Бухарина, об упорстве Каменева… А однажды они проговорили всю ночь до утра.

В эту ночь чекист развивал теорию, обобщал.

Каценеленбоген рассказал Крымову о поразительной судьбе нэпмана-инженера Френкеля. Френкель в начале нэпа построил в Одессе моторный завод. В середине двадцатых годов его арестовали и выслали в Соловки. Сидя в Соловецком лагере, Френкель подал Сталину гениальный проект, – старый чекист именно это слово и произнес: «гениальный».

В проекте подробно, с экономическими и техническими обоснованиями, говорилось об использовании огромных масс заключенных для создания дорог, плотин, гидростанций, искусственных водоемов.

Заключенный нэпман стал генерал-лейтенантом МГБ, – Хозяин оценил его мысль.

В простоту труда, освященного простотой арестантских рот и старой каторги, труда лопаты, кирки, топора и пилы, вторгся двадцатый век.

Лагерный мир стал впитывать в себя прогресс, он втягивал в свою орбиту электровозы, экскаваторы, бульдозеры, электропилы, турбины, врубовые машины, огромный автомобильный, тракторный парк. Лагерный мир осваивал транспортную и связную авиацию, радиосвязь и селекторную связь, станки-автоматы, современнейшие системы обогащения руд; лагерный мир проектировал, планировал, чертил, рождал рудники, заводы, новые моря, гигантские электростанции.

Он развивался стремительно, и старая каторга казалась рядом смешной и трогательной, как детские кубики.

Но лагерь, говорил Каценеленбоген, все же не поспевал за жизнью, питавшей его. По-прежнему не использовались многие ученые и специалисты, – они не имели отношения к технике и медицине…

Историки с мировыми именами, математики, астрономы, литературоведы, географы, знатоки мировой живописи, ученые, владеющие санскритом и древними кельтскими наречиями, не имели никакого применения в системе ГУЛАГа. Лагерь в своем развитии еще не дорос до использования этих людей по специальности. Они работали чернорабочими либо так называемыми придурками на мелких конторских работах и в культурно-воспитательной части – КВЧ, либо болтались в инвалидных лагерях, не находя применения своим знаниям, часто огромным, имеющим не только всероссийскую, но и мировую ценность.

Крымов слушал Каценеленбогена, казалось, ученый говорит о главном деле своей жизни. Он не только воспевал и славил. Он был исследователем, он сравнивал, вскрывал недостатки и противоречия, сближал, противопоставлял.

Недостатки, конечно, в несравненно более мягкой форме, существовали и по другую сторону лагерной проволоки.

Немало есть в жизни людей, которые делают не то, что могли бы, и не так, как могли, в университетах, в редакциях, в исследовательских институтах Академии.

В лагерях, говорил Каценеленбоген, уголовные главенствовали над политическими заключенными. Разнузданные, невежественные, ленивые и подкупные, склонные к кровавым дракам и грабежам, уголовники тормозили развитие трудовой и культурной жизни лагерей.

И тут же он сказал, что ведь и по ту сторону проволоки работой ученых, крупнейших деятелей культуры подчас руководят малообразованные, неразвитые и ограниченные люди.

Лагерь давал как бы гиперболическое, увеличенное отражение запроволочной жизни. Но действительность по обе стороны проволоки не была противоположна, а отвечала закону симметрии.

И тут-то он заговорил не как певец, не как мыслитель, а как пророк.

Если смело, последовательно развивать систему лагерей, освободив ее от тормозов и недостатков, это развитие приведет к стиранию граней. Лагерю предстоит слияние с запроволочной жизнью. В этом слиянии, в уничтожении противоположности между лагерем и запроволочной жизнью и есть зрелость, торжество великих принципов. При всех недостатках лагерной системы – в ней есть одно решающее преимущество. Только в лагере принципу личной свободы в абсолютно чистой форме противопоставлен высший принцип – разум. Этот принцип приведет лагерь к той высоте, которая позволит ему самоупраздниться, слиться с жизнью деревни и города.

Каценеленбогену приходилось руководить лагерными КБ – конструкторскими бюро, – и он убедился, что ученые, инженеры способны решать самые сложные задачи в условиях лагеря. Им по плечу любые проблемы мировой научной и технической мысли. Нужно лишь разумно руководить людьми и создавать им хорошие бытовые условия. Старинная байка о том, что без свободы нет науки, – начисто неверна.

– Когда уровни сравняются, – сказал он, – и мы поставим знак равенства между жизнью, идущей по ту и по эту сторону проволоки, репрессии станут не нужны, мы перестанем выписывать ордера на аресты. Мы сроем тюрьмы и политизоляторы. КВЧ – культурно-воспитательная часть – будет справляться с любыми аномалиями. Магомет и гора пойдут навстречу друг другу.

Упразднение лагеря будет торжеством гуманизма, и в то же время хаотический, первобытный, пещерный принцип личной свободы не выиграет, не воспрянет после этого. Наоборот, он будет полностью преодолен.

После долгого молчания он сказал, что, может быть, через столетия самоупразднится и эта система и в своем самоупразднении породит демократию и личную свободу.

– Ничто не вечно под луной, – сказал он, – но мне не хотелось бы жить в то время.

Крымов сказал ему:

– Ваши мысли безумны. Не в этом душа и сердце революции. Говорят, что психиатры, долго проработавшие в психиатрических клиниках, сами становятся безумными. Простите, но вас все же не зря посадили. Вы, товарищ Каценеленбоген, наделяете органы безопасности атрибутами божества. Вас действительно пора сменить.

Каценеленбоген добродушно кивнул:

– Да, я верю в Бога. Я темный, верующий старик. Каждая эпоха создает божество по подобию своему. Органы безопасности разумны и могущественны, они господствуют над человеком двадцатого века. Когда-то такой силой – и человек обожествлял ее – были землетрясения, молнии и гром, лесные пожары. А посадили ведь не только меня, но и вас. Вас тоже пора сменить. Когда-нибудь выяснится, кто все же прав – вы или я.

– А старичок Дрелинг едет сейчас домой, обратно в лагерь, – сказал Крымов, зная, что слова его не пройдут даром.

И, действительно, Каценеленбоген проговорил:

– Вот этот поганый старичок мешает моей вере.

58

Крымов услышал негромкие слова:

– Передали недавно, – наши войска завершили разгром сталинградской группировки немцев, вроде Паулюса захватили, я, по правде, плохо разобрал.

Крымов закричал, стал биться, возить ногами по полу,

захотелось вмешаться в толпу людей в ватниках, валенках… шум их милых голосов заглушал негромкий, шедший рядом разговор; по грудам сталинградского кирпича с перевалочкой шел в сторону Крымова Греков.

Врач держал Крымова за руку, говорил:

– Надо бы сделать перерывчик… повторно камфару, выпадение пульса через каждые четыре удара.

Крымов проглотил соленый ком и сказал:

– Ничего, продолжайте, медицина позволяет, я все равно не подпишу.

– Подпишешь, подпишешь, – с добродушной уверенностью заводского мастера сказал следователь, – и не такие подписывали.

Через трое суток кончился второй допрос, и Крымов вернулся в камеру.

Дежурный положил около него завернутый в белую тряпицу пакет.

– Распишитесь, гражданин заключенный, в получении передачи, – сказал он.

Николай Григорьевич прочел перечень предметов, написанный знакомым почерком, – лук, чеснок, сахар, белые сухари. Под перечнем было написано: «Твоя Женя».

Боже, Боже, он плакал…

59

Первого апреля 1943 года Степан Федорович Спиридонов получил выписку из решения коллегии Наркомата электростанций СССР, – ему предлагалось сдать дела на СталГРЭСе и выехать на Урал, принять директорство на небольшой, работавшей на торфе электростанции. Наказание было не так уж велико, ведь могли и под суд отдать. Дома Спиридонов не сказал об этом приказе наркомата, решил обождать решения бюро обкома. Четвертого апреля бюро обкома вынесло ему строгий выговор за самовольное оставление в тяжелые дни станции. Это решение тоже было мягким, могли и исключить из партии. Но Степану Федоровичу решение бюро обкома показалось несправедливым, – ведь товарищи в обкоме знали, что он руководил станцией до последнего дня Сталинградской обороны, ушел на левый берег в тот день, когда началось советское наступление, ушел, чтобы повидать дочь, родившую в трюме баржи. На заседании бюро он попробовал спорить, но Пряхин был суров, сказал:

— Можете обжаловать решение бюро в Центральной Контрольной Комиссии, думаю, товарищ Шкирятов сочтет наше решение половинчатым, мягким.

Степан Федорович сказал:

— Я убежден, что ЦКК отменит решение, — но, так как он много был наслышан о Шкирятове, апелляцию подавать побоялся.

Он опасался и подозревал, что суровость Пряхина связана не только со сталгрэсовским делом. Пряхин, конечно, помнил о родственных отношениях Степана Федоровича с Евгенией Николаевной Шапошниковой и Крымовым, и ему стал неприятен человек, знавший, что Пряхин и посаженный Крымов давние знакомые.

В этой ситуации Пряхин, если б даже и хотел, никак не мог поддержать Спиридонова. Если б он сделал это, недоброжелатели, которые всегда есть возле сильных людей, тотчас сообщили бы куда следует, что Пряхин из симпатии к врагу народа Крымову поддерживает его родича, шкурника Спиридонова.

Но Пряхин, видимо, не поддерживал Спиридонова не только потому, что не мог, а потому, что не хотел. Очевидно, Пряхину было известно, что на СталГРЭС приехала теща Крымова, живет в одной квартире со Спиридоновым. Вероятно, Пряхин знал и то, что Евгения Николаевна переписывается с матерью, недавно прислала ей копию своего заявления Сталину.

Начальник областного отдела МГБ Воронин после заседания бюро обкома столкнулся со Спиридоновым в буфете, где Степан Федорович покупал сырковую массу и колбасу, посмотрел насмешливо и сказал насмешливо:

— Прирожденный хозяйственник Спиридонов, ему только что строгий выговор вынесли, а он заготовками занимается.

— Семья, ничего не поделаешь, я теперь дедушкой стал, — сказал Степан Федорович и улыбнулся жалкой, виноватой улыбкой.

Воронин тоже улыбнулся ему:

— А я думал, ты передачу собираешь.

После этих слов Спиридонов подумал: «Хорошо, что на Урал перегоняют, а то еще совсем тут пропаду. Куда Вера с маленьким денутся?»

Он ехал на СталГРЭС в кабине полуторки и смотрел через мутное стекло на разрушенный город, с которым скоро расстанется. Степан Федорович думал о том, что по этому, ныне заваленному кирпичами тротуару его жена до войны ходила на работу, думал об электросети, о том, что, когда пришлют из Свердловска новый кабель, его уж не будет на СталГРЭСе, что у внучка от недостаточного питания прыщи на руках и на груди. Думал: «Строгача так строгача, в чем дело», думал, что ему не дадут медаль «За оборону Сталинграда», и почему-то мысль о медали расстраивала его больше, чем предстоящая разлука с городом, с которым связалась его жизнь, работа, слезы по Марусе. Он даже громко выругался по матушке от досады, что не дадут медали, и водитель спросил его:

– Вы кого это, Степан Федорович? Забыл чего-нибудь в обкоме?

– Забыл, забыл, – сказал Степан Федорович. – Зато он меня не забыл.

В квартире Спиридоновых было сыро и холодно. Вместо вышибленных стекол была вставлена фанера и набиты доски, штукатурка в комнатах во многих местах обвалилась, воду приходилось носить ведрами на третий этаж, комнаты отапливались печурками, сделанными из жести. Одну из комнат закрыли, кухней не пользовались, она служила кладовой для дров и картошки.

Степан Федорович, Вера с ребенком, Александра Владимировна, вслед за ними приехавшая из Казани, жили в большой комнате, раньше служившей столовой. В маленькой комнатке, бывшей Вериной, рядом с кухней, поселился старик Андреев.

У Степана Федоровича была возможность произвести ремонт потолков, поштукатурить стены, поставить кирпичные печи, – нужные мастера были на СталГРЭСе, и материалы имелись.

Но почему-то обычно хозяйственному, напористому Степану Федоровичу не хотелось затевать эти работы.

Видимо, и Вере, и Александре Владимировне казалось

легче жить среди военной разрухи, – ведь довоенная жизнь рухнула, зачем же было восстанавливать квартиру, напоминать о том, что ушло и не вернется.

Через несколько дней после приезда Александры Владимировны приехала из Ленинска невестка Андреева, Наталья. Она в Ленинске поссорилась с сестрой покойной Варвары Александровны, оставила у нее на время сына, а сама явилась на СталГРЭС к свекру.

Андреев рассердился, увидев невестку, сказал ей:

– Не ладила ты с Варварой, а теперь по наследству и с сестрой ее не ладишь. Как ты Володьку там оставила?

Должно быть, Наташе жилось очень трудно в Ленинске. Войдя в комнату Андреева, она оглядела потолок, стены и сказала:

– Как хорошо, – хотя ничего хорошего в дранке, висевшей с потолка, в куче штукатурки в углу, в безобразной трубе не было.

Свет в комнату проходил через небольшую стеклянную заплату, вставленную в дощатый щит, закрывавший окно.

В этом самодельном окошечке был невеселый вид, – одни лишь развалины, остатки стен, размалеванных поэтажно синей и розовой краской, изодранное кровельное железо…

Александра Владимировна, приехав в Сталинград, заболела. Из-за болезни ей пришлось отложить поездку в город, она хотела посмотреть на свой разрушенный, сгоревший дом.

Первые дни она, превозмогая болезнь, помогала Вере, – топила печь, стирала и сушила пеленки над жестяной печной трубой, выносила на лестничную площадку куски штукатурки, даже пробовала носить снизу воду.

Но ей становилось все хуже, в жарко натопленной комнате ее знобило, на холодной кухне на лбу ее вдруг выступал пот.

Ей хотелось перенести болезнь на ногах, и она не жаловалась на плохое самочувствие. Но как-то утром, выйдя в кухню за дровами, Александра Владимировна потеряла сознание, упала на пол и расшибла себе в кровь голову. Степан Федорович и Вера уложили ее в постель.

Александра Владимировна, отдышавшись, подозвала Веру, сказала:

– Знаешь, мне в Казани у Людмилы тяжелей было жить,

чем у вас. Я не только для вас сюда приехала, но и для себя. Боюсь только, замучишься ты со мной, пока я на ноги стану.

– Бабушка, мне так с вами хорошо, – сказала Вера.

А Вере, действительно, пришлось очень тяжело. Все добывалось с великим трудом, – вода, дрова, молоко. На дворе пригревало солнце, а в комнатах было сыро и холодно, приходилось много топить.

Маленький Митя болел желудком, плакал по ночам, материнского молока ему не хватало. Весь день Вера топталась в комнате и в кухне, то ходила за молоком и хлебом, стирала, мыла посуду, таскала снизу воду. Руки у нее стали красные, лицо обветрилось, покрылось пятнами. От усталости, от постоянной работы на сердце стояла ровная серая тяжесть. Она не причесывалась, редко мылась, не смотрелась в зеркало, тяжесть жизни подмяла ее. Все время мучительно хотелось спать. К вечеру руки, ноги, плечи ныли, тосковали по отдыху. Она ложилась, и Митя начинал плакать. Она вставала к нему, кормила, перепеленывала, носила на руках по комнате. Через час он вновь начинал плакать, и она опять вставала. На рассвете он просыпался и уж больше не засыпал, и она в полумраке начинала новый день, не выспавшись, с тяжелой, мутной головой, шла на кухню за дровами, растапливала печь, ставила греть воду – чай для отца и бабушки, принималась за стирку. Но удивительно, она никогда теперь не раздражалась, стала кроткой и терпеливой.

Жизнь Веры стала легче, когда из Ленинска приехала Наталья.

Андреев сразу же после приезда Наташи уехал на несколько дней в северную часть Сталинграда, в заводской поселок. То ли он хотел посмотреть свой дом и завод, то ли рассердился на невестку, оставившую сына в Ленинске, то ли не хотел, чтобы она ела спиридоновский хлеб, и уехал, оставив ей свою карточку.

Наталья, не отдохнув, в день приезда, взялась помогать Вере.

Ах, как легко и щедро работала она, какими легкими становились тяжелые ведра, выварка, полная воды, мешок угля, едва ее сильные, молодые руки брались за работу.

Теперь Вера стала выходить на полчасика с Митей на улицу, садилась на камешек, смотрела, как блестит весенняя вода, как подымается пар над степью.

Тихо было кругом, война ушла на сотни километров от Сталинграда, но покой не вернулся с тишиной. С тишиной пришла тоска, и, казалось, легче было, когда ныли в воздухе немецкие самолеты, гремели снарядные разрывы и жизнь была полна огня, страха, надежды.

Вера всматривалась в покрытое гноящимися прыщами личико сына, и жалость охватывала ее. И одновременно мучительно жалко становилось Викторова – Боже, Боже, бедный Ваня, какой у него хиленький, худенький, плаксивый сынок.

Потом она поднималась по заваленным мусором и битым кирпичом ступеням на третий этаж, бралась за работу, и тоска тонула в суете, в мутной, мыльной воде, в печном дыму, в сырости, текущей со стен.

Бабушка подзывала ее к себе, гладила по волосам, и в глазах Александры Владимировны, всегда спокойных и ясных, появлялось невыносимо печальное и нежное выражение.

Вера ни разу, ни с кем – ни с отцом, ни с бабушкой, ни даже с пятимесячным Митей не говорила о Викторове.

После приезда Наташи все изменилось в квартире. Наталья соскребла плесень со стен, побелила темные углы, отмыла грязь, казалось, намертво въевшуюся в паркетины. Она устроила великую стирку, которую Вера откладывала до теплых времен, этаж за этажом очистила лестницу от мусора.

Полдня провозилась она с длинной, похожей на черного удава дымовой трубой, – труба безобразно провисла, на стыках из нее капала смолянистая жижа, собиралась лужицами на полу. Наталья обмазала трубу известкой, выпрямила, подвязала проволоками, повесила на стыках пустые консервные банки, куда капала смола.

С первого дня она подружилась с Александрой Владимировной, хотя казалось, что шумная и дерзкая женщина, любившая говорить глупости о бабах и мужиках, должна была не понравиться Шапошниковой. С Натальей сразу оказались знакомы множество людей – и линейный монтер, и машинист из турбинного зала, и водители грузовых машин.

Как-то Александра Владимировна сказала вернувшейся из очереди Наталье:

– Вас, Наташа, спрашивал товарищ один, военный.

— Грузин, верно? – сказала Наталья. – Вы его гоните, если еще раз придет. Свататься ко мне надумал, носатый.

— Так сразу? – удивилась Александра Владимировна.

— А долго ли им. В Грузию меня зовет после войны. Для него, что ли, я лестницу мыла.

Вечером она сказала Вере:

— Давай в город поедем, картина будет. Мишка-водитель нас на грузовой свезет. Ты в кабину с ребенком сядешь, а я в кузове.

Вера замотала головой.

— Да поезжай ты, – сказала Александра Владимировна, – было бы мне получше, и я бы с вами поехала.

— Нет-нет, я ни за что.

Наталья сказала:

— Жить-то надо, а то все мы тут собрались вдовцы да вдовицы.

Потом она с упреком добавила:

— Все сидишь дома, никуда пойти не хочешь, а за отцом плохо смотришь. Я вчера стирала, у него и белье, и носки совсем рваные.

Вера взяла ребенка на руки, вышла с ним на кухню.

— Митенька, ведь мама твоя не вдова, скажи?.. – спросила она.

Степан Федорович все эти дни был очень внимателен к Александре Владимировне, дважды привозил к ней из города врача, помогал Вере ставить ей банки, иногда совал в руку конфету и говорил:

— Вере не отдавайте, я ей уже дал, это специально вам, в буфете были.

Александра Владимировна понимала, что Степана Федоровича мучили неприятности. Но когда она спрашивала его, есть ли новости из обкома, Степан Федорович качал головой и начинал говорить о чем-нибудь другом.

Лишь в тот вечер, когда его известили о предстоящем разборе его дела, Степан Федорович, придя домой, сел на кровать рядом с Александрой Владимировной и сказал:

— Что я наделал, Маруся бы с ума сошла, если б знала о моих делах.

— В чем же вас обвиняют? – спросила Александра Владимировна.

— Кругом виноват, — сказал он.

В комнату вошли Наталья и Вера, и разговор прервался.

Александра Владимировна, глядя на Наталью, подумала, что есть такая сильная, упрямая красота, с которой тяжелая жизнь ничего не может поделать. Все в Наталье было красиво — и шея, и молодая грудь, и ноги, и обнаженные почти до плеч стройные руки. «Философ без философии», — подумала Александра Владимировна. Она часто замечала, как не привыкшие к нужде женщины блекли, попав в тяжелые условия, переставали следить за своей наружностью, — вот и Вера так. Ей нравились девушки-сезонницы, работницы в тяжелых цехах, военные регулировщицы, которые, живя в бараках, работая в пыли, грязи, накручивали перманент, гляделись в зеркальце, пудрили облупившиеся носы; упрямые птицы в непогоду, вопреки всему, пели свою птичью песню.

Степан Федорович тоже смотрел на Наталью, потом вдруг поймал за руку Веру, подтянул ее к себе, обнял и, точно прося прощения, поцеловал.

И Александра Владимировна сказала, казалось, ни к селу ни к городу:

— Что ж уж там, Степан, умирать вам рано! На что я, старуха, и то собираюсь выздороветь и жить на свете.

Он быстро посмотрел на нее, улыбнулся. А Наталья налила в таз теплой воды, поставила таз на пол возле кровати и, став на колени, проговорила:

— Александра Владимировна, я вам ноги хочу помыть, в комнате тепло сейчас.

— Вы с ума сошли! Дура! Встаньте немедленно! — крикнула Александра Владимировна.

60

Днем вернулся из Тракторозаводского поселка Андреев.

Он вошел в комнату к Александре Владимировне, и его хмурое лицо улыбнулось, — она в этот день впервые поднялась на ноги, бледная и худая, сидела у стола, надев очки, читала книгу.

Он рассказал, что долго не мог найти места, где стоял его дом, все изрыто окопами, воронка на воронке, черепки да ямы.

На заводе уже много людей, новые приходят каждый час,

даже милиция есть. О бойцах народного ополчения ничего узнать не пришлось. Хоронят бойцов, хоронят, и все новых находят, то в подвалах, то в окопчиках. А металлу, лома там…

Александра Владимировна задавала вопросы, – трудно ли было ему добираться, где ночевал он, как питался, сильно ли пострадали мартеновские печи, какое у рабочих снабжение, видел ли Андреев директора.

Утром перед приходом Андреева Александра Владимировна сказала Вере:

– Я всегда смеялась над предчувствиями и суевериями, а сегодня впервые в жизни непоколебимо предчувствую, что Павел Андреевич принесет вести от Сережи.

Но она ошиблась.

То, что рассказывал Андреев, было важно, независимо от того, слушал ли его несчастный или счастливый человек. Рабочие рассказывали Андрееву: снабжения нет, зарплаты не выдают, в подвалах и землянках холодно, сыро. Директор другим человеком стал, раньше, когда немец пер на Сталинград, он в цехах – первый друг, а теперь разговаривать не хочет, дом ему построили, легковую машину из Саратова пригнали.

– Вот на СталГРЭСе тоже тяжело, но на Степана Федоровича мало кто обижается, – видно, что переживает за людей.

– Невесело, – сказала Александра Владимировна. – Что же вы решили, Павел Андреевич?

– Проститься пришел, пойду домой, хоть и дома нет. Я место себе приискал в общежитии, в подвале.

– Правильно, правильно, – сказала Александра Владимировна. – Ваша жизнь там, какая ни есть.

– Вот откопал, – сказал он и вынул из кармана заржавевший наперсток.

– Скоро я поеду в город, на Гоголевскую, к себе домой, откапывать черепки, – сказала Александра Владимировна. – Тянет домой.

– Не рано ли вы встали, очень вы бледная.

– Огорчили вы меня своим рассказом. Хочется, чтобы все по-иному стало на этой святой земле.

Он покашлял.

– Помните, Сталин говорил в позапрошлом году: братья и

сестры… А тут, когда немцев разбили, – директору коттедж, без доклада не входить, а братья и сестры в землянки.

– Да-да, хорошего в этом мало, – сказала Александра Владимировна. – А от Сережи ничего нет, как в воду канул.

Вечером приехал из города Степан Федорович. Он утром никому не сказал, уезжая в Сталинград, что на бюро обкома будет рассмотрено его дело.

– Андреев вернулся? – отрывисто, по-начальнически спросил он. – Про Сережу ничего нет?

Александра Владимировна покачала головой.

Вера сразу заметила, что отец сильно выпил. Это видно было по тому, как он открыл дверь, по весело блестевшим несчастным глазам, по тому, как он выложил на стол привезенные из города гостинцы, снял пальто, как задавал вопросы.

Он подошел к Мите, спавшему в бельевой корзине, и наклонился над ним.

– Да не дыши ты на него, – сказала Вера.

– Ничего, пусть привыкает, – сказал веселый Спиридонов.

– Садись обедать, наверное, пил и не закусывал. Бабушка сегодня первый раз вставала с постели.

– Ну вот это – действительно здорово, сказал Степан Федорович и уронил ложку в тарелку, забрызгал супом пиджак.

– Ох, и сильно вы клюкнули сегодня, Степочка, – сказала Александра Владимировна. – С какой это только радости?

Он отодвинул тарелку.

– Да кушай ты, – сказала Вера.

– Вот что, дорогие, – негромко сказал Степан Федорович. – Есть у меня новость. Дело мое решилось, получил строгий выговор по партийной линии, а от наркомата предписание – в Свердловскую область на маленькую станцию, на торфе работает, сельского типа, словом, из полковников в покойники, жилплощадью обеспечивают. Подъемные в размере двухмесячного оклада. Завтра начну дела сдавать. Получим рейсовые карточки.

Александра Владимировна и Вера переглянулись, потом Александра Владимировна сказала:

– Повод, чтобы выпить, основательный, ничего не скажешь.

– И вы, мама, на Урал, отдельную комнату, лучшую,

вам, – сказал Степан Федорович.

– Да вам всего там одну комнату дадут, верно, – сказала Александра Владимировна.

– Все равно, мама, вам она.

Степан Федорович называл ее впервые в жизни – мама. И, должно быть спьяну, в глазах его стояли слезы.

Вошла Наталья, и Степан Федорович, меняя разговор, спросил:

– Что ж наш старик про заводы рассказывает?

Наташа сказала:

– Ждал вас Павел Андреевич, а сейчас уснул.

Она села за стол, подперла щеки кулаками, сказала:

– Рассказывает Павел Андреевич, на заводе рабочие семечки жарят, главная у них еда.

Она вдруг спросила:

– Степан Федорович, верно, вы уезжаете?

– Вот как! И я об этом слышал, – весело сказал он.

Она сказала:

– Очень жалеют рабочие.

– Чего жалеть, новый хозяин, Тишка Батров, человек хороший. Мы с ним в институте вместе учились.

Александра Владимировна сказала:

– Кто там носки вам так артистически штопать будет? Вера не сумеет.

– Вот это, действительно, вопрос, – сказал Степан Федорович.

– Придется Наташу с вами командировать, – сказала Александра Владимировна.

– А что ж, – сказала Наташа, – я поеду!

Они посмеялись, но тишина после шутливого разговора стала смущенной и напряженной.

61

Александра Владимировна решила ехать вместе со Степаном Федоровичем и Верой до Куйбышева, собиралась прожить некоторое время у Евгении Николаевны.

За день до отъезда Александра Владимировна попросила у нового директора машину, чтобы съездить в город, посмотреть на развалины своего дома.

По дороге она спрашивала водителя:

– А тут что? А здесь что было раньше?

– Когда раньше? – спрашивал сердитый водитель.

Три слоя жизни обнажились в развалинах города, – той, что была до войны, военной – периода боев, и нынешней, когда жизнь снова искала свое мирное русло. В доме, где помещалась когда-то химчистка и мелкий ремонт одежды, окна были заложены кирпичом, и во время боев через бойницы, устроенные в кирпичной кладке, вели огонь пулеметчики немецкой гренадерской дивизии; а теперь через бойницу выдавался хлеб стоящим в очереди женщинам.

Блиндажи и землянки выросли среди развалин домов, в них помещались солдаты, штабы, радиопередатчики, в них писались донесения, набивались пулеметные ленты, заряжались автоматы.

А сейчас мирный дым шел из труб, возле блиндажей сохло белье, играли дети.

Мир вырастал из войны – нищий, бедный, почти такой же трудный, как война.

На разборке каменного мусора, завалившего магистральные улицы, работали военнопленные. У продовольственных магазинов, размещавшихся в подвалах, стояли очереди с бидончиками. Военнопленные румыны лениво шарили среди каменных громад, откапывали трупы. Военных не было видно, изредка лишь попадались моряки, водитель объяснил, что Волжская флотилия осталась в Сталинграде тралить мины. Во многих местах были навалены свежие негорелые доски, бревна, мешки цемента. Это завозились материалы для строительства. Кое-где среди развалин наново асфальтировали мостовые.

По пустынной площади шла женщина, впряженная в двухколесную, груженную узлами тележку, двое детей помогали ей, тянули за веревки, привязанные к оглоблям.

Все тянулись домой, в Сталинград, а Александра Владимировна приехала и вновь уезжала.

Александра Владимировна спросила водителя:

– Жалко вам, что Спиридонов уходит со СталГРЭСа?

– Мне-то что? – сказал водитель. – Спиридонов меня гонял, и новый будет гонять. Один черт. Подписал путевку – я и еду.

— А здесь что? — спросила она, указывая на широкую стену, закопченную огнем, с зияющими глазницами окон.

— Учреждения разные, лучше бы людям отдали.

— А раньше что здесь было?

— Раньше тут сам Паулюс помещался, отсюда его и взяли.

— А еще раньше?

— Не узнаете? Универмаг.

Казалось, война оттеснила прежний Сталинград. Ясно представлялось, как из подвала выходили немецкие офицеры, как немецкий фельдмаршал шел мимо этой закопченной стены и часовые вытягивались перед ним. Но неужели здесь Александра Владимировна купила отрез на пальто, часы, которые подарила Марусе в день рождения, сюда она приходила с Сережей и в спортивном отделе на втором этаже купила ему коньки?

Вот так же, должно быть, странно смотреть на детей, на стирающих женщин, на подводу, груженную сеном, на старика с граблями тем, кто приезжает смотреть Малахов курган, Верден, Бородинское поле... Здесь, где виноградники, шли колонны пуалю[3], двигались крытые брезентом грузовики; там, где изба, тощее колхозное стадо, яблоньки, шла конница Мюрата, отсюда Кутузов, сидя в креслице, взмахом старческой руки поднимал в контратаку русскую пехоту. На кургане, где пыльные куры и козы щиплют среди камней траву, стоял Нахимов, отсюда неслись светящиеся, описанные Толстым бомбы, здесь кричали раненые, свистели английские пули.

И Александре Владимировне казались странными эти бабьи очереди, лачуги, дядьки, сгружавшие доски, эти сохнущие на веревках рубахи, залатанные простыни, вьющиеся змеями чулки, объявления, приклеенные к мертвым стенам...

Она ощущала, какой пресной казалась нынешняя жизнь Степану Федоровичу, когда он рассказывал о спорах в райкоме по поводу распределения рабочей силы, досок, цемента, какой скучной стала для него «Сталинградская правда», писавшая о разборе лома, расчистке улиц, устройстве бань, орсовских столовых. Он оживлялся, рассказывая ей о бомбежках, пожарах, о приездах на СталГРЭС командарма Шумилова, о немецких танках, шедших с холмов, и о советских

---

[3] шутливое прозвище французских солдат

ребятах-артиллеристах, встречавших огнем своих пушек эти танки.

На этих улицах решалась судьба войны. Исход этой битвы определял карту послевоенного мира, меру величия Сталина либо ужасной власти Адольфа Гитлера. Девяносто дней Кремль и Берхтесгаден жили, дышали, бредили словом – Сталинград.

Сталинграду надлежало определять философию истории, социальные системы будущего. Тень мировой судьбы закрыла от человеческих глаз город, в котором шла когда-то обычная жизнь. Сталинград стал сигналом будущего.

Старая женщина, приближаясь к своему дому, бессознательно находилась под властью тех сил, что осуществляли себя в Сталинграде, где она работала, воспитывала внука, писала письма дочерям, болела гриппом, покупала себе туфли.

Она попросила водителя остановиться, сошла с машины. С трудом пробираясь по пустынной улице, не расчищенной от обломков, она вглядывалась в развалины, узнавая и не узнавая остатки домов, стоявших рядом с ее домом.

Стена ее дома, выходившая на улицу, сохранилась, сквозь зияющие окна Александра Владимировна увидела старческими, дальнозоркими глазами стены своей квартиры, узнала их поблекшую голубую и зеленую краску. Но не было пола в комнатах, не было потолков, не было лестницы, по которой могла бы она подняться. Следы пожара отпечатались на кирпичной кладке, во многих местах кирпич был изгрызен осколками.

С пронзительной, потрясающей душу силой она ощутила свою жизнь, своих дочерей, несчастного сына, внука Сережу, свои безвозвратные потери, свою бесприютную седую голову. Она смотрела на развалины дома, слабая, больная женщина в стареньком пальто, в стоптанных туфлях.

Что ждет ее? Она в семьдесят лет не знала этого. «Жизнь впереди», – подумала Александра Владимировна. Что ждет тех, кого она любила? Она не знала. Весеннее небо смотрело на нее из пустых окон ее дома.

Жизнь ее близких была неустроенной, запутанной и неясной, полной сомнений, горя, ошибок. Как жить Людмиле? Чем кончится разлад в ее семье? Что с Сережей? Жив ли он? Как трудно жить Виктору Штруму. Что будет с Верой и

Степаном Федоровичем? Сумеет ли Степан вновь построить жизнь, найдет ли покой? Какая дорога предстоит Наде, умной, доброй и недоброй? А Вера? Согнется в одиночестве, в нужде, житейских тяготах? Что будет с Женей, поедет ли она в Сибирь за Крымовым, сама ли окажется в лагере, погибнет так же, как погиб Дмитрий? Простит ли Сереже государство его безвинно погибших в лагере мать и отца?

Почему так запутана, так неясна их судьба?

А те, что умерли, убиты, казнены, продолжали свою связь с живыми. Она помнила их улыбки, шутки, смех, их грустные и растерянные глаза, их отчаяние и надежду.

Митя, обнимая ее, говорил: «Ничего, мамочка, главное, ты не тревожься за меня, и тут, в лагере, есть хорошие люди». Соня Левинтон, черноволосая, с усиками над верхней губой, молодая, сердитая и веселая, декламирует стихи. Бледная, всегда грустная, умная и насмешливая Аня Штрум. Толя некрасиво, жадно ел макароны с тертым сыром, сердил ее тем, что чавкал, не хотел ничем помочь Людмиле: «Стакана воды не допросишься…» – «Хорошо, хорошо, принесу, но почему не Надька?» Марусенька! Женя всегда насмехалась над твоими учительскими проповедями, учила ты, учила Степана ортодоксии… утонула в Волге с младенцем Славой Березкиным, со старухой Варварой Александровной. Объясните мне, Михаил Сидорович. Господи, что уж он объяснит…

Все неустроенные, всегда с горестями, тайной болью, сомнениями, надеялись на счастье. Одни приезжали к ней, другие писали ей письма; и она всегда со странным чувством: большая дружная семья, а где-то в душе ощущение собственного одиночества.

Вот и она, старуха, живет и все ждет хорошего, и верит, и боится зла, и полна тревоги за жизнь живущих, и не отличает от них тех, что умерли, стоит и смотрит на развалины своего дома, и любуется весенним небом, и даже не знает того, что любуется им, стоит и спрашивает себя, почему смутно будущее любимых ею людей, почему столько ошибок в их жизни, и не замечает, что в этой неясности, в этом тумане, горе и путанице и есть ответ, и ясность, и надежда, и что она знает, понимает всей своей душой смысл жизни, выпавшей ей и ее близким, и что хотя ни она и никто из них не скажет, что ждет их, и хотя они знают, что в страшное время человек уж не кузнец своего счастья и мировой судьбе дано право миловать и казнить, возносить к славе и погружать в нужду, и обращать в лагерную пыль, но не дано мировой судьбе, и року истории, и року государственного гнева, и славе, и бесславию битв изменить тех, кто называется людьми, и ждет ли их слава за труд или одиночество, отчаяние и нужда, лагерь и казнь, они проживут людьми и умрут людьми, а те, что погибли, сумели умереть людьми, – и в том их вечная горькая людская победа над всем величественным и нечеловеческим, что было и будет в мире, что приходит и уходит.

62

Этот последний день был хмельным не только для пившего с утра Степана Федоровича. Александра Владимировна и Вера были в предотъездном чаду. Несколько раз приходили рабочие, спрашивали Спиридонова. Он сдавал последние дела, ездил в райком за откреплением, звонил друзьям по телефону, откреплял в военкомате бронь, ходил по цехам, разговаривал, шутил, а когда на минуту оказался один в турбинном зале, приложил щеку к холодному, неподвижному маховику, устало закрыл глаза.

Вера укладывала вещи, досушивала над печкой пеленки, готовила в дорогу бутылочки с кипяченым молоком для Мити, запихивала в мешок хлеб. В этот день она навсегда расставалась с Викторовым, с матерью. Они останутся одни, никто о них здесь не подумает, не спросит.

Ее утешала мысль, что она теперь самая старшая в семье, самая спокойная, примиренная с тяжелой жизнью.

Александра Владимировна, глядя в воспаленные от постоянного недосыпания глаза внучки, сказала:

– Вот так, Вера, устроено. Тяжелей всего расставаться с домом, где пережил много горя.

Наташа взялась печь на дорогу Спиридоновым пироги. Она с утра ушла, нагруженная дровами и продуктами, в рабочий поселок к знакомой женщине, у которой имелась русская печь, готовила начинку, раскатывала тесто. Лицо ее раскраснелось от кухонного труда, стало совсем молодым и очень красивым. Она смотрелась в зеркальце, смеясь, припудривала себе нос и щеки мукой, а когда знакомая женщина выходила из комнаты, Наташа плакала, и слезы падали в тесто.

Но знакомая женщина все же заметила ее слезы и спросила:

– Чего ты, Наталья, плачешь?

Наташа ответила:

– Привыкла я к ним. Старуха хорошая, и Веру эту жалко, и сироту ее жалко.

Знакомая женщина внимательно выслушала объяснение, сказала:

– Врешь ты, Наташка, не по старухе ты плачешь.

– Нет, по старухе, – сказала Наталья.

Новый директор обещал отпустить Андреева, но велел ему остаться на СталГРЭСе еще на пять дней. Наталья объявила, что эти пять дней и она проживет со свекром, а потом поедет к сыну в Ленинск.

– А там, – сказала она, – видно будет, куда дальше поедем.

– Чего там тебе видно? – спросил свекор, но она не ответила.

Вот оттого, должно быть, она и плакала, что ничего не было видно. Павел Андреевич не любил, когда невестка проявляла заботу о нем, – ей казалось, что он вспоминает ее ссоры с Варварой Александровной, осуждает ее, не прощает.

К обеду пришел домой Степан Федорович, рассказал, как прощались с ним рабочие в механической мастерской.

– Да и здесь все утро паломничество было к вам, – сказала Александра Владимировна, – человек пять-шесть вас спрашивали.

– Все, значит, готово? Грузовик ровно в пять дадут, – он усмехнулся. – Спасибо Батрову, все же дал машину.

Дела были закончены, вещи уложены, а чувство пьяного, нервного возбуждения не оставляло Спиридонова. Он стал переставлять чемоданы, наново завязывать узлы, казалось, ему не терпелось уехать. Вскоре пришел из конторы Андреев, и Степан Федорович спросил:

– Как там, телеграммы насчет кабеля нет из Москвы?

– Нет, телеграммы не было ни одной.

– Ах ты, сукины коты, срывают все дело, ведь к майским

дням первую очередь можно бы пустить.

Андреев сказал Александре Владимировне:

– Плохая вы совсем, как вы в такую дорогу пускаетесь?

– Ничего, я семижильная. Да и что делать, к себе домой, что ли, на Гоголевскую? А тут уж приходили маляры, смотрели, ремонт делать для нового директора.

– Мог бы день подождать, хам, – сказала Вера.

– Почему ж он хам? – сказала Александра Владимировна. – Жизнь ведь идет.

Степан Федорович спросил:

– Как обед, готов, чего же ждать?

– Вот Наталью ждем с пирогами.

– О, с пирогами, это мы на поезд опоздаем, – сказал Степан Федорович.

Есть он не хотел, но к прощальному обеду была припасена водка, а ему очень хотелось выпить.

Он все хотел зайти в свой служебный кабинет, побыть там хоть несколько минут, но неудобно было, – у Батрова шло совещание заведующих цехами. От горького чувства еще больше хотелось выпить, он все качал головой: опоздаем мы, опоздаем.

Этот страх опоздать, нетерпеливое ожидание Наташи чем-то были приятны ему, но он никак не мог понять, чем; не мог вспомнить, что так же посматривал на часы, сокрушенно говорил: «Опоздаем мы», когда в довоенные времена собирался с женой в театр.

Ему хотелось слышать хорошее о себе в этот день, от этого делалось еще хуже на душе. И он снова повторил:

– Чего меня жалеть, дезертира и труса? Еще, чего доброго, от своего нахальства потребую, чтобы мне дали медаль за участие в обороне.

– Давайте, в самом деле, обедать, – сказала Александра Владимировна, видя, что Степан Федорович не в себе.

Вера принесла кастрюлю с супом. Спиридонов достал бутылку водки. Александра Владимировна и Вера отказались пить.

– Что ж, разольем по мужчинам, – сказал Степан Федорович и добавил: – А может, подождем Наталью?

И именно в это время вошла Наташа с кошелкой, стала выкладывать на стол пироги.

Степан Федорович налил полный стакан Андрееву и себе, полстакана Наталье.

Андреев проговорил:

– Вот прошлым летом мы так же пироги у Александры Владимировны на Гоголевской ели.

– Эти, наверное, ничуть не хуже прошлогодних, – сказала Александра Владимировна.

– Сколько народу было за столом, а теперь только бабушка, вы да я с папой, – сказала Вера.

– Сокрушили в Сталинграде немцев, – сказал Андреев.

– Великая победа! Дорого она людям обошлась, – сказала Александра Владимировна и добавила: – Ешьте побольше супа, в дороге долго будем питаться всухомятку, горячего не увидим.

– Да, дорога трудная, – сказал Андреев. – И посадка трудная, вокзала нет, поезда с Кавказа мимо нас транзитом на Балашов едут, народу в них полно, военные, военные. Зато хлеб белый с Кавказа везут!

Степан Федорович проговорил:

– Тучей на нас шли, а где эта туча? Победила Советская Россия.

Он подумал, что недавно еще на СталГРЭСе слышно было, как шумят немецкие танки, а сейчас их отогнали на многие сотни километров, бои идут под Белгородом, под Чугуевом, на Кубани.

И тут же он вновь заговорил о том, что нестерпимо пекло его:

– Ладно, пускай я дезертир, но кто мне выговор выносит? Пускай меня сталинградские бойцы судят. Я перед ними во всем повинюсь.

Вера сказала:

– А возле вас, Павел Андреевич, тогда Мостовской сидел.

Но Степан Федорович перебил разговор, очень уж его пекло сегодняшнее горе. Обращаясь к дочери, он сказал:

– Позвонил я первому секретарю обкома, хотел проститься, как-никак всю оборону я единственный из всех директоров на правом берегу оставался, а помощник его, Барулин, не соединил меня, сказал: «Товарищ Пряхин с вами говорить не может. Занят». Ну что же, занят так занят.

Вера, точно не слыша отца, сказала:

– А возле Сережи лейтенант сидел, Толин товарищ, где он

теперь, этот лейтенант?..

Ей так хотелось, чтобы кто-нибудь сказал: «Где ему быть, возможно, жив-здоров, воюет».

Такие слова хоть чуточку утешили бы ее сегодняшнюю тоску.

Но Степан Федорович снова перебил ее, проговорил:

— Я ему говорю, уезжаю сегодня, сам знаешь. А он мне: что ж, тогда напишите, обратитесь в письменной форме. Ладно, черт с ним. Давай по маленькой. В последний раз за этим столом сидим.

Он поднял стакан в сторону Андреева:

— Павел Андреевич, не вспоминай меня плохим словом.

Андреев сказал:

— Что ты, Степан Федорович. Местный рабочий класс за вас болеет.

Спиридонов выпил, несколько мгновений молчал, точно вынырнув из воды, потом стал есть суп.

За столом стало тихо, слышно было только, как жевал пирог да постукивал ложкой Степан Федорович.

В это время вскрикнул маленький Митя. Вера встала из-за стола, подошла к нему, взяла на руки.

— Да вы кушайте пирог, Александра Владимировна, — тихо, словно просила о жизни, сказала Наталья.

— Обязательно, — сказала Александра Владимировна.

Степан Федорович сказал с торжественной, пьяной и счастливой решимостью:

— Наташа, при всех вам говорю. Вам тут делать нечего, отправляйтесь в Ленинск, берите сына и приезжайте к нам на Урал. Вместе будем, вместе легче.

Он хотел увидеть ее глаза, но она низко склонила голову, он видел только ее лоб, темные, красивые брови.

— И вы, Павел Андреевич, приезжайте. Вместе легче.

— Куда мне ехать, — сказал Андреев. — Я уж не воскресну.

Степан Федорович быстро оглянулся на Веру, она стояла у стола с Митей на руках и плакала.

И впервые за этот день он увидел стены, которые покидал, и боль, жегшая его, мысли об увольнении, о потере почета и любимой работы, сводившие с ума обида и стыд, не дававшие ему радоваться свершившейся победе, все исчезло, перестало значить.

А сидевшая рядом с ним старуха, мать его жены, жены, которую он любил и которую навеки потерял, поцеловала его в голову и сказала:

– Ничего, ничего, хороший мой, жизнь есть жизнь.

63

Всю ночь в избе было душно от натопленной с вечера печи.

Постоялица и приехавший к ней накануне на побывку муж, раненый, вышедший из госпиталя военный, не спали почти до утра. Они разговаривали шепотом, чтобы не разбудить старуху хозяйку и спавшую на сундуке девочку.

Старуха старалась уснуть, но не могла. Она сердилась, что жилица разговаривала с мужем шепотом, – это ей мешало, она невольно вслушивалась, старалась связать отдельные слова, доходившие до нее.

Казалось, говори они громче, старуха бы послушала немного и уснула. Ей даже хотелось постучать в стену и сказать: «Да что вы шепчетесь, интересно, что ли, слушать вас».

Несколько раз старуха улавливала отдельные фразы, потом снова шепот становился невнятным.

Военный сказал:

– Приехал из госпиталя, даже конфетки вам не мог привезти. То ли дело на фронте.

– А я, – ответила жилица, – картошкой с постным маслом тебя угостила.

Потом они шептались, ничего нельзя было понять, потом, казалось, жилица плакала.

Старуха услышала, как она сказала:

– Это моя любовь сохранила тебя.

«Ох, лиходей», – подумала старуха о военном.

Старуха задремала на несколько минут, видимо, всхрапнула, и голоса стали громче.

Она проснулась, прислушалась, услышала:

– Пивоваров мне написал в госпиталь, только недавно дали мне подполковника и сразу послали на полковника. Командарм сам возбудил. Ведь он меня на дивизию поставил. И орден Ленина. А все за тот бой, когда я, засыпанный, без связи с батальонами в цеху сидел, как попка, песни пел. Такое чувство, словно я обманщик. Так мне неудобно, ты и не представляешь.

Потом они, видимо, заметили, что старуха не храпит, и заговорили шепотом.

Старуха была одинока, старик ее умер до войны, единственная дочь не жила с ней, работала в Свердловске. На войне у старухи никого не было, и она не могла понять, почему ее так расстроил вчерашний приезд военного.

Жилицу она не любила, она казалась старухе пустой, несамостоятельной женщиной. Вставала она поздно, девчонка у нее ходила рваная, кушала что попало. Большей частью жилица молчала, сидела за столом, смотрела в окно. А иногда на нее накатывало, и она принималась работать и, оказывается, все умела: и шила, и полы мыла, и варила хороший суп, и даже корову умела доить, хотя была городской. Видно, была она какая-то не в себе. И девчонка была у нее какая-то малахольная. Очень любила возиться с жуками, кузнечиками, тараканами, и как-то по-дурному, не как все дети, – целует жуков, рассказывает им что-то, потом выпустит их и сама плачет, зовет, именами называет. Старуха ей осенью принесла из леса ежика, девчонка за ним ходила неотступно, куда он, туда и она. Еж хрюкнет, она сомлеет от радости. Еж уйдет под комод, и она сядет около комода на пол и ждет его, говорит матери: «Тише, он отдыхает». А когда еж ушел в лес, она два дня есть не хотела.

Старухе все казалось, что ее жилица удавится, и беспокоилась: куда девчонку девать? Не хотела она на старости новых хлопот.

– Я никому не обязана, – говорила она, и ее действительно мучила мысль: встанет утром, а жилица висит. Куда девку тогда?

Она считала, что жилицу муж бросил, нашел себе другую на фронте, помоложе, от этого она задумывается. Письма от него приходили редко, а когда приходили, она не становилась веселей. Вытянуть из нее ничего нельзя было – молчит. И соседки замечали, что у старухи странная жилица.

Старуха хлебнула горя с мужем. Он был человек пьющий, скандальный. И дрался он не по-обычному, а норовил либо кочергой, либо палкой ее достать. И дочку он бил. А от трезвого тоже было мало радости, – скупой, придирался, в горшки, как баба, нос совал: все не то, все не так. Учил ее готовить, не то купила, не так корову доит, не так постель стелет. И через каждое слово по-матерному. Он и ее приучил, чуть не по ее, она теперь матюгалась. Она даже любимую корову материла. Когда муж умер, она ни одной слезы не проронила. И лез он к ней до старости. Что с ним поделаешь, пьяный. И хоть бы дочки постыдился, вспомнить стыдно. А храпел как, особенно когда напьется. А корова у нее такая побегунья, такая побегунья. Чуть что – бежит из стада, разве за ней старый человек угонится.

Старуха то прислушивалась к шепоту за перегородкой, то вспоминала свою недобрую жизнь с мужем и вместе с обидой чувствовала жалость к нему. Все же работал он трудно, зарабатывал мало. Если бы не корова, совсем плохо было бы им жить. И умер он оттого, что пыли на руднике наглотался. Вот она не умерла, живет. А когда-то он ей из Екатеринбурга бусы привез, их дочь теперь носит…

Рано утром, еще не просыпалась девочка, они пошли в соседний поселок за хлебом, там по военной рейсовой карточке можно было получить белый хлеб.

Они шли молча, держась за руки, надо было пройти полтора километра лесом, спуститься к озеру, а оттуда пройти берегом.

Снег еще не стаял и казался синеватым. В его крупных шершавых кристаллах зарождалась, наливалась синева озерной воды. На солнечном склоне бугра снег таял, вода шумела в придорожной канаве. Блеск снега, воды, запаянных льдом луж слепил глаза. Света было так много, что сквозь него приходилось продираться, как сквозь заросли. Он беспокоил, мешал, и, когда они наступали на замерзшие лужицы и раздавленный лед вспыхивал на солнце, казалось, что под ногой похрустывает свет, дробится на колючие, острые осколочки-лучи. Свет тек в придорожной канаве, а там, где канаву преграждали булыжники, свет вздувался, пенился, звякал и журчал. Весеннее солнце приблизилось совсем близко к земле. Воздух был одновременно прохладным и теплым.

Ему казалось, что его горло, обожженное морозами и водкой, прокопченное табаком и пороховыми газами, пылью и матюгами, вымыто, прополоскано светом, синевой неба. Они вошли в лес, под тень первых дозорных сосен. Здесь снег лежал сплошной нетающей пеленой. На соснах, в зеленом колесе ветвей, трудились белки, а внизу, на леденцовой поверхности снега, лежали широким кругом изгрызенные шишки, сточенная резцами древесная труха.

Тишина в лесу происходила оттого, что свет, задержанный многоэтажной хвоей, не шумел, не звякал.

Они шли по-прежнему молча, они были вместе, и только от этого все вокруг стало хорошим и пришла весна.

Не условившись, они остановились. Два отъевшихся снегиря сидели на еловой ветке. Красные толстые снегирьи груди показались цветами, раскрывшимися на заколдованном снегу. Странной, удивительной в этот час была тишина.

В ней была память о поколении прошлогодней листвы, об отшумевших дождях, о свитых и покинутых гнездах, о детстве, о безрадостном труде муравьев, о вероломстве и разбое лис и коршунов, о мировой войне всех против всех, о злобе и добре, рожденных в одном сердце и вместе с этим сердцем умерших, о грозах и громе, от которого вздрагивали души зайцев и стволы сосен. В прохладном полусумраке, под снегом спала ушедшая жизнь, – радость любовной встречи, апрельская неуверенная птичья болтовня, первое знакомство со странными, а потом ставшими привычными соседями. Спали сильные и слабые, смелые и робкие, счастливые и несчастные. В опустевшем и заброшенном доме происходило последнее прощание с умершими, навсегда ушедшими из него.

Но в лесном холоде весна чувствовалась напряженней, чем на освещенной солнцем равнине. В этой лесной тишине была печаль большая, чем в тишине осени. В ее безъязыкой немоте слышался вопль об умерших и яростная радость жизни…

Еще темно и холодно, но совсем уж скоро распахнутся двери и ставни, и пустой дом оживет, заполнится детским смехом и плачем, торопливо зазвучат милые женские шаги, пройдет по дому уверенный хозяин.

Они стояли, держа кошелки для хлеба, и молчали.

Printed in Great Britain
by Amazon